陈宝琛张佩纶往来信札

陈　星　整理　陈绛　校订

图书在版编目(CIP)数据

陈宝琛张佩纶往来信札/陈星整理;陈绛校订.--
上海:上海古籍出版社,2020.12
　　ISBN 978－7－5325－9730－7

　　Ⅰ.①陈… Ⅱ.①陈… ②陈… Ⅲ.①陈宝琛(
1848-1935)-书集集 ②日记-作品集-中国-清后期
Ⅳ.①K827＝6 ②I265.2

　　中国版本图书馆 CIP 数据核字(2020)第 160408 号

陈宝琛张佩纶往来信札

陈星 整理

陈绛 校订

上海古籍出版社出版发行

(上海瑞金二路 272 号　邮政编码 200020)

(1) 网址：www.guji.com.cn

(2) E-mail：guji1@guji.com.cn

(3) 易文网网址：www.ewen.co

上海颛辉印刷厂有限公司印刷

开本 890×1240　1/32　印张 13.875　插页 4　字数 286,000

2020 年 12 月第 1 版　2020 年 12 月第 1 次印刷

ISBN 978－7－5325－9730－7

K·2891　定价：68.00 元

如有质量问题,请与承印公司联系

陈宝琛致张佩纶

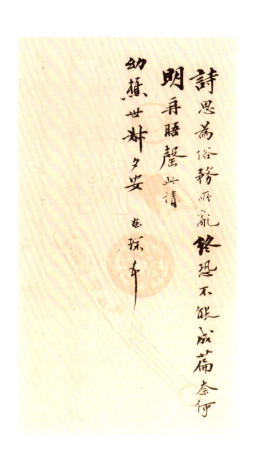

詩思為俗務所亂終恐不能成篇奈何

明再晤罄此請

幼樵世林夕安

愚弟寶琛頓

陈宝琛致张佩纶

吳侯長句邁杜甫　詩中端合封真王騷情
雅音託香草軍墨花溶　書硬黃坐上瞰吟
繫元白鏗若雷琴響霹靂只少旌亭識
曲人月明花底調絲索十年人海吾不歸
有夢空遙秋雲飛及時不果恥自獻孤芳
恩真春陽輝黃塵滾滾騰驪驪紅縈嬌娾
城南花佳人絕代自幽谷甯屑遲著重咨
嘆同心況畫一時奇服高介俟懷莎憶譜
羣芳讀越絕渚山萬本香如雪何日蘭亭觴

詠游泠然同作御風列將軍愛花如愛駿十
里滄波片帆穩得主居巽遷地良託根底用
空山遠鄉閬羅策宣防宮百卉狼藉仙巖
東國香榮悴庸有鞁摧折肎與蕭艾同陸
雜崇佩詞人宗歲寒圖之三反中曲江感
遇有和作莫惜芳意悲秋風
韻啗墨莊同集丰庵大齋中賞建蘭再
疊前均奉和求　張春呈草
同社教之

陈宝琛诗笺

陈宝琛致张佩纶

肅內閣學士

陳

大

人

台

啟

金陵張緘

速寄福建練總衙門陳阳

张佩纶致陈宝琛

明日想须入城，能拨冗玉趾尤妙，否则未尽者总归必面述。考遂请宗酌之。

条例但两人亦须略创一目以便先行，此事莫须略创一目以便先行，此事莫顶行，另作子数千卷以

便随手摘录听候

执事略夕晤中酌示，如尚主开书目似必多酌出以便厂肆随意

搜罗举以必成为形，谅亦不致正不必居之，推三冬并此上

伯潜老前辈大人

侍佩纶顿首 三十日夕

想两兄日来均此

刚未又引

可两兄日来均此

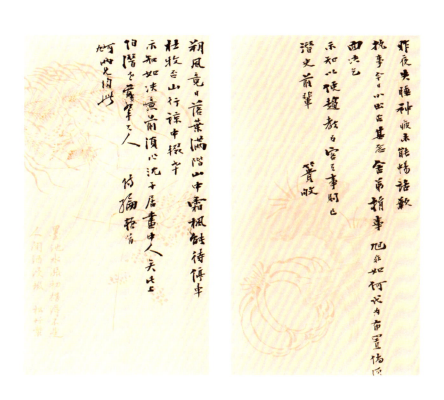

张佩纶致陈宝琛

家无略感寒今日小愈恃傷風已痊恃微倦耳日高

酣臥則故態也承

念謝：抄本封上幸勿展轉借人使漏洩之罪自我而發

趑居聞不能就安憂心如結正坐此耳

可在何日行

伯潜前輩坐下

弟佩綸頓首

张佩纶致陈宝琛

整理说明

　　本书收录的信札手稿,均为张佩纶次子张志潜及其后人保存,经过连年战争和社会动乱,留存至今,实属不易,弥足珍贵。2013年张家后人张恭庆、恭慈先生和张怡女士兄妹连同家藏古籍、手札等慷慨无偿捐献上海图书馆。因其时正协助堂叔陈绛教授编撰曾伯祖父《陈宝琛年谱长编》,承蒙上海图书馆历史文献研究中心老师的帮助,得以直接接触这批信札。信札原件已装裱成两大册,每面并列两张信笺,大体按时间段排列(但未尽然)。收入本书的信札现分为三部分,第一部分为陈宝琛致张佩纶,第二部分为张佩纶致陈宝琛,第三部分为附录,乃陈宝琛与其他友朋和家人函札。

　　陈宝琛(1848—1935),字伯潜,号弢庵、陶庵、听水老人,福州闽县螺洲(今福建省福州市仓山区螺洲镇)人。晚清大臣、学者,刑部尚书陈若霖曾孙。同治七年(1868)考中进士,选翰林院庶吉士,历任编修、翰林侍讲。直言敢谏,与张之洞、张佩纶、宝廷并称"枢廷四谏官"。曾出任江西学政,累迁内阁学士、礼部侍郎。中法战争后,因推举的唐炯、徐延投办事不力,坐罪降职,回乡赋闲。宣统元年(1909),调入京城,充任礼学馆总裁、内阁弼德院顾问大臣、正红旗汉军副都统,成为宣统帝溥仪的师傅,监修《德宗实录》。民国二十四年（1935）去世，追赠太师，谥"文忠"。

张佩纶（1848—1903），字幼樵、绳庵，又字篑斋，直隶丰润齐家坨（今河北唐山市丰润区）人。晚清时期名臣，安徽按察使张印塘之子，近代才女张爱玲祖父。同治十年（1871）中进士，授翰林院侍讲。早年任职京城，自任"清流"。署任左副都御史，以弹劾大臣而闻名。中法战争初起，力主抗战，以三品卿衔会办福建海疆事宜，兼署船政大臣。马尾战败后，被夺职流放张家口。赐环后娶李鸿章女儿李经璹（小字菊藕）为妻。甲午战争期间，被弹劾干预公事，迁居南京。庚子议和时，奉旨赏给翰林院编修，随同李鸿章办理交涉事宜。光绪二十九年（1903），病死于南京，终年五十六岁。

陈、张二人同岁，并均为晚清"清流派"的干将，私交亦甚笃，往来信件于公、于私都颇能畅所欲言，从而也为后人了解、研究晚清的历史留下了不可多得的珍贵资料。

整理这批资料的初衷，就是希望这批珍贵的资料能对学者的学术研究有所裨益。在绛叔指导下，整理者做了这些工作：一、释读，未能辨识的文字及原缺文用□表示；二、标点、注释，信札中涉及人名多为字号、别称等，首次出现尽可能注出本名，附以简况，不详者从略；三、排序，原信札多数只标月日，均无年份，有的甚至连月日都缺，现根据信札内容试加判定，藉以排序（谨供参考）。由于整理者未经历史学和古籍整理的专业训练，加之当时绛叔身体抱恙，正住院治疗，不便过多劳烦，故自知书稿交稿时尚存诸多谬误之处。所幸在成书过程中得到了姜鸣先生等多位老师的鼎力相助,并承出版社精心编辑,本书才得以顺利出版,在此表示衷心的感谢! 同时,以此书告慰在天的绛叔。

整理者

2020 年 11 月

目　　录

陈宝琛致张佩纶

（二三一通）

一[*]

张大人：

捐款百千，屡忘奉缴，幸有佳节，为理急急送还。明日午后约圭老[1]来谈。丈幸过我，坐惟汝翼、旭庄也。此请幼丈节安。侄琛顿首。

[1] 圭老：吴观礼，字子俊，号圭庵，浙江仁和人。同治十年进士。

按：此函写于张延鸿名刺上。

二

张大人：

壶公[1]稿本送上，誊存赐复。蒉园世丈。琛顿首。

[1] 壶公：张之洞，字孝达，号香涛，别号壶公、抱冰、无尽居士，直隶南皮人。同治二年进士，晚清名臣。同、光朝清流派。

按：此函写于杜瑞麟名刺上。

---

* 一至一五短笺约作于光绪元年至五年之间。

三

张大人：

茸粉收到。侄与汝翼不知价值，持向药店估价，渠亦以研末不能分别，未知前途意何若，可否询示。韵陀世丈。侄琛顿首。

按：此函写于赵汝臣名刺上。

四

贵大人：

喜雪洒润，明春可以开田，惜□麦已无及矣。仁人用心之苦，当为图之。此复绳丈。琛顿首。

按：此函写于杜瑞联名刺上。

五

张大人：

昨晚说之鹿茸，祈即饬价取来一视，感之。幼公。侄琛顿首。

按：此函写于刘海鳌名刺上。

六

贵大人：

示悉。名单藉呈，昨方疑枚老文字，不应诸公有此眼力，果系假报，可笑之极。此复幼樵世叔。侄琛顿首。

按：此函写于黄贻楫名刺上。

七

薏苡不必抄，眼药已送去。匆手涂，此复黄公。琛顿首。

按：此函写于李殿林名刺上。

八

张大人：

昨闻峄琴言，竹坡[1]复有封事，未知所说何词。昨系国子监值日，吾丈可询柳门前辈，示知为望。此请幼樵世丈大人安。侄琛顿首。

[1] 竹坡：宝廷，字仲献，号竹坡，爱新觉罗氏。初名宝贤，字少溪，晚年自号偶斋。同治进士，历任侍读学士兼詹事府少詹事、内阁学士兼礼部侍郎、

礼部右侍郎等。

按：此函写于邓廷枏名刺上。

九

彷徨半刻许，心中尚无定见，未知我公决计若何。窃思此事，但问其有无。如人言子虚，则我似反近张皇；若屯卫非循年例，则言之当无所伤。想原件已缮就，能以定计示之为望。此请木公安。燮顿首。

按：此函写于"谢钺率子祖荫"名刺上。

十

贵大人：

示谨悉。顷亦为笔墨所羁，未克赴约。傍晚当趋陪也。此请幼樵世丈大人著安。侄琛顿首。原片附缴。

按：此函写于释微妙名刺上。

一一

此辈伎俩往往施吾曹，可恨。当即亲诣孤山面托之也。此请幼丈安。侄琛顿首。

按：此函写于邓葆华名刺上。

一二

示悉。此公自相矛盾，真不知是何意旨，但恐朗诵一过，又有许多挑剔。鸣球者何时可到，缄斋今夕未来，明日必在此畅谈。蒉公。琛顿首。

按：此函写于陈谟名刺上。

一三

内封签书"阁下"抑用"钧启"？副本是否封入书内，名柬亦然否？已代书矣。陇老件想已交去，宜促之。午间造谢，再罄去询。幼丈。琛顿首。

按：此函写于谢谦亨名刺上。

一四

贵大人：

此君即来，亦不过商榷数语，如迟则不候之，来时再归，公谓何如？木公。琛顿首。

按：此函写于林润章名刺上。

一五

贵大人：

配页恐不易，或向苏局可索新刻者，否则只有抄配之耳。幼樵世叔。侄琛顿首。

一六 *

大小参差，均可从命，毋虑也。幼樵世叔。琛顿首。

一七

夜归，失复为罪，今夕果否，念念。闽刻《庄》《列》一函奉还。傍晚走谈，午未间院长接见，须入城也。韵陀世丈。琛顿首。

一八

夜寒无所苦否，有所询闻，乞以告也。安兄[1]团扇奉还，望代存。此问幼樵世丈晨安。侄琛顿首。

---

* 一六至四五短笺约作于光绪三年至五年间。

[1] 安兄:张人骏,字千里、健庵,号安圃,直隶丰润人。张佩纶族侄。同治进士,历任山东、河南、广东巡抚,两广总督兼南洋大臣,两江总督等。

一九

早间往索,复言随改随誊,无副本,伊明日不来,初七必来,当详询也。菊价收入。今日是否往拥皋比,念念。桑叶谢谢,已遣仆携筐走取矣。此复韵陀长老。铁石道人拜。

二〇

司寇去官,弟子何以谢之。宝斋前疏首举高台,已如水投石矣。此召见醇邸日事也,闻之否?顷闻斋年中有两人联衔,已呈院长,未问其详,然所诟病恐非无因,奈何奈何。其一人即早间圭丈[1]坐中所说者,会心人自领之。簸园主人。弢叩。十三夕。

[1] 圭丈:吴观礼。

二一

今日恐又阒然,归来惫甚,睡又不成,顷当赴师门,晚再走谈。蒉丈。名心叩。

二二

药后何如？今日是否再服？若有所闻，幸并示之。箕丈。橘洲叩上。

二三

圭公药后得大解，脉亦不停，但较洪耳。粥而睡，顷觉肌肤作热，寻复温和，是燥象，亦无定也。询之汝翼，谓证已外现，一宿当解，不足虑也。渠归甚安，明日午前可再往诊。顷两造龙门，不获面馨。手此布慰，即问均陀世丈夕安。侄琛顿首。

二四

三日不见吾叔度矣，今朝朱石峰处去否？拟托带喜分也。昨日圭丈见过，适小出未面。绳庵世叔。宝琛拜上。

二五

云件旭庄[1]未归，无处检查。农曹护短饬非，不一加察，何是非之有耶？韵陀长者。铁石叩。

[1] 旭庄:王仁东,字旭庄、刚侯,福建闽县人。陈宝琛妻弟。光绪举人,曾任江南督粮道。

二六

晨出平则门,循雉堞过天宁寺,复五六里求莲花池,未之见也,石路崎岖,车行如跛鳖矣。山阴访戴,千古遂有风调。一笑。今日见圭庵丈否,念念。此上韵陀世叔、健庵[1]同年。琛顿首。

[1] 健庵:张人骏。

二七

夜间作何消遣？ 云件已草创,丕缄兄宿敝斋,明晨能来谈乎？此上簑园吾丈。琛顿首。

二八

中郎通筹数省,自不暇细及办法,然志在临淮,临淮能亲历西北乎？胸中有《禹贡图》、《沟洫志》乎？仆诚难其人也。药捐用心甚苦,此法行,除私贩难禁外,谅亦他无所扰,弊不弊则不敢知。公再思之。至文字微有不达意,东里当为润色也。今日不出门。此复幼樵世叔大人,侄琛顿首。

旭庄约公明日来谈,已柬圭翁及黄、何矣。

二九

悔过是关键,求实是功夫,当贯于庶事之中,不可以之平列。
鄙见条条须的确,不拘拘规橅魏、姚[1]也。商之圭长老,当有卓
见。此复簣公。铁石生叩复。

[1] 魏、姚:魏徵、姚崇,唐代名相。

三〇

雨坐无聊,何检班书校勘一卷。游兴颇为天公所败,晚来又有
蜡屐之想。文忠师传收到。费神,谢谢。幼樵世丈。琛顿首。安
兄候之。

三一

诗思为俗务所乱,终恐不能成篇,奈何? 明再晤馨。此请幼樵
世叔夕安。侄琛顿首。

三二

迟明雷车入梦,失喜推枕,惟防巽二作剧而檐牙已淅淅矣。人

欲天从,扣叩斯应,可惧也。坐竹窗下听布谷声声,萧然有田园之思。足下玉壶茅屋,佳兴何似?公干宿约,不愁泥滑滑乎?幼樵世丈。宝琛白。

三三

日间在伏魔禅室,顷归,读示八纸,奉缴。余舍人之言信矣,然犹愈于石沉大海也。侄处有友人寄存米票,七品俸。可否由尊处交与米铺,或可多换少许。祈即饬纪一询,何如?此上幼樵世叔大人阁下。侄琛顿首。

香翁[1]有何议论?

[1] 香翁:张之洞。

三四

托监督招呼已是官话,行李必须上务,但一验即放耳。似必须有数金之费,两箱八金,零星不计,官话私话都说得过矣。若全数打包,则不必招呼监督,但向城门下磨宕,略花数千制钱亦可了事,但不如此其直截耳。明晨往询前途,如未将此条交去,即作罢议,如已交,即告以沙果门托其及早放行。此复,即请幼丈安。侄琛顿首。

无箱是无可税,恐渠辈未必不挑剔他件也。后日于家□,不必太早动身。明日前途回信,或尚须赶忙向外,亦未可知。

三五

箱子已交纪纲,赏钱实可不必。既承发下,当经颁给称谢矣。幼樵世叔。侄宝琛顿首。

三六

偶治白鳝一篚,不敢独享,君若不受浮屠氏戒,请来晚餐,何如? 绳庵世叔。宝琛白。

三七

夜来服药,拥衾得汗略愈,今日两胁痛楚,头犹涔涔然,视昔已觉爽然矣。静养两日,当可出门。承念,感感。敬问幼樵世丈午安。宝琛顿首。

三八

任公子志在熬波,已合湘中草商榷矣。一鸣高冈,声闻于天,犹未闻于外也。昨有弹铨曹者,未知其人。顷须入城酬应,草草奉白箬园先生侍者。侄发叩。

三九

歇夏似非屯卫,周庐此次情形,定异于年例镇静之说,外间殊未,所恨我辈见闻较隘耳。公且酌之,鄙见亦芒忽无定,良自哂也。此复木君先生坐下。嫛叩。

四〇

《圣教序》并手卷旧墨,均藉使奉缴。画优于字,汪墨胜于御墨,程墨前曾见过,恐非真品。汪墨价如不昂,可分用也。此复幼樵世叔坐下。侄琛顿首。午前偷闲,为圭公录数诗[1]。

[1] 陈宝琛于光绪四年(1879)十二月手录吴观礼诗,作"《圭庵诗录》序"。见《沧趣楼诗文集》第 305 页。

四一

今日见之乎？属扇涂缴。公谓仆书似衡山[1],故即仆文体,实无一似处也。此请幼樵世叔晡安。侄宝琛顿首。

《汉书》下函送上,乞作书为易中函,感感。

[1] 衡山:文征明,明代书法家,号衡山居士。

四二

菜根一器,请公尝之,当犹嫌其不辣也。蒉丈。宝琛拜。

四三

圭诗收到。刻铺索印直,时可令来,侄取给。《胡集》[1]购之五年前,其价已不可考,迟日过厂肆当为携一部,似不值五金也。幼樵世丈。侄宝琛顿首。

[1]《胡集》:《胡文忠公遗集》,胡林翼著,同治三年开雕。

四四

首叶涂呈,恶态不能自掩,奈何。兹事不敢赞一辞,益思圭老不置。顷将出门,归或造商。蒉公。琛顿首。

四五

一日不见,便若饥渴。晤诗孙[1],知湘阴[2]寄金三百为圭老置祭田[3],使君于此究竟不凡。皋兰事日来有所闻否?闻十八之期又议展缓，以吉林未出也。续得蓟信否？箦园主人。弢叩。

[1]诗孙：何维朴，字诗孙，号盘止，湖南道县人。晚清书法家何绍基孙。

[2]湘阴：左宗棠，湖南湘阴人。

[3]吴观礼于光绪四年五月二十三日（1878年6月23日）去世。

四六

光绪五年己卯七月初九日

箦园世叔礼席：

别来惘惘，今日宿长安，明晨西向，相去日益远矣。吾丈行止若何？窃计此时当已出都，顷始探得江陕考官名姓，安兄尚留而有待，甚为着急。边前辈[1]权藩篆，昨遣人来，未亲到。前所说事亦不能面询，未知有复函抵都门否。吾丈欲有需时，务就近暂措，琛归时当偿之，勿因川费致旷时日。四叔几时到京，深以为念。出都门一步，即理乱黜陟，一无所闻。今日始询知何郎复奉，高、李并是传人，又成一篇《子虚赋》矣。过平定、寿阳，屡屡遇雨，平介则旱，霍州尚多水田，亦得甘澍。洪洞已过，榛芜弥望，村落皆墟，往往行数邮镇始见一人，壁间尚贴捕狼告示，以人稀兽蕃，时出嗷人尸也。幸蒲、解一带春麦犹稔，面一斤直钞三四十文，视去岁已有霄壤之别。入陕境亦苦暵干，梁黍皆赤，天心如此，民困何时苏耶？驿路所经，闻之见之，辄作恶不已。不知去岁两使星当赤地千里时，是何心肝，一任豪奴悍仆快意鱼肉。昨宿骊山，方得详询，前在京所闻而不信者,乃竟实有其事。童公虽稍好,然亦不能禁止,予以革留,犹为宽假也。香涛前辈想常晓及,如果留我西陲,吾丈可将应行之事、应用之书详询达公[2],得以及早相示。疏拙如侄,能免此席为幸,特不能不虑之耳。手此琐布,宝琛顿首。七月初九。

公孙子曲学阿世,"辨奸论"可以揭晓矣,然不意其浅鄙至此。顷借阅邸抄,为愤懑不已。达公谓何,诋公又谓何? 柳老[3]手迹曾为抄一副否? 念极。公幸不在官,否则将扑杀此獠耶。然此子敢于如此,将来煽祸未有艾也。吾道危哉[4]!

[1] 边前辈:边宝泉,字廉溪,号润民,奉天辽阳人。张佩纶岳父。同治二年进士,曾任江西布政使。

[2] 达公:张之洞。

[3] 柳老:吴可读,字柳堂,号冶樵,甘肃兰州人。曾任吏部主事。

[4] 陈宝琛光绪五年(1879)六月充甘肃乡试正考官。此函作于赴甘就任途中。

四七

光绪五年己卯十一月初九日

黄斋世叔:

姑苏之行,何时返棹,还乡卜兆,当有端倪。阿咸南归,一室影吊,女挐泡幻,弥助神伤。天末思君,辄欲涕出。计街南风雪,唯南皮先生时一过存耳。道出长安，两造边老，监河之贷，知有报章。设有所需，可告刚侯[1]，归装有赢，犹勘挹注。两郎寄居外家，定能熨贴。营葬既毕，行止若何，深用系念。陇西糜烂已甚，身历始知民气如此，皇问文风校艺！所收虽未尽惬，已非始愿之所及，自揣心力颇殚，同事亦不掣肘，所得乃仅仅如此。柳公门祚衰薄，一侄近复殂谢。归途不逢西白，未审何时出京。昨下蓝关，南浮丹水，空山急濑，独夜孤舟，听水听风，万绪交集。日来买棹襄河，复为石尤所谯，汉皋千里，江海飞轮，抵家须月杪矣。行人失辞，一错难铸，绕朝不用，竟复何如？时事至斯，杞忧胡底？仲献曾晤及否？贵筑南皮，词严义正，皆不可少之文。盗憎主人，蝇玷白璧。兵家忌攻坚，吾党不可与金壬分过。吾丈屏迹读《礼》，自必理乱不闻。岁晚风寒，幸自强饭。即问孝思，不尽所言。宝琛再拜。十一月初九日，襄河舟中。

[1] 刚侯：王仁东。

四八[*]

正拟饭后奉诣，示来，已商家弟，试卷发下可也，少选再罄一切。敬复黄斋世丈。宝琛顿首。

＊ 四八至五三短笺约作于光绪五年至七年间。

四九

许荣既去,司阍须添人否?有谭升者,人甚稳练,前曾用过,遣其持书以候验看。绳庵世丈。宝琛顿首。

五〇

昨归尚早,药剂未投,恐公责我躁也,然耳濡滞,又将以不断见让矣。方中附丸既经良医议去,自当勿服。行期定否,日内当部署一切,稍暇尚思一谈。黄公。宝琛顿首。

五一

昨又寂然,函询广雅[1],亦甚闷闷,得毋以不了了之耶?积诚不深,惶恐不已。敬复黄斋世丈。宝琛顿首。

[1]广雅:张之洞。

五二

今日以杨心觇家眷行计,为之张罗,驾临失迓。吴世兄是否后日行,兰陔果行否?丈须行否?此问幼樵世丈。先借去年正、二月

《京报》，迟日准还。幼樵世丈。侄琛顿首。

五三

六年九月、十一月邸报奉呈。敬问黄丈夕佳。宝琛顿首。

五四 *

朱件藉呈，可庄提学山西[1]，足下闻之当亦一喜。幼樵世丈。
侄宝琛顿首。

[1] 可庄：王仁堪，字可庄、公定、忍庵，福建闽县人。陈宝琛妻弟。光绪
状元。光绪六年十二月二十七日（1881 年 1 月 26 日）任山西学政。

五五

菜根酸辣，请公品之。此上幼樵世丈。宝琛顿首。

五六

小雪初成，复为蓳廉所尼，可恨可恨。粤有五百里驿报，其为

---

* 五四至一二六短笺当作于光绪六年至八年之间。

倭事耶？鄙人心有所系，悲感亦寝忘矣，公幸勿念。敬复幼樵世丈。宝琛顿首。

五七

垂注感感。昨壮热彻晓，晨起得汗略解，但浑身酸痛耳。书收到，宕来当再奉延。敬请绳庵世丈午安。宝琛顿首。

五八

前日重往探闻，已入城，惘惘若失。过广雅，复不遇。昨偕仲弟散步液池旁，风日晴美，聊以自遣，归始读示，惫甚，不能奉诣矣。昨归途到友人家，闻日来消息绝无佳者。广雅枉顾复不得见。仲献[1]未至，已招之否？从者濡留，得无坐此耶？黉公。弢庵白。

[1] 仲献：宝廷。

五九

夜来服药何如，如不觉燥，其半方可服。此问幼樵世丈。宝琛顿首。

六〇

足下何为出此言,鄙人非予智自雄者,特怵于事势,惑于人言,故有前议。执事不署诺,固始终不果行也。来教肫挚极矣,敬当书绅。此复蓼斋世丈。宝琛顿首复。

六一

今日拟赴史局,须检何卷,示之。应用书目只可择其大者为之纲,毕业以十年为期,但不可因循耳。琛日来不思出游,归时当握椠从事。此复幼樵世丈。宝琛顿首。

可庄寄侭请纠讹,书于书额。

六二

顷过涪翁,斋头陇梅正开,太冲咏史颇同意。可[1]有书抵足下否?吾辈因循,何以应所忠之求耶?宜早计之。蓼斋世丈。琛顿首。

[1] 可:王仁堪。

六三

归过竹[1]所,适有坐客,与约明午,君当得闲。手此布闻,即讯黄丈孝履。宝琛顿首。

[1] 竹:宝廷。

六四

张大人:

午后欲一话,能在家待我否？幼樵世叔。琛顿首。

六五

投醪之说,琅邪如肯以进无形之匡捄,不胜于外人万万哉。晨访扶桑不遇,闻赴东山,大有把臂入林之意,可笑。顷亦无兴寻臧文仲矣。蒉园世丈侍者。名心叩。

六六

示来,深为焦急,此证诸药均未投机,一二日内即守不服药为中医之言,亦是一法。盖杂投亦无益,不如听其机之潜转。但壮火不降，燥烈难当，则惟饮瓜汁及参麦汤，以为治标之计。济川于此证未得端绪，断无灼见，其所长在温证也。且邀之未必来，来亦未必早，尤为可恨，姑由侄作字订之。侄胃间湿热，故喜茗，辄呕，顷食瓜已愈。吾丈忧闷，自不能已，宜稍自譬，无任盼幸。侄宝琛顿首。

六七

贵同年自欲东游，乃援鄙人为重。此固其师忖度之言，然亦料碧鸡使者不至如此阴狠也。或者解铃系铃可以冰释。但坐是仆仆贵近之门，殊无谓耳。蒉丈坐下。橘隐叩上。

六八

药中尚有须投附片一味，故欲亲诊，此证不急急，稍迟数日，二齐并下更易奏功，务先止之。再渎绳丈。弢叩。

六九

四丈[1]日来渐愈否？黄蚬觅得送呈，清蒸，不下盐酒，和汁食之，日食数次，但稍腥耳。经验方也。四丈近体于此甚宜，如肯多食，当属其再觅也。性滋阴利水，故能去湿，又不伤阴，实孚[2]云其兄补堂患此，服薏苡、芡实而愈。幼樵世丈。侄宝琛顿首。

［1］四丈：张佩经，字守一。张佩纶兄，家族排行第四。曾官浙江知县。

［2］实孚：邵积诚，字实孚，福建侯官人。同治进士，历任四川学政，贵州按察使、布政使、巡抚等。

七〇

守丈昨药效否？精神脾胃何如？公亦宜自卫。昨观公之容，闻医之论，为彷徨终夕。改方想当试服，奉上枸杞子一裹。即问幼樵世丈日佳。宝琛顿首。

七一

守丈能受温药，当易奏效。方集寓中无之，选本但有《知之为知之》文，姑检以呈。黄君名字容书奉。此复幼樵世丈。宝琛顿首。

七二

数日来不相闻矣，念极。从者何日问津，乞示。此上幼樵世丈。宝琛顿首。

七三

午间到馆候雅宾商略一切，驾来失迓。傍晚走探，复不得见。

津船已来,行期定否?吴太夫人幛乞带寄。数日不晤,又将小别,日内亟当一谈,得暇示之。刘年伯、廖穀士[1]今日均记名矣,附闻。夤丈。宝琛顿首,廿三。

[1]廖穀士:廖寿丰,字穀似,号止斋,江苏嘉定人。同治进士,历任福建、河南布政使,浙江巡抚等。

七四

所事昨尚未定,今日无闻。只视壶公此书耳。昨夕入内陪祀,失眠甚惫,故不果造尊斋。可庄昆季[1]醉卧矣。明晨当检《新疆志略》[2]以呈,并以来札致之,墨质尚可,第非曹制,容细别。奉缴。敬复绳盦世丈。宝琛顿首。

[1]可庄昆季:王仁堪、仁东兄弟。
[2]《新疆志略》,清嘉庆朝徐松撰,新疆地方志书。

七五

橘柚颇美,乡人所贻,远道难致,不敢独享,各奉一枚,请剖尝之,当恨少也。幼樵世叔坐下。宝琛拜白。十四日午。

七六

养翁属致声从者,明夕偕临,有语面告,何时可来,希示之,当相候也。此请幼樵世叔、安圃[1]同年大人岁安。宝琛顿首。廿八夕。

[1] 安圃：张人骏，号安圃。

七七

缄斋、蕙梁、再同[1]在坐叙别，炎暑稍斜，当以车迎公一话。此复蒉园丈人。琛拜。

[1] 再同：黄国瑾，字再同，湖南醴陵人。黄彭年子。

七八

薄寒中人，节劳熟睡，勿为无益之思也，宕意亦不谬。今夕直日，故不及候，鄙人亦不走扰矣。蒉斋世丈。宝琛叩上。

七九

袁文诚[1]传稿呈鉴定，庙制议如何摘叙，惟公择之。此上幼樵世丈。宝琛拜上。

[1] 袁文诚：袁保恒，字小午，号筱坞，河南项城人。袁世凯叔父。道光

进士,曾任户部左侍郎、刑部右侍郎。佐李鸿章、左宗棠幕二十余年。卒谥文诚。

八〇

顷将出吊于增寿寺,归当诣谈。《梁豀集》[1]一部奉赠,乞察存。此复幼樵世叔。宝琛顿首。

附去枣糕一器、李实一包。

[1]《梁豀集》:宋李纲撰,一百八十卷。

八一

刘书极佳,诚如叔宪之论。公得之于书法,亦当有裨,不可失也。敬复绳庵老世叔。宝琛顿首。

岑抚部[1]条论一纸呈阅,以为何如?

[1] 岑抚部:岑毓英,字彦卿,广西西林人。诸生,历任云南巡抚、云贵总督等。

八二

来书并收,坿呈《刑律》六函,其直已付矣。敬复幼樵世叔。宝琛顿首。

八三

所示不知何指,未审误否? 敬复荩丈。宝琛顿首。

八四

李侍御宏谟[1]有请设直隶巡抚之疏,公韪其论否,因编选奏议,欲得一言以定去留也。寿老条陈如易检,乞日内付下,或再嘱再同一抄。敬上绳庵世丈。宝琛顿首。

[1] 李宏谟,河南开封人。咸丰六年进士,历任御史、顺天府丞等。

八五

竹[1]书呈览,索复甚亟,公为裁示,原书赐还。荩丈侍者。宝琛顿首。

[1] 竹:宝廷。

八六

仲献补礼右[1],顷有信来也。荩公。琛顿首。

[1] 仲献,宝廷。光绪七年十月(1881 年 11 月)宝廷补授礼部右侍郎。

八七

五年二、三月邸报各一册呈阅。顷须小出,枉驾幸少迟,晚凉当拱候也。芗斋世丈。宝琛顿首。

八八

日来不戒于寒,痰嗽不止。午后视太和师,归而益剧。顷方服药,将拥絮取汗。闻与山中人语,神往而已。绳庵六丈。宝琛顿首。

蔼兄并候。

八九

昨从它处见薛叔耘[1]论洋货免厘加税稿本,指陈甚确。执事昨指以四百万之数为疑。至中饱陋规,则确凿有据,盖洋税实征实解,有总税务司主之,无可侵蚀,所中饱者皆洋厘也。而海关中饱大吏,陋规又在四百万之外。一旦豁除,洋货畅销,官民交困矣。陋规中饱,皆鄙人所痛恨者,然欲公家收其权,奈何使外人夺其利也!当局自谓已收其权矣,可怜。从此中国每岁少数百万流通之财,以十年计,则数千万矣。肉食未能远谋,一至于此!未知薛君所条补救之术,当事采用之否。此稿当已呈质南皮,南皮以为何如? 鄙人思之终夕,深以薛言为不谬也。

[1] 薛叔耘:薛福成,字叔耘,江苏无锡人,此时为李鸿章幕僚。光绪七年(1881)写成《洋货加税免厘议》。

九〇

昨从緘斋至秀埜草堂,月出三丈始归。於邑几不自持,中年怀抱之恶如此! 顷往询蕙梁,尚未起,其僮言夜来已愈矣。水利议[1]呈上。即请幼樵世叔大人安。侄琛顿首。

[1] 水利议:张佩纶作《水利营田私议》,于光绪四年(1878 年 11 月)付陈宝琛。

九一

佳月如昼,思君不禁,俗事当已句当。竹坡来札,以浊流盛涨,恐河西难卒游,宜先陟翠微定进止。香老坐中及此不? 琛明晨入城,并顺过竹坡也。有所谕,乞交阍人清晨掷下。此请幼樵世叔大人节安。琛顿首。十三夕。

九二

花衣期不因斋戒而展觐,临时不妨再问也。瓶笙不响意中事,明日响来则灯花开矣。少顷当遣车往。此复荩丈。弢叩。

九三

今日晤子涵兄否，茸价若何，示之。此请幼樵世叔大人日安。侄琛顿首。

九四

执事呈请奏谢，是否明晨入内，念念。荩斋世丈。宝琛顿首。清卿[1]幕府亦太无人，有人传其疏稿直不成文理。

[1] 清卿：吴大澂，字清卿，号恒轩、愙斋，江苏吴县人。同治进士，曾任湖南巡抚。

九五

平生不设机心，惟以机来者则欲以机应之，因物付物，公何拙耶？绝之者自以为计也，驳之何为乎？劝之亦不必，此时可诵"人约黄昏后"，得些时世姿也。二点钟时当偕往。此复荩丈。弢叩。

九六

奉送花笺十幅，勿规规学齐宣王也。连日为管樵事，顷始归休,以文肃[1]从子几无以敛,亦可伤已。敬复绳庵世丈。宝琛顿首。初八夕。

[1] 文肃:沈葆桢,字幼丹、翰宇,福建侯官人。历任江西巡抚、两江总督兼南洋大臣等,督办南洋水师。光绪五年(1879)在江宁病逝于任上,谥文肃,追赠太子太保衔。

九七

公午后如不出门,便乞以车借我,申正可以归矣。姑以奉商。幼樵世丈大人。侄宝琛顿首。

九八

封姨作剧,霜叶狼藉,不复上寒山矣。午后欲奉访,适长沙师召饮广和居,顷始归。畏风思卧,佳文拜读,明日再缴。此请幼丈大人夕安。侄宝琛顿首。健兄均候。

九九

此事老僧当自为之,但推敲未就,尚须叩一字师也。瞿昙如不可止,亦乞缓之。其文何如,须参上乘,所以难也。互相质明,似无不可。公谓何如? 此上蒉老。弢叩。

刚[1]尚未归,附闻。

[1] 刚:王仁东。

一〇〇

奴子归,更生已早朝矣。涪翁诗想亦交卷。江河一篑,大局尚可问耶?竟夕辗转,晨来颇惫。手此,奉讯绳庵起居。弢叩。十一巳刻。

一〇一

顷闻顾瀚臣言,正以为诧,臣鳌徒足败事,何苦牵率及之。联衔稿藉呈。贾丈。名心叩。

一〇二

手示读悉,当遵办,下午拱候。临渴掘井,亦是无益,故无日不忙、无日不暇也。敬复绳庵世丈。宝琛顿首。

一〇三

手示颂悉。罗前辈家失火,昨午后事也。病躯受惊,实为之虑。"咸酸甜"[1]两包乞致健兄。敬复绳公世丈。宝琛顿首。

[1]"咸酸甜"：福州土产食品，用橄榄果肉腌制。

一〇四

作字正欲赍呈，适奉手札。竹兄今夕会奏丽事，并有单衔。明必倦睡，未必出城送，与之可也。侄明日亦拟逃学，月朔到馆，可见何世兄矣。敬复黄斋世丈。宝琛顿首。

一〇五

傍晚看竹，携诗草归，过公不遇。今日题为"求服其志论"，赋得"喜雨有志乎民"，竹有"同乐偕黎庶，先知属近臣"之句，清隽可喜，通体俱稳惬。黄丈。宝琛顿首。

一〇六

昨件录成，后半无甚关系者从略，正副并呈，幸赐复。本欲躬诣，为雨败兴。敬上黄丈、健兄。弢叩。

一〇七

竹书呈览。明日未申间当来，丈能至寓一为筹策，是所望也。今日遍历头痛之山、身热之阪，惫甚不能出户。六事二册如检出，乞交下。敬上绳庵世丈。咨文煞脚用"须至咨者"。宝琛顿首。

一〇八

厂肆之游，乐乎？恪靖[1]留别，昨往答亦不值。交来为转致候。复敬上蒉公。宝琛顿首。

[1] 恪靖：左宗棠，字季高，一字朴存，号湘上农人，湖南湘阴人。同治三年(1864)受封一等恪靖伯，光绪三年(1877)晋封二等恪靖侯。

一〇九

闽中蔗田以冬初为秋，以舟师拟冲绳，特藉张声势耳。其实得之不足以守，非若朝鲜为肩背之患也。敬复蒉公世丈。宝琛顿首。

一一〇

容斋之事，疑窦愈多，公何以策之？敝车左轮忽损，黎明当入直，防其脱辐，公明早如不远出，拟繁简对调，以资致远。何如？示之。蒉斋世丈。宝琛顿首。

一一一

有雪而无雪，无血而有血。以此决狱，何施不可？全案供招恐
不可得，西曹皆其属吏也。敬复蒉丈。宝琛顿首。

一一二

竹坡来书，少顷当来，有言可告之。以公昨见过未晰，属询有所商
否。蒙语煤乃"绰鲁呢拉"，代闻。《西南夷传》已传阅否。敬上蒉
斋世丈。宝琛顿首。

一一三

既屈一洪[1]又败一薛[2]，言者原不敢责望于必售，如是非何？
敬复绳庵世丈。弢叩。来件并缴。

[1]洪：洪汝奎，字莲舫，号琴西，湖北汉阳人。道光二十四年举人。与
曾国藩有师生之谊，参其军事。沈葆桢为两江总督，尤倚任之。光绪间官至
两淮盐运使。

[2]薛：薛允升，字克猷，号云阶，陕西长安人。咸丰六年进士，授刑部主
事。曾任刑部右侍郎、刑部尚书等职。

据《清史稿》：光绪中，江宁三牌楼竹园旁有弃尸，洪汝奎令参将胡金传侦

获僧绍宗等仇杀谢姓男子。汝奎请覆讯。沈葆桢以会匪自相残杀，即置大辟。过三年，坐实为真凶周五、沈鲍洪等杀朱彪事。事闻，侍读学士陈宝琛纠弹之。上命刑部尚书麟书、侍郎薛允升往江南即讯，金传坐滥刑失入，治如律；汝奎失察，褫职遣戍；葆桢以前卒，免议。汝奎至戍所，未几赦归，遽病卒。宣统初，总督端方疏陈其治行，复原官。

一一四

药得效否？下后不至有危候则无虞矣。绳庵世丈。宝琛顿首。

一一五

眘重人命，自是至理，文肃不死，岂有此事，然此亦何损于文肃也。此举亦在意中，言者无罪，但苦烦驿传为歉然耳。令姊略瘥，公宜早眠。日来劳顿殊极，深用拳拳。容再造谭。赍丈。宝琛顿首。

东陵行礼，伯希代公矣。

一一六

顷间奉访不遇，广斈来书，谓所言详荷黄章中，乞借读以便草复。敬上绳庵世叔。宝琛顿首。

一一七

来书所见似大，然彼之咎不能曲全，公欲全彼而不自全，何耶？昨文如不明揭，岂不两全，或将公稍着笔，亦足以息浮言。此非俗见。鄙人欲全公者，亦为大局也。且恐不足于公者，因而扬波汩泥，岂能如鄙人之平情论事哉。鄙见已决，幸勿过问，何如？若实做，"外重内轻"四字竟将鄙作淹没，则世道可知，吾辈亦可以审行藏矣，公何虑之深耶？ 两隐。

一一八

前件何处已散失，复向一处觅得五纸，未审能适符缺数否。古孝廉事已见谕旨，铁香[1]疏也。贾丈。宝琛顿首。

[1] 铁香：邓承修，字铁香，号伯讷，广东惠阳人。咸丰十一年举人，历任刑部郎中、浙江道、江南道、云南道监察御史、鸿胪寺卿。

一一九

公勿甚措思，但照其平日议论挥洒一篇足矣。偶必以东里子产自居，亦不值得惨淡经营。倳非敢推却，自揣无枚述之才，而偶行甚促，且今日须补校数卷书，明日携之入直也。此复绳丈。名心叩。

一二〇

《方舆纪要》[1]五册藉呈。贱恙已愈,拟再避风一二日耳。竹坡处侄不便往,亦不便通函。渠性太坦易,出去尚须严整,公见时望与语,吾辈人总不愿予人口实也。其副朱善祥何如？丹老闻已至,今日当递牌,未审确否。黉斋世丈。宝琛顿首。

[1]《方舆纪要》:《读史方舆纪要》,清顾祖禹著,一三〇卷。

一二一

一孝廉船兴风作浪乃尔,柁师苦心天下见之矣,快事快事。顷所示竹书二则,殆明日留别作耶,抑今日所得？乞示。彼处办严,必茫无头绪,鄙人又不能往助其调度,甚歉然也。薄病已脱,尚如雨后残云,留连点缀一二日,当悉过矣。敬上樵公。名心叩。

健兄易服上身矣,旬日间驿马悉动,尚可稍缓乘骢。公不入酒国,可贺可贺。艾弟已归否？

一二二

昨有晋弁来,公得广雅书否,忍庵[1]回省,见其瘦减殊甚,望公劝其节劳也。敬上蒉公世叔。宝琛顿首,端午。

[1] 忍庵:王仁堪。

<h1 style="text-align:center">一二三</h1>

萧晋蕃已出西台,员缺方悬,不记见有几缺。安兄似须先乘骢马再坐辎轩矣。云件是否今日上布,公有所闻否。樵士世丈。名心叩。

<h1 style="text-align:center">一二四</h1>

光绪七年辛巳三月十六日

蒉斋世丈:

自十一日始,日入内俟三奠[1]毕而归,亦藉此询志长春[2]起居也。十一日召对后,十三日施之博[3]放曲靖府。复召见体元殿一次。长春宫用膳处。日来无事,自以静养为宜。前闻以悲感过甚,眠食弗康,旧证复作,连服归、芍、牡蛎、紫胡等品。十四日,进六君子汤,加牡蛎、鳖甲。十五日,饮食颇加,服鹿茸矣。内廷诸臣所看,皆隔日之药方,今午汪医入直,尚无所闻。庄守和[4]摘顶予假,岂足蔽辜,所开之方传闻异辞。然其不援贤自辅,厥咎固甚在也。闻合肥疏入,已奉允。东抚[5]乞身,今日事也。给两月假。二十日卯刻,奉移观德殿。李公来,当在奉移后矣。执事能回都自好。守丈[6]黄疸,宜服祛湿之品,何久未愈？殊以为念。心如乱丝,草此布复。十三赐函顷间始到,华洋局亦疲乏矣。即问动定。宝琛顿首。十六日酉刻。

[1]光绪七年辛巳三月初十日(1881年4月8日)慈安太后卒于钟粹宫。

[2]长春:指慈禧太后,时慈禧太后居长春宫。

[3]施之博:字显堂,号午桥,满洲镶白旗人。同治进士,历任云南曲靖府、四川绥定府知府,刑部右侍郎等。

[4]庄守和:晚清御医。

[5]东抚:山东巡抚。时山东巡抚为丁宝桢,字稚璜,贵州平远人。咸丰三年进士,历任岳州知府、长沙知府、山东巡抚、四川总督等。

[6]守丈:张佩经。

一二五

今晨召对体元殿,或日一起,或日两起,不见要人,不及详也。昨草草一晤,多未罄之言。未审执事何日得暇。幼樵世丈。宝琛顿首。[1]

[1]张佩纶光绪七年三月二十日随李鸿章从天津赴北京。二十三日李鸿章叩谒慈安梓宫,见慈禧,当在二十二日到京时。故此信应在二十三日前后所写。

一二六

光绪七年辛巳四月二十六日

幼樵世丈执事：

壶公[1]言足下来书，意颇不适，重以守丈黄疸未愈，正欲函讯，顷自蔼卿[2]交来短札，诵悉种种。讲学百日之说，当是邺侯所述，鄙人坐是复破金人之戒，望后传宣，日来入直矣。令亲过于郑重，便摇手不得，亦未老练之故。然倅随吾丈学习有年，每一事至，尚把持不住，何怪于令亲？茗老解组后，两造之均不遇，但知吉人不获免，它弗及详。禧圣十八日御养心殿，复连召二王，近日起居如前，药方加桔梗、藿香诸品耳。小村[3]向人言，黎仁斋不修行检，见轻外人，吾丈在津有所闻否？里门之行，回京当在何时，如有见教处，幸随时邮示。守丈所患渐减否？念极。手此，敬询动定，不具。世愚倅陈宝琛顿首，二十六日。

旭庄寄声问讯。

[1]壶公：张之洞。

[2]蔼卿：张华奎，字蔼青（卿），安徽合肥人。光绪十五年进士，张树声子。

[3]小村：邵友濂，字筱春、小村、攸枝，浙江余姚人。同治举人，闽台布政使、台湾巡抚。

一二七

光绪八年壬午六月二十八日

绳庵世丈：

惘惘出国门，不知此数日中，吾丈情怀又当何似，望随宜陶写，勿过忧劳。壶公以静待动之言，亦可佩也。昨过涿州，憩三甲店，见竹坡题壁，谓初三过此，雨涂甚艰，时已逾午，病泄不能进食，为之系念。想其世兄必续得途中书矣。日来小雨斜风，兴行颇爽，顷过西淀，红蕖绿柳，蟹舍渔舟，十二虹桥，宛然江南风景，不知较滠上何如耳。抵任邱，方报午，骤雨适至，遂卸装小住。且闻河间韦太守昨夕物故，故拟明日尖河间、宿献县也。相去日远，闻见益稀，到九江时或可阅邸抄。

公幸珍重自卫。草草，敬颂起居，不备。宝琛顿首。六月廿八日[1]。

[1] 陈宝琛于光绪八年壬午（1882）六月派充江西乡试正考官。此信作于自京师赴赣途中。

一二八

光绪八年壬午七月十四日

绳庵世丈坐下：

相去日远，相思益劳。兼旬以来，近局何似？途中块然毫无闻见,须至九江方得悉也。吾丈葬兄之请当在月杪,何日可归? 深用为念。此行公私交萦,心多所系,幸同伴得人,言笑真率,视陇游大相轩轾。昨过徐州,见程兵备国熙,闻肃毅[1]欲须葬后方出,未审信否。彭侍郎[2]住江宁节署,十日初旬方渡江,此间已知有交查之件,王不理于众口,柳则枉也。恪靖有退志,彭坚正之,当罢议矣。南交事如何,昨阅《申报》所述,朝鲜情形恐又是台湾故智,我若一矢不加,而欲解纷排难,势必不能,当局作何筹维,执事必有卓见,幸便中示及。前过任邱,草奉一札,途次悒悒不释,口占短句,录成欲寄,苦无便邮,兹并呈正。敬问起居万福。宝琛顿首。宿州行馆,七月十四日。

同人均为道念。沿途见偶斋[3]题壁,询之馆人,俱称其无病,至德州即分路矣。

赴北口寄蒉丈

天然鱼稻荖荷乡,鸥趁轻艭燕语樯。

十二红桥通一水,人家都在水中央。

卜居如许复何求,绝似吾家螺女洲。

寄语涴阳张叔子,何时投老此菟裘。

[1]肃毅:李鸿章,本名章铜,字渐甫、子黻,号少荃(一作少泉),晚年自号仪叟,别号省心,安徽合肥人。太平天国灭亡后,封一等肃毅伯。死后追赠太傅,晋封一等肃毅侯,谥号文忠。

[2]彭侍郎:彭玉麟,字雪琴,湖南衡阳人。历任广东按察使、安徽巡抚、水师提督、署兵部右侍郎等。

[3]偶斋:宝廷。

一二九

光绪八年壬午七月二十六日

绳庵世丈:

宿州奉寄一函,想登记室。顷到九江,索阅《申报》,知高丽之事,我军已发,与倭奴对垒相持,当可定盟而还,但丽人悉索弊赋,未免力穷精竭耳。过合肥时,知肃毅于望前北行,近必抵津。事变甚殷,吾丈能遂假归否?念极。此间但得见十三日邸抄,不才转读。钱擢学士。南丰以滥保被论,自是应有之义[1]。未知近日言路通塞如何。北三省试差,知好中无一与者。吾丈过从尚不寥寂,比来当有嘉谟,前诗略布区区,于尊旨有无符合。闻肃毅颇不满于替人北来,能无龃龉。合肥舆论,无人不愤诟。李梦轩谓曾令因其撤任,此事肃毅或未及知。能乘筱公家居,严为约检,所保全当不少,公盍为言之。手此,奉讯起居万福。宝琛顿首。七月廿六,九江驿次。

[1]光绪八年七月十二日,以曾国荃保荐擢用道员王定安,经御史李肇熙参奏王贪黷营私,种种荒谬,曾国荃着交部论处。

一三〇

光绪八年壬午八月二十七日

蒉斋世丈：

　　两月不见，真如三秋。途次奉函，计可入览。风雨重扃，尺书不达，诏怅何似。月之既望，即闻新命。觚棱梦中，君子天末，旬日惘惘，兼闻可庄失怙，《申报》有之。未能无情。北望京华，百端交集。夜分不寐，昧爽即兴。彗孛飞流，光甚前岁，观台占测，当有所闻。比来朝局何似？长春起居如何？拾遗柱下，专以累君，纳约自牖，幸惟珍重。日来疲于卷牍，心如乱丝。闻命以来，豪无端绪。卓见所及，幸时时相告。广雅无忍庵当更寂寞，官事顺手，心颜一开，竹云肯去否？兹附疏谢之便，草草奉布。敬问兴居，不宣。宝琛顿首。廿七。

　　润老[1]已遣眷北行，吉日改卜否？念念。

　　[1] 润老：边宝泉。

一三一

　　前信修毕，闻折弁初三始行。昨阅《申报》，丽王请迎归，其父不许，未知当轴有何深算。越事有动静否？此间文艺颇不恶，人言殊不足信，坐此益觉疲忙。匆匆再布，即问秋祉。名心叩。

　　润丈常晤否？为言枚岑[1]诸事均好，深为相得。

[1]黄彝年,字枚岑,湖南善化人。光绪二年进士。翰林院编修。光绪八年壬午科江西乡试副考官。

一三二

光绪八年壬午九月十九日

黄斋世丈:

别后屡草函牍,想尘青睐,未蒙札复,深用悬系。仲弟因妇病,来书辄草草。比来时事纷纭,执事忧国之深,有何谟议?远道传闻,末由揣测,殊惓惓也。此间大概如执事曩日所闻,孝先公明,庶司畏服,然不能自行其志,谈次辄蹙颎。抚军[1]廉俭自持,短在偏私,孝先云。颇闻有乞身之意,未知果否。侄杂群索居,不闻直谅,孝先在此尚属同心。嗣后有所见闻,当随时奉告。日来酬应拉杂,无片刻暇晷。明晨遣老仆回京,草此奉讯,并呈闱墨一本,鸿便幸惠我数行,藉慰饥渴。可庄欲全眷南还,侄已言其不便,未知肯变计否。敬问兴居,不尽。侄弢庵叩,九月十九日。

再同时聚晤否,近作何状,乞道念。顷晤润老,知庶子之命已下,何濡滞也,贺贺。

[1]抚军:时江西巡抚为潘霨。潘霨,初字燕山,后改伟如,号韡园,晚号心岸,江苏吴县人。光绪八年(1882)任江西巡抚。精于医,历官所至,恒以医济民。今所传《韡园医学六种》,乃其在江西时所辑刻。

一三三

光绪八年壬午九月三十日

黄斋世丈：

残秋尽矣，北鸿不来，迢迢国门，索居增感。吾丈新迁坊秩，月内须假归否。比读邸抄，新政多惬人心，甚不愿公稍离柱下。农曹轩然大波[1]，乃复纤萝不动，岂真诬耶？潜邱[2]有所施设否？东平谒假，未审何意。贵师深消津门奖劳之滥，然乎？安圃回京约在冬月，得来书否？得士若何？竹坡拔郑孝胥为榜首[3]，仲濂[4]丈幼子。洵为美才。叔毅[5]三艺均佳，而不入选，颇以为惜。然以竹公畏首畏尾之见，侄亦不愿家弟登龙也，但望其早日还朝，勿为烟霞所痼耳。涪翁墨搨属人代搜，迟当报命。夏骞甫所著《明通鉴》[6]征证颇富，其家秘不示人，兹与枚岑分刷数部，以两部寄京，一奉坐下，一赠再同。再同需《中西纪事》[7]，枚岑当有赠本，故不别寄，匆匆未及致书，晤时祈道念。如有惠札，望交蔚长厚、新泰厚两局转递，勿附折差，幸甚幸甚。敬请台安。橘洲叩上。九月三十。

[1] 农曹轩然大波：光绪八年（1882）"云南军费报销案"。

[2] 潜邱：阎若璩号。此处代指阎敬铭。阎敬铭，字丹初，陕西朝邑人。道光二十五年进士。时任户部尚书。

[3] 郑孝胥，字苏堪、苏庵，号太夷、海藏，福建闽县人。宝廷主持光绪八年（1882）壬午科福建乡试，郑孝胥中解元。

[4] 仲濂:郑守廉,字仲濂,福建闽县人。咸丰进士,翰林、吏部考功司主事。

[5] 叔毅:陈宝璐,字叔毅。陈宝琛二弟。

[6]《明通鉴》:夏燮著,同治十二年(1873)刊印。

[7]《中西纪事》:夏燮著,初稿成于道光三十年(1850),咸丰九年(1859)修改定为十六卷。

一三四

光绪八年壬午九、十月间

此间风尚简静,而病在疲苶。太白[1]诗名自贺监来为之减损,大抵廉俭是所长,拘滞阘懦是所短,凡事守旧,惟求无过,小处精核,大处模糊,请托复不能峻绝。故汪伦[2]以盛气陵之,善作威福,纯乎外官习气。洪厓[3]以虚架耸之。汪伦前岁以饯铿吹嘘,大饱使橐,留学后复大收程仪,老聃稍薄,因而积嫌,至今人犹能言之。经笥先生谓其偏执处可恨,惟恐属僚瞧不起。巽懦处可怜,惟恐得罪人。诚笃论也。是好人是好官,却不是好督抚,私评如此。然此公久有引退之志,若易河阳来,则情面殆有甚焉。孝先谈及,深以为忧。至贤能之吏,则以崔、冷为首选。崔诚悫精果,举重如轻;冷悃愊无华,勤于民事。博采舆论,无不佥同。洪厓独不慊之,而赏贺与汪与但,可以知其志之所向矣。阅后付丙。

[1] 太白:唐代诗人李白,代指李文敏。李文敏光绪四年至八年初任江

西巡抚。

[2] 汪伦:唐代诗人,李白好友。代指汪鸣銮。江西前学政(至光绪六年二月)。

[3] 洪厓:传说中的仙人名,代指洪钧。洪钧光绪六年二月起任江西学政。

一三五
光绪八年壬午十月二十五日

书来如渴得饮。三月中天时人事,固意公必有所陈也。灵光休沐,比来何似?读铁香[1]疏,直如铸鼎然犀,好官自为,是非何在,郁郁数日,无可告语。窃意此公于定狱后,亦当引疾而行耳。不审太冲《咏古》笺注若何。空同退志颇决,殆亦为此朽木不可以为柱,信然。更生在闽,闻当道欺其忠厚,旁人咸为不平,闽墨足以针砭庸俗,为喜出望外。九月廿八起行,到京想在腊初。癖拗性生,然勇于从善,须善道之。气类太孤,惟望二公共补衮职,江湖之忧何能已耶?贵师母闻已过清江,此时当到,诹吉自在明春。

道体入冬何如?尚服温补剂否?安兄冬半当归,竹林之游,千里神往。侄定于月初首途,水邮疲滞,归来须祀灶后,已告润老[2]。执事论报销开单一疏,经笙先生深不为然,屡属致声,养气为上。刘令树敏回江,雅宾堂兄。谓执事疏弹潘伟如[3],信否?此间宦场闻桂林詹事有白简,似是而非,犹未悉中要害。赐函当急递行次,前寄《明通鉴》已到否?尚须何书,幸示知。《三通》须到崇仁觅之。敬问叔度世丈起居。侄谡叩,十月廿五日。

［1］铁香：邓承修。

［2］润老：边宝泉。

［3］潘伟如：潘霨。

一三六

光绪八年壬午十月二十五日

更生[1]使装必甚单薄，不至如浙游垂橐而入否。枚臣所得亦不及汪伦之半，此事固存乎其人也。洪厓神力广大，能使牧令拜其门下，迥非吴祭酒比矣。不才只有力矫其弊耳，远道如有所见，幸相告。丙。

［1］更生：指宝廷，时正从福建乡试正考官返京。

一三七

光绪八年壬午十一月十六日

黄斋世丈阁下：

得十月九日惠书，备悉种种。慰留半山[1]，至于再三，或存其颜面而俟其坚请耶？抑有它说？近日医家但求合于古方，不深辨病候，以治膏肓，何能奏效？吾丈苦心孤诣，鄙人独知之耳。更生归，吾道不孤，盍为酌进一方。暌隔千里，望闻问切，均无所施。闻一证候,辄逾旬日,故不敢寻参觅术也。瓜畴信来,颇有心于此道,所见自浅,幸常指示之。太冲乞归临淮,又复暮气,后起者不过尔尔。帷幄运筹,亦非易易,况空文耶?吾丈且少竢毋轻发,能游说芳邻,召壶公入,或援潜邱为助,庶有着手处。灵光比来如何,所系亦綦重。以潘谷墨易李廷珪,恐一蟹不如一蟹,但望经笥能举其职,毋令侵权,日前已语之矣。近日鄙状可询忍庵兄弟,匆匆不及详陈。即颂兴居。铁叩。冬月十六日。

已属京间拨五十金,托尊处寄苏门吴世兄收,送到时费神费神。

[1] 半山:王安石,号半山。代指王文韶。

一三八

光绪八年壬午十一月廿七日

六丈:

筮易得昼接之象,意进御方药王不留行,其一味也。鄙人日前以终夜不寝以思命题,亦拟用和润之剂代攻破苦,未诊脉不敢立方,丈殆此意耶?新延二医亦在意中。景岳书乃束高阁,此殆病家主意,左右不能尽言耳。吾辈此时且静竢之。医家未有不自顾门面者,出手数方谅不大谬,日久则技穷而弊见。若持之过急,将倒行逆施,攻下更难,病家益受其害。鄙见如此,丈然之否?匆匆草布,即颂起居,不尽。铁叩,仲冬廿七日。

一三九

光绪八年壬午十一月三十日

顷读邸抄，知丈特邀异数，为天下庆，复为足下忧。以公鲠直，加以豸冠，必昼夜思所以酬主知，餍众望者，庸夫俗子皆意计及之。惓惓之私，则以正气方萌，群阴犹盛，枢机之发，动关大局，不可不慎。吾曹夙戒近名，意气感激，亦宜时时警省。公平日绝物太甚，既长西台，有扬激之权，于陈、邓诸君不妨略加青眼，天下人岂能尽如吾意。此数君者，皆比上不足，比下有余，彼好名则以名予之，彼干禄则以禄酬之，此帝王所以奔走豪杰，圣贤所以激厉中材者也。公所处地望，宜以能容人为体，能下人为用，前寄小诗中"累土岑斯尊"者即谓此。若可用之才不收之为用而又绝之，是自树之敌矣。公当鉴其愚而不非其言。高山仍同列否，其素日声名大，可小试牛刀。竹兄、健兄当先后归。健以公故，少郁忠说，得毋愠耶？比来当局何似？观公与憨公二事，犹足以涂饰观听也。手此，再布蒉丈坐下。弢叩。仲冬晦日舟中。

一四〇

光绪八年壬午十二月十四日

蒉斋世丈阁下：

初旬舟中草白一缄，顷省会邮来仲冬手书，读悉一一。弟一方在愚意中,不意乃烦攻下,苦哉公也。一文定贻误至此,而又二之,事会如是,天意可知。差喜台纲得公一振,此后当有激扬之举,用副明诏,藜藿不采,所裨已多。司农儆贪,大快人意。仲献归来,气类不孤。驲门榷关,禁中少一端士,习吏事以化结习,于彼有增益。壶得乐山[1],喜可知也。新薇何如,虑其言过于实耳。半年来搢绅簿新采夺目,江湖小臣时时额手。此间宦场名为简静,实则泄沓。长官以轮委为公道,以酌委为妙用,得委者不过一年,但求无过,取盈宦橐,岂暇问利病、论兴革。长官无举措,故下吏无精神。此吏治所以日偷、民生所以日弊也。鄙人常谓江右委署章程,纵使至公至正,亦不过调剂穷员而已,恐非设官治民之本意,况又意为爱憎,瞻徇请托哉。河阳[2]固不足言,经笥亦非壶公之比,局外人亦但坐视沦胥耳。目下循分之事,牵于积习,尚自问心不过。曩者,忍庵劝佺请隘学额而不果,今身当其境则悔之无及。盖每县文理通晰者不及十人,而进额有三四十名之多。必申明旧章,任缺无滥,则违拂俗情。故在瑞州忍之又忍,而临江文风之劣尤甚,不得已而通府缺十余名,想舆论必已腾沸。此事须言路痛抉其弊,请通饬责成,照例从缺,则各省皆当奉行,不至独为怨府。否则相率因循,名器愈滥,士习愈漓,虽劳精敝神,唇焦笔秃,而无作新之法。如有人肯说,询忍庵必能详道,或由鄙人自陈为天下先,何如?公为酌之。自抵章至今无一静晷,习为烦劳,未尝不好,但学业益不进矣,奈何?二十日竣事回省,当有兼旬小住,再行详布一切。匆匆草复,敬问兴居,不宣。弢庵手上,腊月十四日。

　　仲兄、健兄当已归,候候。

问津一席,俀意公入西台[3],后必辞脱,书来犹在先也。所筹甚善,敝处拟岁寄三百,如不足,随时示知。壶公令兄事,当与润公言之。并复。再请岁安。戣叩。

前书欲矫公之偏,语多过当。"能下人、能容人"二语,指陈、邓辈言之,非谓包荒小人也,如戈、如张、如周,不当淘汰耶?公当不以词害意。

[1] 乐山:奎斌,字乐山。光绪八年十一月任山西按察使。

[2] 河阳:晋人潘岳曾任河阳县令。此处代指江西巡抚潘霨。

[3] 光绪八年十一月十一日(1882年12月20日)张佩纶署都察院左副都御史。

一四一

光绪八年壬午十二月二十日

贳丈:

中丞比来连布两缄,谅登记室。今日临江事竣,解维旋省,劳劳两月,自问无补丝豪,阁下何以教我?盗骢人乃病足,精力亦全无,此间黄堂谬劣庸冗者多,伊在此尚在无咎无誉之列,可怜可怜。贪诈伎俩竟无所用,然尚恋栈,经笥似不便再姑息矣。在省时刘璧臣曾言常宅借券已由执事批销邮还,渠拟再寄百金代李偿通,此君亦能吏也。昨海东来书,善书掣肘,大有引退之意,观其复禀,意忿词激,恐难相安，纷纷置棋，台事将不可问，以庸人御名马，固宜有此。连宵辗转，计惟有稍破常格，专其责成，令自奏事。但身在江湖，语侵梅花，亦有不便。原函录呈。公幸留意，或与更生、瓜畴图之。都梁曾以款曲面布，更生抄稿中有论朝鲜事即上更生书也。诏下求贤，执事有无论荐？才守能兼已难其选，况器识闳远者耶。此间官场尤称乏才，润老雅重，董瑞峰丈近闻已调权首郡。昨见署瑞州府王延长，精勤朴练，经权得宜，询知曾在文正军中司文书，笕糈台，故于理财尤精核。惜其年将七十，恐不及用。此外求如崔棣村者，盖无人焉。冷镇雒守优于才，足为循吏耳。鄙人未跻九列，复解讲职，知人不易，不过纵论及之，非敢妄有所陈也。经笥颇赏小贺，闻近遣其权守吉安，殆因贺老犹寓赣郡，如回南昌则又来就养，不如令就近迎养于吉耳。其实小贺不过小有才，岂值孝先[1]赏识，亦足见此邦道府之无人也。仲献[2]归来有何议论，常晤及否？近日台官有无后起激扬之用，责在公矣。近见东朝召对甚勤，想起居必更康胜，函便示及。舟中草此，敬问兴居，不宣。侄宝琛顿首。十二月廿日。

[1] 孝先，汉代边韶，字孝先。此代指边宝泉。

[2] 仲献：宝廷。

按：此函原件标有收信记录："陈伯潜三封，附二件。二月五日到。"

一四二

光绪八年壬午十二月二十七日

闻新疆分界可，去年以大雪封山，俟今夏开办。但沙振亭领队，偕俄官逾冰岭南来，已在别叠里贡古鲁克等处会立界牌，于是天山尽头南北相通之路，已属扞格不通。查旧约所载，天山以北山水应属中国者尚多，入手便失机宜，可惜。昨还省后[1]，两晤河阳。新政意在慈祥，如粥厂之类，或可如随人俯仰之言，则经笥可自展积抱。壶公令兄事，润公允阁住不催，壶公有此兄，润公言之犹有余怒，江右不催，他省尚须招呼也。再上蒉丈，名心叩。廿七日。

[1] 陈宝琛光绪八年十二月末回南昌。

一四三

光绪九年癸未二月初七日

绳庵世丈阁下：

春来尚未修问，冗俗可想。正月十二出省至今，袁州文童才试竣，日内当校射矣。昨由省邮来嘉平手书两函，知公感恙，想已早愈。时事如此，人才如此，公宜宝啬精神，勿贻友朋忧。顷见《申报》，竹坡自劾买妾[1]，下部严议，其追讼往事耶？抑故态复作耶？疑问不解，为废寝食，此亦阴阳消长，所关非一人一家之事也。实孚[2]使蜀，朱[3]故耶？以什百庸众目注而心羡者，举以表直，固足激厉台官，但冠獬者益寥寥矣，奈何？铁香[4]廉悍明达，有办事之才，然在此时似不宜出。合肥春半想必予假归葬。防战之略有无定筹，仆欲申论倭事，请蓄艾三年，伸威一鼓，未审近日交趾缓急情形。公如谓然，当必有所指授。校勘保案获免，甚慰初心，但题缺太多，恐不免于迁擢。鄙意小官则受，大官则辞，必有讥其学半山者，听之而已。此间上下积疲，学校尤甚，以致士习日漓，文风日下。既已当官，不敢习为波靡，按试所至，稍尚严整。自以积重之势，未便径情操切，然庸耳俗目，已为惊诧。稍间拟入一疏，申旧章而破积习，如得请奉行，尚可以循分尽职，否则分内之事日夜疚心，何敢抵掌论天下哉。河阳到此，鉴于前车，筹考费以赡官，月考一次膏火二十金，次十六，次十二。举春觞以娱绅，设义学以惠士，议于省垣设十二所，以诸生为塾师，现向藩司筹款。捐赈米以悦民，凡所设施，不日当登申报馆。此间当道均生手，故孝先[5]一时断断离不开，其于地方利病、属寮贤否，尚有端绪也。河阳于孝先以公故，貌甚敬礼，始呼姻丈，继认同年，目下尚不枘凿。鄙人在省亦劝其推诚委任，但其路径究竟不同，此后能如公言，则幸甚也。然亦只能蹈常袭故，使江右吏治不至江河日下。若欲挽回痼疾，则孝先尚病和谨，何况河阳！兴言及此，益叹才难。壶公令兄[6]税事，已语孝先，允为缓催，当不相逼。与壶公久不通问，近来疆事顺手否？磨勘事已发下，未知省官如何讯鞫，即有情弊，非本生，即誊录内帘，只见朱不见墨也。文卿[7]前语我谓寻隙者众，乃不出其所料，此三年中之谣诼又不知若何。然与其畏首畏尾，而仍不免于中伤，不如我行我法也。但自律必严，不致授人以枋，至因公受过，则防不胜防，问心亦无所怍。出都后，于朝贵皆未通函，丹公处乞为致意。贱体尚耐劳，随处问俗，冀长更事之智。新延倪茂才入幕，曾在鹰翁晋幕，壶公聘之而未赴。诚悫宏毅，于时务极为讲求，惜僻居乡间，论兵尚多隔膜，朝夕相处，当受其益。手此，敬问兴居，不宣。宝琛顿首。

健兄并候,未及作书。

前函未发,顷见竹坡如议褫职,合观两次谕旨,自是归途复蹈故辙。犹记临歧苦口谆谆,乃竟任性纵情,不顾大局如此,令人愤懑欲死。人之不可以无学也,甚哉如是!自讼往事,则不唯可恕其既往,且当奖其不欺。鄙人亦可以论其曲直,似俟观原奏后再决。公谓何如,乞速示。名心叩,初七日。

顷肝气大作,学养不进之征。寿丈[8]擢臬,意中事,不足喜也。

[1]《德宗实录》卷一五七光绪八年壬午十二月:"内阁学士、侍郎宝廷奏,途中买妾,自请从重惩责等语。宝廷奉命典试,宜如何束身自爱,乃竟于归途买妾,任意妄为,殊出情理之外。宝廷着交部严加议处。寻议革职。"宝廷外派归途买妾已是两次,此次自劾。

[2]实孚:邵积诚,字实孚。光绪八年十二月(1883年2月)任四川学政。

[3]朱:朱逌然,字肯夫,浙江余姚人。同进元年进士。光绪七年至八年任四川学政。

[4]铁香:邓承修。

[5]孝先,边宝泉。

[6]壶公令兄:张之洞三兄张之渊。

[7]文卿:洪钧,号文卿,江苏吴县人。曾任陕西、山东乡试,视学江西。曾派驻俄、德、奥、荷四国大臣。

[8]寿丈:黄彭年,字子寿。光绪九年正月(1883年2月)任湖北按察使。

一四四

光绪九年癸未三月十一日

黉斋世丈阁下：

入春未奉手书，询润公，知诹吉二月二十三日，复闻有知贡举之命，遥谂内助得贤，瑟琴静好，春官桃李，此时正夙夜在公也。停捐善后一疏深中时弊，如能准行，所裨无量。西台芜薉蓟除，健兄徐徐而来，免与哙等为伍，忠谟谠议出于一门，自是盛事。宝琛滥叨恩命，越次迁除，诵"维鹈"三章，汗下不已。本拟疏辞，属以詹事缺员，状元居上，既不同于破格，又难托于避贤，草牍不成，遂靦颜拜命。顷已考毕三郡，随事整顿，益见积习之深，教官、书院、学额、县府考诸弊。因附片略陈梗概。明知滔滔皆是，言之徒以迂阔取讥，然在官言官，舍此则治标，而无救于本，病此间深中宽疲之弊，故鄙人矫之以严，不惜以一身府怨丛谤。日昨严檄各学勒限戒烟，未知此令得行否。然童生有因是摈斥者，分宜案首不进。生员有坐以注劣者，似不能独恕于校官，其细已甚，公闻之必莞尔而笑也。二月初旬，由袁州驿发一书，昨来九江始知外封被拆，未知内封亦拆损否。此间驿站最可恨，凡是敝处来往文书动被偷拆。前因袁州离省稍远，又无信局，故将此信附黄华农函中，邮递招商局，附轮寄津，内尚有家书一总封，谅蒙饬交。河阳极爱作声名，自是好处，米谷免厘，已荷褒允，当更兴会，但处处存见好之心，经笪殊苦之耳。经笪在此亦断断不可少之人，盖情形熟于河阳，属吏不敢售其欺，识见之胜自不待言。宝琛春半过省，匆匆易舡即来浔阳，经笥未得面，但手札往来，意颇郁郁，四月杪回省，当罄一切。昨见《申报》，谓法人将大举寇越窥边，宝海[1]召回本国，未审果否。铭将军[2]引疾归，代者何如，清卿当可行其志，喜桂亭[3]不耐穷边，无志之极。闻新疆分界，开手即失机宜，将西陲来信摘录别纸以呈，公可按图审其得失也。匆匆奉布，即颂兴居，不宣。宝琛顿首。三月十一日，九江试院。

闻新疆分界，去年以大雪封山，俟今夏开办。但沙振亭领队偕俄官逾冰岭南来，已在别叠里贡、古鲁克等处会立界牌。于是天山尽头南北相通之路已属扞格不通。查旧约所载，天山以北山水应属中国者尚多。入手便失机宜，可惜。

[1] 宝海：Frèdèric-Albert Bourèe，法国外交官，1880—1883 年驻华公使。

[2] 铭将军：铭安，叶赫那拉氏，字鼎臣，内务府满洲镶黄旗人。咸丰六年进士。吉林将军，光绪八年二月以病解归。

[3] 喜桂亭：喜昌，葛勒额氏，字桂亭，满洲镶白旗人。库伦办事大臣，光绪八年二月以病解归。

一四五

光绪九年癸未五月初十日

贲斋世丈中丞坐下：

月来以公入闱，久未笺候，折差又于榜前出京，未领复书，弥用怅惘。南交事亟，屡于洋报见之，合肥南下当是确音，若能张我军威，折其骄气，将来代立条约如朝鲜之于倭奴，此便是好结局，但恐缓不及事，则彼蓄虑深入，必且大肆贪残，补牢之谋更将安出？边情瞬息万变，此邦僻左，得一的耗，辄已逾月，杞忧漆叹，不敢妄有所陈，亦恃有公运筹帷幄耳。前见洋报，定制兵船渐已来华，未知铁甲已藏工否。合肥此行水陆兵数共有几何，如果战舰齐全，水师精锐，则南平越难，并可东索球疆。侄春初尝欲申论倭事，因南定之警而止。今若乘此大举，法必求成，则回师东指，是不得于法而得于倭也。旁观遥度，恐蹈危事，易言之失，公谓如何？此间事多，润公主持，虽中峰不能有大举错，欲举矣，然无错，盖最当错者，即吉林之私人，敢乎？而补署循章尚称公道，不似糊涂，在日事事专政徇情矣。但亦有为难处，则两君情性本不侔也。去岁刘树敏，雅宾堂兄，河阳初衔之，近复邀之入署，颇有招摇之事，孝先亦有所闻。自京来，声言公劾河阳，河阳来此闻之，虽知其诬，然以为恨，屡对人自白与公无隙。近鄙人过省，又为言。此语非止刘发之，殆由孝先与我不合所致。力为解之，终不释然。润公今岁述职届期，拟先日请觐，盖欲借以脱身，然以此间时局言，吏治精疲，伏莽牙蘖，当局枪法万乱不得。润公受言不多，却自胸有成竹，偶与论品属吏，亦皆灼然，实目下江省不可少之人。或者明廷鉴及，止令毋来，则所全者多。鄙人有所闻见，则以语润公，无所用其论列。但崔茅春[1]以同年之嫌，不能荐之于朝，听其老于闲曹，是用疚心。此邦知府庸劣者众，故润公亦不能不赏贺良桢也。润公言黄照临[2]狡诈虚饰，能谄能骄，宰朝邑而师丹公。丹老、左侯皆为所惑，此次擢云中守，自出潜邸札记,但其人万不可恃,恐壶公亦误引重之,必贻后悔。并举实迹数端,皆蒙混上司伎俩。鄙人昔岁过陕,亦耳其名,大氐大言不惭,亦是湖湘一派,不意其如此之甚也。公致壶公书可先及之,善为驾驭,勿过信任。谅亦无所售其奸矣。来教见规,时置坐右。四海之内,非公谁复为我言者!誉言信不少,幸皆浅鄙,不足以长傲。近进一阶,愈觉大而无当,而半年来为职事所窘,晨夕无一暇晷,不进则退,良用自惧。叔毅近自南来,稍分校阅之劳,其学养亦足以益我。尤望公时时以言相警,庶三年之别,不致嗒然而失其故吾。曹子建诗"在远分日亲",暇时辄诵此以解离索之苦。闻竹坡羞见公面,近日何如?佺愤恨累月,顷始以书存之,未知使归尚有一年之蓄否。席卿[3]肯伸正论,自是难得,为仲献计,则藏拙为愈耳。健兄持满后发语必惊人,惜远道不得尽闻。博泉[4]前辈近亦铮铮,西台中大有人矣。壶公当常通问,史事顺手否?春间邮一书,未审何时达晋。顷试抚州,下月试建昌。外郡直同乡僻,朝报渺无所闻。七月方回省岁考,赐书但寄交署中,自能包封送棚。春初大疏所陈四事及满御史变通之法,皆先获我心。部议何似?便中望示及。敬问起居,伏祈惠察。弢庵顿首上,五月初十日。[5]

[1] 崔茅春:崔国榜,字茅春,安徽歙县人。同治八年进士。历任江西兴国知县、广西右江兵备道。

[2] 黄照临,字梦范主人,石门人。光绪九年癸未(1883)张之洞抚晋,黄召授山西大同知府,十年甲申(1884)署山西按察使。

[3] 席卿:锡珍,额勒德特氏,字席卿,蒙古镶黄旗人。时任吏部右侍郎。

　［4］博泉：刘恩溥，字博泉，直隶吴桥人。同治四年进士，时任监察御史。

　［5］此函原件标有收信记录："陈伯潜，六月十二日到。"

一四六

光绪九年癸未七月二十九日[1]

黄斋世丈执事：

　　尘劳喝病，久不奉书。自公出阃，未得手翰，想内持风纪，外策军谋，昕夕贤劳，殆无虚晷。音尘翘企，结轸弥深。数月以来按试僻郡，尺书不至，边报稀闻。近回省垣，略得大概，然流闻之语终恐失真。窃意当轴有怡公，台端有执事，大局所系必能主持，局外游谈，转扰至计。况遥为测度，宁中事机？故累欲指陈，命翰辄止。迩者将为岭水之行，暑往寒来，腊尾始能返棹，南上水程且千余里，音信益复阔绝，偻偻之愚，不能自已，拟入一书，以备刍荛。虽徙薪之已迟，或补牢之未晚。盖倪掣徐肘，此间新有所闻，故借此论之，于尊恉当不相谬也。润公请觐，谅可不行，河阳之心，则日祝其速驾。此公宽慈和易，近亦好名，无如见解囿于出身，但知干誉市恩，不复维持大体。自谓破除情面，实则事事徇人，加以言语不择，爱憎无常，好明察而性复健忘，尚权术而病之浅露，故属寮无严惮之意，左右有煽惑之缘。其于润公，颇思周旋，终患枘凿，始则怨其出纳之吝，近且疑其主计之疏。鄙人每归，辄为导解，而不能破其牢固之胸。润公虽稍病拘牵，然用人一秉至公，鉴别属员亦不失之远。盖鄙人终年在外，孰贤孰否，固全在吾目中矣。前书谓此间不可一日无润公者,此也。刘芝田[2]近为河阳所喜,日夜望其开藩,彼以润公为深沈,而真深沈者乃不之觉,骇哉。目下尚不至侵权,但事事不痛快耳。鄙人于官守略有整顿,然皆分内事,不足奉告。公如闻其措置之不当,幸随时诏之。即问兴居,不一。橘洲顿首。七月廿九。

如有赐书,勿交舍弟处,渠性疲缓又善忘也。侄又顿首。

[1] 此函原件标有收信记录:"伯潜,十月二十九日阅。"

[2] 刘芝田:刘瑞芬,字芝田,号召我,安徽贵池人。李鸿章幕僚。时任江西按察使。十月,边宝泉擢陕西巡抚,刘迁江西布政使,后任驻英出使,广东巡抚等。

一四七

光绪九年癸未十一月二十二日

黄斋世丈:

不得手书半年有余。边事如斯,公乃远出,比当还报,运筹何似?无任仰瞻。北宁为我军驻防之所,突被攻取,城北公[1]消息如何,此间既无图籍可稽。窃意北宁必滇粤军门户,北宁失则粤军不得接济,刘团且与滇军未能犄角,所系诚大。胜负本无定局,兵端既启,断难中止,但虑前茅挫失,中枢方寸已乱,则游移舛午,势将旋战旋和,大局岂复可问!日来废寝忘食,唯日望公之早归,而又恐其不及事也。驰驱僻左，闻见茫然，欲有所陈，辄落后着。郁郁居此，不能自持。润公抚秦[2]，匆匆即发，不及一面为别。幕中无人，已以倪子新让之，即香公延而未至者也。此间事专赖润公维持，贤否灼然，不阿请谒。故其去也，正士短气，群小快心，所谓伊人，非之无举，刺之无刺。润公晤时当能言之。不才非愿学金人者，位逼嫌多，故守"言未及之"之戒也。安兄论时务书，但见一斑。秋间复札近已邮来，匆匆未及另笺为歉。吉试旬余可毕，腊中当还会垣。公如稍暇，幸草数行，以慰饥渴。此请台安，不宣。宝琛顿首。十一月廿二日，吉安试院。

[1]城北公：取自《战国策·齐策一》"城北徐公，齐国之美丽者也"，代指徐延旭。徐延旭，字晓山，山东临清人。咸丰进士，历任广西布政使、巡抚。光绪十年(1884)中法战争中，因备战不力，指挥调度无能，在法军进攻北宁时，清军不战而溃。徐延旭被革职，解京判斩监候。后改为充军新疆，未离京即病死。

[2]润公抚秦：边宝泉光绪九年十月任陕西巡抚。

一四八

光绪九年癸未十二月十九日、二十日

黄斋六丈坐下：

前月寄书后，旋知公入译署[1]，艰巨毕集，忧劳可知。然窃为大局幸也。顷回会垣，日阅《申报》，北宁之谣传已息，山西之败耗频闻。地本濒河,黑旗弃而不守,于全局尚无大碍。区区所虑者,庙谟不坚,不能胜此一挫,画虎不成,将取侮四夷,延祸数世。夙夜思维,此事万无中止之理。明知事机屡失,补救愈难,而不能不力争上流,冀斡全局。已将此意疏入,意在规越,即以牵其兵势不得内侵,勿为虚声所慑,恨于筹饷一层未能说出实际耳。附片录一呈览。其一则,不敢自同局外之意,非敢为跃冶之金也。半年有余,不得公书,不见不闻,如处乡僻,《申报》纵有确信,亦多后时,论事未必尽中,不过聊尽其心。所恃有公在内,公所不能为,鄙人虽千万言何益耶?壶公近在右辅,谟议必多。竹坡失官颇自在,其如忧时何?润公维扬度岁,春正当抵都,此间事必能详述,此时亦无暇问及狐狸矣。匆匆手布,敬问岁釐,不宣。宝琛顿首,十二月十九日。

折弁未行,而得六月廿六日手书,书邮迟误,遂及半年,可恨之极。侄前疏已后于时,此疏恐又不切事情。南北迢迢,怅惘何似。问津之席已辞,廉泉何以自给?兹先寄奉百金,将意少缓,当如前约寄上。前书非不满边,望之奢耳。此间年来局面悉仗其维持,去后弥动人思。晤时当知之详。余言前函已及之,公暇如有赐书,迳寄票号信局,较可早读。手此,再颂起居。侄琛顿首,廿日。

[1] 张佩纶光绪九年十一月(1883 年 12 月)任总理衙门(译署)大臣。

一四九

光绪十年甲申闰五月二十一日

绳庵世丈坐下：

前月望后奉寄一书，何时得达，久不得复，殊耿耿也。公到闽后，所闻所见又复何如？凡所施设，当可见示。琛坐须后任，十一日始奉批谕，略知任使大恉。因闻彼族背盟，急急交印抚军，兼程东下，途次奉初四日赴津议约之谕。嗣接北洋来电，仍先督防申备，今日可抵金陵矣。自至江西，精神耗于纤微，气体伤于庳湿，蒲柳之质，旁人时为之危。盘错亲承，岂敢稍爱心力，但惧以神虑弗及，覆公悚耳。

公半载不赐一书，索居省嚣，不知所措，外间无人可商。昨从章门咨调两候补，取其廉朴可助耳目，已与中旨不合，然则五石之瓠又何所用乎，此清卿为其易，而公与宝琛均万难也。台事以属省三[1]。公驻节何所？琛拟先住江宁，免生间隔。战事果成，我两人赤手空拳，世虽谅之，亦何以自立？拟巡历各口后，归驻镇江，为长江卫门户，公谓何如？七省水师之议，已否会复允行，及今为之，已病其迟。朝邑[2]于兵事未必有远略，余益可知，长叹而已。闻兰洲[3]新被劾，信否？河阳得家书，张皇至于吐血，以语闻于公，疑所指使。嗣知四款皆不中要害，又怪公之故甚其词，患得患失，其駴可怜。濒行附论其属员数人，语虽不甚侵之，然必心寒胆裂矣。四月半奉寄一缄为信局所阁，公行后始往投,近尚未递回也。匆匆手此,奉讯起居百福。宝琛顿首。闰月廿一日,舟中。

闽中仰食他省。募兵既众,筹食宜先,不然坐困之道也。颖老有大略而近疏,今老矣。公见之乎? 子峨[4]诸事匪实能分劳否?

[1] 省三:刘铭传,字省三,安徽合肥人。时任台湾巡抚。

[2] 朝邑:阎敬铭,字丹初,陕西朝邑人。光绪九年(1883),充军机大臣,总理各国事务衙门大臣。

[3] 兰洲:刘璈,字兰洲,湖南岳阳人。时任福建台湾兵备道兼提督学政。

[4] 子峨:何如璋,字子峨,广东潮州府大埔县人。同治七年进士,时任福建船政大臣。

一五〇

光绪十年甲申闰五月二十九日

篑丈:

得电示后,彷徨踟蹰,商之曾而不得其实,南船精练者亦寥寥也。此时又宽一着,但前约蒙混已甚,胶葛太多。此时彼方挟战要盟,补救之难,夫人知之。北洋自居事外,全权乃以畀曾。琛请假不报[1],暂自持服,性本闇拙,加以方寸瞀乱,以临盘敦,得无辱

71

命？致身之义，又不容辞，奈何！公宜教之。晤竹云，知公半年来被谤之深，可为长太息。旭庄习闻俗论，不谅局中，因爱成怨，殊不可解，相知贵知心，信哉。兰洲为人掣肘，台事坐是不振，省三到彼能与协力，则幸矣。勾留沪上，恨不能归，相见何时，思之黯然。电信迅捷，当常相闻。如遇密件，应用暗码，请以"海内存知己，天涯若比邻"为识。行人临发，夜色向阑。匆匆草布，敬问起居，不宣。宝琛顿首。廿九三鼓。

船政中王树翰沉朴有为，见之否，公不宜当前敌，船厂固重，非全局也。

[1]陈宝琛是年闰五月二十七日上"乞假持祖父期服折"，未获准。

一五一

光绪十年甲申六月十一日

黄丈鉴：

五日来无日不呕气，驳曾难于驳巴[1]。初九局大坏，而不能不示镇静。商邮大衍，相持至今。日来得罗丰禄往来其间，始知赫德播弄不少。今晨奉严旨申饬，似廷议见责，圣谟忽变，然亦此间之办无眉目有以致之也。目下彼使消息已通，细磨谅无裂理。但中旨所遣美使巴又不愿与商，限期屡展，徒增风鹤之惊，总署[2]来电全无准凭。曾复昏愦自用，琛得免为幸，恐不能耳。无船援闽，疚心何极。昨电录旨,想已入览。此无权之发轫,琛尚可会办乎?顷有客归里,草此奉布。不寐三四夕矣,颊舌肿痛,日饮瓜浆。前有复壶电与复公电,翻译互误,可以知其惫乏。传电暗码用"海内存己,天涯若比邻"二语,如隔二则用"内",隔三则用"存"之类,书式于后。即问筹安。侄琛顿首。六月十一亥刻。

子峨同年先为致意,少闲手复。

隔一密"海",隔二密"内",隔三密"存",隔四密"知"。

[1] 巴:巴德诺(Jules Patenotre),时任法国驻华公使。
[2] 总署:总理衙门。

一五二

光绪十年甲申六月二十五日

黄丈阁下:

前寄郑丈一书,计已送览。台幸一胜,军火难济,诚为焦急。总署来电,专候照复,决战此事,殆无转圜。日内只盼巴黎来电,未知巴阅福禄诺[1]手据后议院又有何辞耳。廿三日电拨"开济",琛即商曾[2],彼时未知已有旨也,因曾坚不可。且念一"开济"无益,恐反资敌,故即电复,而曾今午乃以廿三、廿五两旨见示,中有争论情形一语,殊可骇诧。来电勿着痕迹,伊耳目最多。询其电奏何词,则不肯言。当此危急扰攘之时,琛若亦发电奏闻,徒使九重动气,且琛在此,诸事多不得闻。株守上海,除吴淞外,无所谓布置。前日复有谣诼,若再哓哓缕渎,非争权即卸责,故亦隐忍不言,公等亦无庸再说矣。愤懑书此奉布,余容电陈。即请勋安,并候子峨同年。

侄期琛顿首。廿五夕。

[1] 福禄诺(Francois Ernest Fournier),法国水师总兵,1884 年 5 月 11 日在天津与李鸿章签订《简明条约款》。

[2] 曾:曾国荃,字沅甫。曾国藩九弟。时任两江总督兼通商事务大臣。

一五三
光绪十年甲申六月二十六日

绳庵世丈:

芜湖舟中复寄一缄,日内当入览。久不得书,良用系怀。法人挑衅索偿,声言夺地作抵,福州港路回曲,唯船厂近海可虑。区区所忧,则城中盖藏太虚,米船两月不至,坐困之道也。公所设施,盍一示之?琛因锡、廖叠次电催到宁,三日即行。此间筹防专重镇江、江阴两重门户。宿将规划方新,断非书生所能参议,所任杖者陈湜[1]一人。中枢不能不用威毅[2],威毅即不能不用陈湜,一时无可匡正,幸以李成谋[3]代李朝斌[4]统兵轮为得人耳。江左将才尚多,财用未匮,视闽事较可有为。而自维才气魄力远不逮公,所共事者又难强以相就,此行匆迫,归再图之,商订细约。笔舌岂能持权,被命不敢不行,深恐无以仰称肃毅前约,罅漏滋多。纵无此次变卦,细款亦必镠辖,如能不存成见,推诚为公,或有得尺得寸之益。琛自谋素拙,唯天子使,不敢巧自解免,公幸有以教之。华船暂止往来,拟坐太古商轮北驶,如有惠书,可寄津门。手此,敬请台安。宝琛顿首。廿六日吴淞舟中。

[1] 陈湜,字舫仙,湖南湘乡人。湘军宿将。历任陕西按察使、江西布政使等。

[2] 威毅:曾国荃,封一等威毅伯。

[3] 李成谋,字与吾,湖南芷江人。咸丰四年投效水师,累功擢守备、参将、总兵、福建水师提督、长江水师提督。

[4] 李朝斌,字质堂,湖南善化人。行伍出身。咸丰四年曾国藩调充水师中营哨官,累功擢至参将、总兵、江南提督。

一五四 *

圣明如此,公何以为报耶。贾丈。宝琛顿首。

一五五

公明后日来均可,琛无日不闲也。欧[1]迄不至,或者为左右所尼而中变耳。晤时再商一切,公暂勿致书。贾斋世丈。弢

复上。

[1]欧:林寿图,字颖叔,号欧斋,福建侯官人。道光进士,曾任陕西、山西布政使。曾主讲鳌峰书院。

一五六

既能见左[1],应即请圣安。且公虽引疾而未奉开缺之命,依然供职也,但须先遣人招呼,俟其将到招呼亦可,省得临时不相应。此节无关于谦傲,晤谈时毋倨足矣。与其以疏简见讥,不如以尽礼得谤,公自知之。初八日临恭[2]当来,初六亦有客至,公初七过我,当馨积悰。果否,唯酌。两隐。

法舰忽扬,如得其故,幸示。

[1]左:左宗棠。

[2]临恭:叶大庄,字临恭,号损轩,福建侯官人。曾入张之洞幕。

一五七
光绪十年甲申十月二十九日

侯[1]晤绅,诋小宋[2]误闽。别对人言,张某不知兵,兵有四面,但知一面,须在我处熏陶,我如老婆子,当为后生引路等语,是非尚不颠倒。闻今日到长门,未知何时就公观厂,但其志大言夸,辄欲即日渡台，或故作大言，欲人留之耳。晤时当有一番议论也。此老倔强犹昔，公宜以柔制之。城中传言，台得胜仗，法且求成。日来得北洋电否？有新到《申报》否？两隐。廿九。

丽事[3]可忧，清卿未必能了。陈履仁辈复佥呈，两相抵制，不过多此一举耳。公之去就，且视查复，鄙亦当熟计之。吴万敏在水师营中即杨廷辉营，曾上图于提调处而不得达。未知达提调否，其人朴僿无文。公览渠日前因缘而来，弢亦不常见之。公可召来，将报销奇货两层揭开，老实人当能觉悟。壶电无可复。左之营务恐已随左下长门矣[4]。同志恨少，焦闷无聊。橄榄颇美，分公尝之。两隐。廿九。

[1] 侯：左宗棠，封恪靖侯。

[2] 小宋：何璟，号小宋，筱宋，广东香山人。时任福州将军，光绪五年始兼署福建巡抚。光绪十年与张佩纶共同抗法，战败后革职回里。

[3] 丽事：指日本入侵朝鲜。

[4] 时左宗棠以钦差大臣身份督办闽海军务，抵达福州，挽救战局。

一五八

光绪十年甲申十一月初四—九日

《曾集》二卷检呈。越捷恐无救于台危，弢前尝主急剿关外之议，既思台地沃衍，彼未必舍旃，而我军袭远亦太劳，故近来成见颇摇。公谓何如。壶电代公决,与鄙见合。什长、亲兵各一人,本拟遣隶麾下,复思荐左处,局中如有额可补,则更无待外求矣,迟日当遣上。此复黉丈。名心叩。

一五九
光绪十年十一月初六日

示悉。消长循环,天之道也,鄙不为公恨,且留一人亦何裨,公何不达耶?此时幸镇静处之,裴[1]似可讽,但渠亦必候部文,公年内恐不得行。明后日当诣谈[2]。明午遣轮到坞尾,鄙出城即诣。黉丈。弢叩。

方撤赏否?未得详,但渠亦为梅花赋所累,并入弹章,闻与盛偕。恐查复未为别白也。

[1] 裴:裴荫森,字樾岑,江苏阜宁人。同治进士,时为福建按察使、福建船政大臣。

[2] 张佩纶于光绪十年十一月初七日至螺洲,与陈宝琛晤谈两日。

一六〇 *

别纸所示极感。许[1]诚佳士,慎密明敏,稍嫌近圆,以公不圆,

---

* 一六〇至一六七短笺当作于光绪十年年末。

故云,非贬词也。于幕最称。渠已选教官,而缺瘠又绝远,不能为养。公能调入局,咨调有例。彼即食薪,又免赴任,弢亦无须别为之谋,固所愿也。但公莅事伊始,用人必公,既有应移换之员,即以补阙,俾其在公食功,庶杜口实。弢于公何嫌可避,为弢谋,为许谋,亦须为公谋耳。他日有进退,尚当推毂一二也。丙。

[1] 许:许贞幹,字豫生,福建侯官人。光绪进士,曾任浙江按察使。

一六一

尊论甚是,弢为曾九帅[1]所摇,谓非攻其所必救也。陈、刘晨来,略罄所言,沈实查牛、杨,特东渡与公无涉。但悠悠之口,犹排方挤张,未审直道能伸否。钞报附缴,什长、亲兵明日遣上,什长亦一弁,可充戈什,许升知之。丙。

[1] 曾九帅:曾国荃,曾国藩九弟,人称"九帅"。

一六二

许贞幹新选武平县学训导,经南洋会办咨调赴宁,现已回闽。咨回之文尚未投,投即须赴任。公如用之,须先告我,令即投文,以便公咨调也。尊处不便,则勿勉强。鄙思安之左处,陈、刘皆可托。便中酌示。何先生未回信。丙。

一六三

示悉,容商复。壶公直如在壶中,何不闻不见如此。复电乞代发。此复篑丈。弢叩。

一六四

《大戴礼解诂》尚存一部,可以奉饷,《豫章文献》仅得此耳。贞臣昨来,谈及所条各事,皆与公意合,而都中所传一书竟是赝笔,尤可恨也。柑美甚谢。敬复篑丈。弢叩。

一六五

手示读感。粤馆事已与仲决,定以让林孝廉宗开,乃江右旧幕,孝友可敬,前欲推毂于公者。林得此席,则鄙心慰,如仲得也。乞公晤方商之,毂与洪不相知,前因觅木船不能不问木客,问木客不能不寻直年,洪适直年耳。自夏间一面遂不闻问。员绅俗见,可哂。篑丈。弢叩。

林戟卿孝廉,名宗开,癸酉乡举,住东门外。锡三在江,莱山在徽,皆延入幕。江右即莱所荐,前途如何,即请公书条交之。

一六六

陈、刘昨谈及公让船政,弢已驳之。左意但欲弢代颖[1],弢颇思讽颖自请撤团,团撤则颖免抵排[2]。弢省牵率两益之道,但与创团和议微悖耳。两船同造不易之理,不必避嫌,煤铁皆船政要需,公既访煤,盍谋采铁。穆源矿地闻为船政所购,前有梗之者,故召民[3]未及开挖。学生池姓其人尚在局否,可传询之。许顷入城,数日后当属造谒。什长、亲兵遣到公处,传信较便。无须留舍,东食西宿,憎兹多口。公位置王郎一纸发提调,外间已传诵矣。津、沪两电借印代发,感荷。绳丈。弢叩。

[1]颖:林寿图,字颖叔,号欧斋。

[2]光绪十年八月间林寿图辞团练。上谕,闽事紧急,特命林寿图办团,以辅兵力。

[3]召民:黎兆棠,字召民,广东顺德人。曾任福建船政大臣。

一六七

壶电亦是,鄙昨思之竟夕,亦作是想,以公诬虽白而耻未雪也。部文未到,似可自电署,公盍与壶往复电商,廿四当可交替,年内且缓行。敝庐虽狭,可以度腊。黄丈。弢叩。

山妻闻我谪官，喜其不送头皮，劝我尼公自请击越，谓手无尺寸，益难见功。自诩智乃出妇人下，狐疑不决，仍须公自断也。

一六八 *

竹坡信来，读之心恻。可庄书极力自辨[1]，并以奉闻，便中掷还。蒉公。弢叩。

[1] 时陈宝琛在与王仁堪、仁东兄弟往来信札中多有反驳闽绅语。此函当作光绪十年十一月左右。

一六九

手示读悉，李书所见极是。批旨既到，公宜就局中应整顿兴革者逐事疏明，为入告地，不存五日京兆之见，即非误事，稍缓催款，造船即非见才，一月内查奏亦当定局矣。福克所策非不善，顷潘露来，谓断不成。但恐办不到，利百害一，在当局为之，则功多而过少。公以群疑众谤之身，肩此重担，又恐有持其后者耳，故以一书告左，或遣人先告陈、刘。听其裁决，亦所谓尽吾心也。或自电署，然非有真把握，且虑左见猜。啼笑均非，公已知之。日来俗客颇多，少缓再图奉教。手此，即复绳丈。弢叩。

---

* 一六八至一七五短笺当作于光绪十年十月至十一月间。

李函缴。闻颖老拟访公兼过我[1]，即商前事也。

[1] 光绪十年十月(1884 年 11 月)间林寿图为陈宝琛母丧事题主。

一七〇

上意如斯，少安毋躁，日来多为公不平者，直道尚未泯也。愤愤者当思所以觉之。此复绳丈。弢叩。致壶，乞代电。

一七一

福克事，北洋不以为然，即不成矣。闻恪靖日内因无法渡台发怒，大呵营务处，三呼渡河，忠可敬亦可慨也。此说一献，恐左欲办，未敢孟浪，今以三说求政，并将原件呈上。一令提调告营务处。大意谓鄙见英未必售船，德未必借旗，福未必胜任，法未必不挠。不查验则旧船充数，一查验则枝节横生，必致漏泄逾期，惟福克既有此说，为援台，若无船队亦徒望洋而叹。此策非福克所能办，而在中国则舍此无策，故不能不录存之云云。如以为可，此纸发还，以便代其拟稿。

一七二

提调致营务，不如公自致侯。如虑其昏耄，并行可也。来示大意甚是,原纸遵缴。难处弊处不妨多说,省免他日归咎于建议之人,公自一腔热血,鄙不能不过虑及之。篑丈。弢叩。

合同缴。铁甲须约明几寸厚,学生中当有知者。

一七三

此事恐为高丽贻一口实,左虑船归高丽,鄙虑法以给文故而修怨于高丽也。价昂船旧,弊小;无人管驾,弊大。公先询李、吴,再商左相,辗转已须数日,福克先听归,用时再电招之,何如? 遣员与福同见陈、刘,似无嫌疑。公急于援台,然此举仍恐无济,左若不为不如其已。此时上旨但以造船属公,吾尽吾心可矣。战事本非咄嗟所办,公视事之易,自由于任事之勇,鄙已解会办,则不敢轻于赞成也。鱼雷艇既非年余不到,合肥中止之说未尝不是,且少俟之。鄙见勘定之后,上之用舍及公之去留始可决,此时无可着手,是否俟酌。此复篑丈。弢叩。

"澄庆"船身尚坚,与"扬武"仿佛,不如"开济"马力之大,然犹胜于"南琛""南瑞",即福克所购。亦坚脆异也。季渚[1]以"澄庆"为何如,木行须禀商家,君再复。再上篑丈。弢叩。

[1] 季渚:魏瀚,字季渚,福建船政学堂毕业。

一七四

示悉。两君能来甚好。即复黄丈。弢叩。

一七五

萨[1]来略谈片刻，其人坚苦刻厉。闻其成婚数月即出洋，归复在南北洋当差，十余年中，在家仅半载，询之果然。公亦可知其概矣。揭帖殆不得管驾者所为。前觊"伏波"，近谋"横海"，故林承谟事亦有匿名书揭皇华馆门首也。见怪不怪，其怪自灭。欧老未来，公如闷极，不妨约期来谈。昨北洋有人来电，谓法、倭暗通，倭舰扰台，法船二赴韩截我船，时局益紧云云。果尔，又如何措手耶？何实有病，亦畏船政病深，俟公去就稍定，再为言之。乡先达中可振式浮靡者，鄙但取何先生与曾前辈。此二君时论皆以山长推之，而聘书皆不及，其品可知。此外所谓庸中皎皎，年辈则不逮也。手此，奉复黄丈。弢叩。

[1] 萨：萨镇冰，字鼎铭，福建福州人。曾任清海军统制等职。

一七六

人才可惜，朝局可忧，身外悦来，无足措意。净师赠公诗曰：

"君子玩易理。"赠鄙诗曰:"忧时定李郭,失志何高岑。"亢龙有悔,固为吾辈言之也。惟念宣仁圣明,不禁潜然。李实合肥,恪靖[1]在江宁,与肃毅[2]合疏保唐[3],请速鞫定留,为边才殆为此耳。鄙城中多亲故,尚须勾留一二日,还乡当就公谈。此复蒉丈。癹叩。

[1]恪靖:左宗棠。

[2]肃毅:李鸿章。

[3]唐:唐炯,字鄂生,晚号成山老人,贵州遵义人。道光二十九年举人。光绪八年(1882)任云南巡抚。中法战争中,因守城不利致使山西、北宁失守,被捕入狱,判处斩监候,后被赦免归乡。光绪十三年(1887)复官,赴云南督办矿务,前后达十五年。

一七七

光绪十年甲申十二月二十九日

江干分手,忍泪回肠,今夕当抵困关度岁矣。入城始知左、杨[1]二公咸莅长门,城中皇皇,以为本日开战,甚至惊疑炮响,傅会电光,可想见七月初三流闻之况也。今午下乡,则二公已还,法踪杳然。惜公早行,未获与恪靖一面,可谓缘悭。友山[2]中丞以公信宿敝庐,意当过年,早间犹来询也。昨闻欧斋竟于初旬疏请以鄙会办团练[3],彼时盖未知鄙之左迁。计此折近亦将达,如其有命,鄙决意辞却,自应呈请督抚代奏,但措词颇费斟酌,公幸有以教之。

日来电局无新闻。兹托友翁发马递,复书托地方官递回,或由友老转交,何如? 黄丈坐下。制宝琛稽首,廿九夕。

[1] 杨:杨昌濬,字石泉,号镜涵,别号壶天老人,湖南湘乡人。湘军团练出身,晚清军事将领。历任甘肃布政使、闽浙总督兼福建巡抚、陕甘总督兼甘肃巡抚、兵部尚书等职。

[2] 友山:张兆栋,字伯隆,号友山,山东潍县人。道光进士,历任四川按察使,广东、安徽、江苏布政使,广东、福建巡抚等。

[3] 林寿图光绪十年十二月奏请陈宝琛会办团练。

一七八

光绪十年甲申十二月三十日

绳丈坐下:

　　昨托友老排递一函,已入览否? 电来廿七邸报,公竟以奏报失事,掩饰取巧,戍军台,子峨亦在遣,左、杨袒护开脱申饬,众口铄金竟至于此。望公顺受勿怨尤,留此身作林文忠、姚石甫[1],但恨我不能学张亨甫[2]也。军台出塞几许,音信易通否? 固知相见有期,而迢迢数千里,鱼鸿阻修,能不肠断! 公既不能携眷自随,但愿仆从得人,赀斧无缺,省心无竞,力能办之。亟思蹑踪水口一面为别,而明日元日买舟不得,怅惘而已。手此奉问,即颂新祉。名心叩。除夕。

[1] 姚石甫:姚莹,字石甫,安徽桐城人。嘉庆十三年进士,桐城派古文主

要创始人。鸦片战争爆发时,姚莹正任台湾兵备道,和总兵达洪阿一起积极率军抗战。清王朝向英国屈辱议和后,竟将姚莹、达洪阿革职逮问。戴罪以知州分发四川,两使西藏等,最后死于军中。

〔2〕张亨甫:张际亮,字亨甫,号华胥大夫、松寥山人,福建建宁人。是鸦片战争时期享有盛誉的爱国诗人,与魏源、龚自珍、汤鹏并称为"道光四子"。鸦片战争爆发后,力主抗战、反对妥协。在姚莹被解押送京都时,他等候途中,陪同姚莹上京都,并代姚莹作《狱中辨冤疏》。

一七九

光绪十一年乙酉四月二十二日

蒉斋世丈阁下:

别后累奉惠函,鄙仅寥寥电讯,以行踪靡定,离绪纷来,故作书辄止。得悯忠寺书,知三月下旬当赴戍所[1],和议归赫德手定,宜从者之有远行,寸丹不灰,宜于困心衡虑、拂乱所为之时,坚其骨力,增其德慧,用行舍藏,此时犹道不著也。曾文正自言,所用力在能立能达,不怨不尤,立谓坚定,达谓圆融,行得去凡,章奏公牍无一矜张语,皆是达,亦四十以后阅历有得之言哉。

宝琛乡居蓄缩,奉亲读《礼》,旁无所营。樾翁[2]以宽平治船官,滥竽者日进,恪靖欲拓开炮政,屡屡牵率,不才已力却之,而津之吴、粤之龚,皆日觊觎于长官之推毂,此公所谓吾辈视之如腐鼠、而人慕之如膻者也。恪靖衰惫可怜,于公则始终称服,虽遭申饬而不悔。和局成,当有归田之请矣。壶公杳不通问,闻其累疏言撤兵太速,有不达时务之批谕,未审确否。风传清卿革职,以卿衔勘边界,岂讹说耶?不得京信已两月余,潜邱乞休何故?安圃、再同近状何似?林文忠诗不日可付手民,小帆有书致谢,并望大笔为之弁言。左侯留友山署抚,申饬不准,兰洲[3]复有被参之事,询自台来者则引绳批根,大都失实。甚矣,听言之难也。

相去日远,会面何时,思之黯然。此后奉书从何处寄达,幸示及。手此,敬问道安,不宣。制宝琛稽首。四月廿二日。

家严气体安适,命笔道候,弟辈随叩。

[1]张佩纶光绪十一年赴张家口戍所。

[2]樾翁:裴荫森。见前。

[3]兰洲:刘璈。见前。

一八〇

光绪十一年乙酉七月二十七日[1]

黄斋世丈大人足下:

连得宣府两书,并拜塞酥之赐,严亲加膳,感谢无涯。吾丈比岁忧劳,得即疏放,慰之者幸其仔肩之释,惜之者感其髀肉之生。实则束缚驰骤,不如屏弃宽闲,乐行忧违,遁世无闷,《易》理固如是也。来教谓安命易、去矜难,鄙见恐惧不易,以丈平日用世太急、疾俗太严耳。尝谓宋五子[2]书,唯豪杰可读之,庸庸者一涉藩篱,不为伪儒,即成乡愿。丈欲自补其偏,未始非韦弦之助。若鄙人则服习二十年而成一没作用之诚、没胆气之敬,奈何。

五月之末,因房船新退,思揽台厦形势,东渡旬日[3],躬历基沪战场,博咨彼己失得之故。大潜[4]知之,留谈两夕,于公甚惓惓,于台事、善后亦了了。惟修怨兰洲,极意罗织,为士民所不服,不独基隆一役也。前月有台绅数十来省讼兰洲冤,兼云欲拟叩阍,大吏不敢理,近使星度台,必有道旁上书者矣。或云二使按台事毕,当入闽,复核马江战状,欧斋谓是铁香所请。此老神通狡狯,其言当有据。公道存否,视此役矣。

恰靖自和定后,感愤特甚,近患痰壅,两日而薨。前一月犹疏论基隆、马尾功,众以为刘咎不减唐、徐,批旨责其比拟不伦,原折掷还。其末路仿佛马伏波[5]遭际圣明,明珠之谤,或无由作耳。公闻其耗,能勿泪下!

闽防无过问者,各省海军之议,恐亦徒托空言。孝达欲合闽、粤治船炮,持论甚确,如闽之不能何?时局乏才可叹,吾辈不与,亦可幸也。宝琛及诸弟均在乡日多,出门亦无可与语。家严近体康适,时以执事塞上索居为念。秋风起矣,伏希为道自卫,不宣。制宝琛顿首。七月廿七日。

琴诗自嫌不佳,故未录寄。公近作定富,能示一二否?

[1] 此函原件有收信记录:"十月初六到,十八日复。"

[2] 宋五子:北宋理学家周敦颐、程颢、程颐、邵雍、张载。

[3] 陈宝琛于1885年乙酉六月应台湾巡抚刘铭传招,访台北,先至厦门。

[4] 大潜:刘铭传,时任台湾巡抚。

[5]马伏波：马援，字文渊。东汉开国功臣之一。官至伏波将军，封新息侯，世称"马伏波"。死后遭人构陷，被刘秀收回新息侯印绶，直到汉章帝才得平反，追谥"忠成"。

一八一

光绪十一年乙酉七月二十八日

大潜赠款本拟由西号汇兑入都，因其索兑费太巨，迟留未发，其款为番银。闽新议平公如有熟识之人，可以互汇或由津拨付，乞酌示之。至兑京是否交北半截朱宅代收，并示，以便照办。纯友近奉北洋札调，不日赴津，云当谒公于塞上。草草寄意，再请环安。制琛顿首。廿八。

一八二

光绪十二年丙戌三月三十日

木君[1]世丈阁下：

自客腊奉复一函，数月以来不得塞上消息，诵顾梁汾《金缕曲》，时复肠断。入春后事如乱麻，心如槁木，于公处未通寸札，他可知矣。计公荷戈已及一年，例得纳锾珂乡，又无一廛，归后寄迹何所，天时人事，来者可思。颓放如不才，自分以奉亲读书，老于岩壑，特天涯海角二三知己，未知萍聚何时耳。壶公招为粤游，卒卒未果，近亦杳无音问。此时中流一壶，何异江河一苇，闻其乞归不得，亦可哀也。迩来学道无得，遁而入禅，蠋螿写忧，聊以自遣。仲勉就仙游书院之聘，去省会有三日程。叔毅日事铅黄，仍如畴昔。闽事无可述，"横海"触礁，《申报》所叙极确。公成而我名之，宜其有此。独怪制府厚福而不能庇及，所荐之人，不几使萨镇冰匿笑数千里外乎？手此，敬讯起居，不宣。世愚侄制陈宝琛顿首。三月晦日。

家严命笔致念。

林勿师去腊考终，向日每侍谈，辄及公，并出扇书相示，恨见晚而别促也。谢枚如[2]丈近自白鹿洞归，嘱通函时为致拳拳，望公养晦自坚，为岁寒之松柏。二老皆识公日浅而气谊殊笃，故并以闻。又及。

[1] 木君：张佩纶自号。

[2] 谢枚如：谢章铤，字枚如，福建长乐人。光绪进士，致用书院山长。

一八三

光绪十二年丙戌十月二十日[1]

黉斋世丈大人阁下：

夏间两书先后奉到，屡欲草答，志颓气结，不知所云；重以病魔纠缠，家事琐屑，灰懒无似，因循至今，负疚极矣。吾丈骨肉之戚，及兹十年，百端交集，无言可慰。然外观时局，内审遭逢，亦何者不可作达观也。时晦艰贞，公当有以处之。

宝琛入夏患疡，秋冬病肺。家严五月间右腕猝尔痿弱，疗治三阅月始愈，近虽平复如旧，然思之辄心悸不已。自维蒲柳之姿，益以庭闱之恋，从此韬光息响，肆志岩阿，不复敢问天下事矣。来书以学禅一语谆谆规益。鄙人实禅于心，非禅于学，吾禅即吾《易》也，吾老庄也。畴昔之夜，道人戒公勿馁，戒我勿躁，我学禅，公不屑学禅，盖两得之。惟千里离群，质疑何日，为黯然耳。近日数入石鼓，涤疴写忧，因于涧中结一茅楼[2]，颜曰"听水"，考盘永矢，颇欲见诸咏歌，他时或当有以奉正。《霹雳梧》诗附入前函，并左文襄祭文稿，竟付浮沈。兹再录寄，和作可勿拘韵，公诗境近必益进，甚望寄示数篇。家严望公赐环，问须纳镮否。仲勉已归，叔毅治《尔雅》未毕业，亦极相忆也。敬颂道安。禪宝琛顿首。十月二十日。

今是楼额必须公为一书，每字以尺为度，早寄至荷。子峨所居近否，有书一封乞转致之。琛又顿首。

霹雳梧[3]

三年搜豫章，一震得焦尾。审音迟钟清，侔色彤管炜。时维癸未秋，日越辛巳胐。急霆破晴昊，疾飘猎干卉。老梧千岁阴，香叶半庭韡。空心城凭狐，白昼斧劈鬼。锵然孤凤皇，辟易万蛇虺。始知妖氛澄，乃显神物伟。胡为依荡函，不遣贡丹宸。五弦来南熏，夐矣皇风遄。

录王松溪大令麟书和作：

陈伯潜侍郎试士南昌，日方午无云而震，既而知雷击盐法道廨老梧,梧中有狐窜厓山庙,雷逐而殛之,侍郎谓梧材中琴,乃赋《霹雳梧》诗,邀余同作。

狞雷走妖狐,冥默涵至理。一惊而百伸,良材以之起。高树抱贞心,百年忍半死。挺挺劫之余,良匠为色喜。配以冰丝弦,清声自兹始。遇合苟不逢,摧败辱泥滓。所以菁莪诗,中心喜君子。

[1] 此函原件标有"祈寄张家口,"以及收信记录:"光绪丁亥正月初三。"

[2] "听水斋"建于光绪十二年丙戌(1886),"去岁夏日,……筑一小寮,颜曰听水"(见《闽县陈公宝琛年谱》第50页1887年)。

[3] 诗稿原件附于函后,《沧趣楼诗文集》未收。

一八四

光绪十三年丁亥正月二十一日[1]

蒉斋世丈大人阁下:

去冬由安圃处寄奉寸笺,附致子峨同年一缄,未审入览否?望日得十一月廿六日手书,读悉壹是。岁事更新,亲政伊始,赐环不远,祷祝弥殷。宝琛除服倏将两月,家居竟成安土,承询出处,深感关怀。自维进无寸长,不如退而养志。二三友朋或劝其出而即归,于义较合,索居积陋,不知所裁,幸公即为我决之。康侯[2]昨日沪来石帅[3]委带恪靖营。为言,劼侯[4]于公气谊颇契,将白其冤于朝。白不白不能增损公,而康侯之心悦诚服,终始不渝,亦可罕也。安圃去官,实孚益孤立,语默因时,郁郁可想。仲勉行止视鄙人,今岁殆仍就讲仙游,叔毅则朝夕一编,不知理乱矣。手肃,敬颂春安。诸郎均吉。侄宝琛顿首。正月廿一日。

[1] 此函原件标有收信记录:"光绪丁亥三月廿四日。"

[2] 康侯:刘麒祥,字康侯。光绪十年,曾随陈宝琛到沪,同法国公使谈判。光绪十六年,任江南制造局总办。光绪二十年,署苏松太道。

[3] 石帅,陕甘总督杨昌濬,字石泉。见前。

[4] 劼侯:曾纪泽,字劼刚。初袭一等毅勇侯爵位。

一八五

光绪十三年丁亥十二月二十六日

绳庵世丈大人坐下:

夏间自粤归,草布一缄,忽忽半年,迄未奉问,而北书亦久不至,梦想殊劳。比维养晦居贞,德业益粹,无任跂仰。宝琛今岁连占归妹[1],俗忙不胜,身惫学荒,赐也日损。然家严向平愿了,心体近益康和,山中粗谋菽水,倘得读书奉亲,如李愿[2]之居盘谷,于愿亦足,又复何求。河决奇灾,际此吏玩财穷,高阳[3]乃承其乏,流亡满目,隐忧方深。南皮[4]乞休不得,改而请觐,去就两难之况,言之慨然。其治事太劳,作书太懒,公处近得其一纸否?三年塞上诗学日深,计已都为一集,暇中盍录一长卷见惠。转眼春融,赐环在即[5],当倾耳以听远音也。敬请台安,不尽所言。宝琛顿首,腊月廿六日。

家严命道相忆,舍弟同叩。

[1]"归妹":光绪十三年(1887)十月、十一月陈宝琛两妹出嫁,二妹陈芷芳适台湾林尔康、三妹陈芝芳适高向瀛。

[2]李愿:陇西人。唐代著名隐士。与韩愈、卢全为好友。韩愈有《送李愿归盘谷序》。

[3]高阳:李鸿藻,字兰荪,直隶高阳人。历任工部、吏部尚书,军机大臣等。

[4]南皮:张之洞,祖籍河北省沧州市南皮县。

[5]赐环在即:张佩纶光绪十五年四月戍满返京。

一八六

七月廿五夜石鼓山中奉怀之作[1]

东坡饮啖想平安,塞上秋风又戒寒。

久别更添无限感[2],即归岂复曩时欢?

数声去雁霜将降,一片荒鸡月易残。

独自听钟兼听水,山楼醒眼夜漫漫。

[1]诗收入《沧趣楼诗文集》,题《七月廿五夜山中怀黄斋》。原作于光绪十三年(1887)。

[2]此句《诗文集》为"此别岂徒吾辈事"。

一八七

光绪十四年戊子八月二十五日

黄斋世丈大人坐下：

夏初连奉塞上来书，知公年来动忍增益，著述自娱，甚慰积念。环音先得粤电，嗣闻已由津入都，长安似弈，朝士无多，恐更不如负大瓢行歌儋耳时，萧然自得也。清卿[1]七月书，谓公已回丰润。计无一椽半亩，殆不能为隐遁之栖，然养晦销声，长安居大不易，或者啖荔岭南，往就故人乎？宝琛浮湛闾里，志气荼然，维于家事能稍分堂上之劳。家严迩来心境较适，气体视前为胜。弟侄辈亦得专心文史，今科应举者，璐、瑄、璜三弟及仲勉之子懋鼎[2]。瘦公雅故，冀得登龙，未审如愿否耳。两郎君就傅有年，下笔定惊鹦鹉。鄙人如陶彭泽依然弱女慰情也。屋后小楼以壶公言改名"沧趣"。昨有何非，今未必是，蒔花移石，听水看云，颇相忘于江湖。惟二三朋好星散天涯，时用耿耿。偶斋想已晤，近状可想。屡欲寓书，则百端交集，恐入情障，宁为其恝。去夏在石鼓山中感忆一律，亦未寄与赐和。二诗情文娓娓，读之感喟不已，叠韵再呈一律，自知不及前诗也。

惠寄牛乳饼旨而太多，入夏易于变味。家君感公垂念，弥用珍惜。无厌之求，冀公于冬春间寄购百余枚为赐，足矣。健兄是否在京？何时服阕？艾弟藏身人海，比来兴致何似？康侯秋初到京，公晤及否？手此奉布，敬请道安，不宣。宝琛顿首。八月廿五日。

家严命笔道念并谢。弟辈随叩。

[1] 清卿：吴大澂。

[2] 陈宝琛三弟宝璐于光绪十四年中式举人，六弟宝瑄以茂才获选优贡，七弟宝璜甲午年举人，侄懋鼎次年己丑恩科解元。

一八八

光绪十四年戊子十月二十日

津门两函旬日间先后奉到，读悉种切。宝琛八月内草就一书正欲寄去，旭函适至，谓晤公梓泉所，月内当归涅，葬边夫人。前书遂暂束高阁，俗冗因循，倏忽至今，公怪其愁，诚无以解。

联婚合肥[1]，此间九月初旬即有言者，晤憨公亦云，读来书始信。从此梁虎桓车，倡随得偶，盘中之乐，岂羡夫列屋闲居者。惟流俗浅见，怨家深文，多有以援系为言。相爱如宝琛，虽谅公无他，而不能闲执其口。但遥遥一心，望公此后深自韬晦，卓自树立，无论用舍行藏，总有以副前此之清节，勿以一蹶故视同瓦注也。四海之内或惟壶公同此心耳。

安圃令郎年才几何，获隽可喜。憨公令侄亦捷浙闱，同辈中重联谱谊，可谓巧合。舍弟辈明春偕计，可以趋谒求教。宝琛则习于拙懒，无复西笑之思，但离索数年，不能一亲故人，为惘惘耳。莲池却聘，明年卜居何处，乞示行迹，以便通问。前函并诗附呈。倘爱钟鱼句，今宜易矣，一笑。手此，敬请大安，不宣。贾斋世丈阁下。

宝琛顿首。十月廿日。

家严极相忆，时时谈及，命笔道候。

观棋闻又入长安，金玦三年信誓寒。雨夜梦回疑妇叹，竹林酒熟忆朋欢。肯将龟策从詹尹，倘爱钟鱼对懒残。住惯烟波怕尘土，停云直北奈迷漫。

黄斋六丈依韵见和诗至，已赐环，叠前韵再寄都门，即求教正。宝琛呈稿。

[1] 张佩纶光绪十四年(1888)与李鸿章女成婚。

一八九

光绪十五年己丑正月十八日

黄斋世丈大人阁下：

去冬奉书已达览否？春风扇和，伏惟俪祉骈绥，箸祺宏畅，至以为颂。前书以三至之疑，语多过虑，久未得复，深自惴惴。然至今此间官场犹肆诬谤，虽明知子虚，弗能辨也。名之为累，乃至于斯！养晦自修，是在君子。诸弟偕计，宝琛留奉老亲，不获与陪麈谈，十分怅惘。渠等凤叨爱末，近又与健盦之公子为齐年，益当修后进之礼。公能常进而教之，俾不虚此游，科名迟速不足较也。健盦近体闻颇逊前，见在京否？极以为念。窭斋督河[1]底绩，壶公独任粤事[2]，所谓离之两美。近常通函否？家君近甚安健，命寄枣糕四匣，知公嗜此也。临发草泐，祇请台安，言不尽意。宝琛顿首。正月十八日。

[1]恧斋督河:吴大澂,晚号恧斋。见前。吴于光绪十四年(1888)七月署河南山东河道总督,当年十二月堵口合拢。

[2]张之洞光绪十年至光绪十四年(1884—1888)署两广总督。

一九〇

光绪十五年己丑三月二十六日

蒉斋世丈大人坐下:

舍弟过津[1],得望颜色,并辱两札,稍慰离居。公赁庑著书,清闲有味,允示《管》《庄》副本,得与参校,为幸多矣。《晋史》卷帙浩繁,卒业不易。闽赵在翰[2]尝为补表,近从谢枚如[3]丈借钞,思为刊行校雠,尚未竟也。和章音节骎骎,有益坚益壮之慨,弥愧鄙作之颓苶。家居百口,鳞杂役心,遮眼一编,泛滥无纪,叔毅言之良信。马少游谓衣食裁足,乡里称善人,区区者犹不易为。来教拳拳,盖如蹶痿之思起也。蒙惠牛乳饼,极鲜美,家君感公相念不渝,每食嗟叹,常望有相见时耳,谢谢。手复,敬请道安。阖第均吉。侄宝琛顿首。三月廿六日。

村居僻陋,京华书札更稀,时事直茫如。昨闻高丽思窃帝号,敢为嫚书,自有主之者耳。俄路计已可达珲春,当轴或犹处堂,合肥公之措注可得闻乎?蝼蚁忧天,多愧其不知量也。蒉公足下。

宝琛再顿。

先师梁吏部[4]叔毅外舅之弟德邻丈济谦在津卖医,近随铁舰南游,谈次以官陕时未得仰见丰采为恨,属为先容,俾遂愿见之私。其博涉书史,倔强自喜,挫折而志不衰,海南游历尤多感慨,引为谈交,尚非靡靡者比也,惟酌之。再请道安。侄宝琛顿首。

[1] 光绪十五年二月初八(1889 年 3 月 9 日)陈宝琛二弟宝瑨、三弟宝璐、六弟宝瑄过津拜见张佩纶。

[2] 赵在翰:字光亨,福建侯官人。道光举人,富藏书,所蓄多珍本。

[3] 谢枚如:谢章铤。

[4] 梁吏部:梁鸣谦,字礼堂。曾任吏部主事。陈宝琛乡试受业师。陈宝琛弟陈宝璐(叔毅)娶梁鸣谦之女。

一九一
光绪十五年己丑六月十六日

蒉斋世丈大人坐下:

春间连奉两书,以公方还溲,迁延未报。仲弟归,复承手简,重劳远注,感愧何似。藉谂行藏协道,箸述娱情,深慰驰系。世道人心已无可说。吾丈注《管》注《庄》,微旨可会,宝琛既惭鲍叔,复愧东施,唯迢迢一心期以皓首耳。村居闃僻,尘事较稀,而百口独肩。治生本拙,古人云衣食裁足,乡里称善人。怀此区区,亦岂易遂。

辄复寓情禅悦，溷迹佃渔，匪任疏放，聊自遣也。来教以传世相勖，不禁嗒然。念公爱我之深，何敢自狃于暴弃，终恐如竹坡之刻鹄画虎，迄于无成。离索频年，何时得以质证求益耶。公辑注《晋书》，将如裴注《三国》，抑如彭、刘《五代》[1]。《管》《庄》凡例，并可见示否。校录之余，诗境当日益进。黄诗本在后山下，何论苏也。与竹坡久不相闻，近得其和诗数首，音情凄厉。再同亦有书杜存。安圃乃作封翁，可羡。公之过迈，比来下笔何似。曩岁诗孙[2]入闽，询及圭庵令嗣，读书尚可，而病羊角风为可念耳。秋间田盘之行果否，旧游病未能从，或将揽胜南中，便当借山水为会合，沧波尺素，期约良便，徐徐图之。

惠赐牛乳饼极鲜美，家君饱餐寄谢，且甚忆公江村夜话，盖五年矣。初夏遭季父之丧[3]，老怀感恻不已，近幸眠食渐康。室人归宁，拟八月南旋，叔毅、墨樵秋初当先归闽。

公欲得闽库聚珍版丛书，适萨镇冰辞将赴津，附寄一部，到日检收。损惠陶诗注本，详审可喜，统此致谢。敬请道安，期宝琛顿首。六月十六日。

按：此函原件有收信记录："伯潜，七月十二日到。"

[1] 清代彭元瑞、刘凤浩合撰《五代史记注》。

[2] 诗孙：何维朴，字诗孙，号盘止、盘叟，室名颐素斋。湖南道县人。官内阁中书。

[3] 季父之丧：陈宝琛叔父、陈承裘三弟承塈，字孝采，号子和，卒于光绪十五年四月二十八日（1889 年 5 月 27 日）。

一九二

光绪十五年己丑六月二十六日[1]

此函本交萨镇冰带呈，因其行期又改，且须迂道威海，故但以书两匣寄之。鄙已迁延，又因阁津，重烦远注，愧歉无似。以后当月奉一函，稍逾期勿疑系也。盘游何时可归，遇便手及。再请黄丈台安，期宝琛顿首。廿六日。

[1] 此函原件有收信记录："伯潜三月二十六日发，九月十七日到。"

一九三

光绪十五年己丑七月二十七日

舍弟昨归，知过津得侍清尘。前月奉书尚未入览，比又兼旬，计早递到矣。盘山之游果否。公虽侨寓异县，得以谢绝人事，肆力丹黄，而鄙屏迹村居，犹不免役情于俗累，其为静躁何如耶。

壶公铁路之疏近始于《申报》中见之，闻其移鄂，即为办此。将依其议，分段分年乎？抑同时并举乎？将与合肥合办、分办之乎？抑专责以坐言起行乎？以今日之天时人事，外患内忧，而任此旷日持久之大役，窃为危之。且惜粤事之毕，举而复坠也。子寿模棱之说，省三径遂之言，公于此事作何论定，便中示及，以当闲谈，何如。手此奉布，敬请黄斋世丈大人台安。期宝琛顿首，七月廿七日。

一九四

光绪十五年己丑九月二十八日

蒉斋世丈大人阁下：

前月下旬一书交许豫生带呈，所乘铁甲船傍山而行，遇风而止，到沪已需时。近闻复因机器损折回沪修整，此函不知何日方达览也。秋气日深，伏惟佳想安善，无任延伫。此间秋炎甚酷，贱体日在病中。南皮招主讲席，既不敢就，屡约话别，亦未能行。端居玩愒，发笑自点。意公著录又添寸许矣。健兄补外，较可施展，近出京否？仲勉长子懋鼎忝举榜首[1]，出于望外，老人藉一解颜，公闻之当为之喜。铁路能否中正，壶处近来有无函电，樾老受公替代，不觉遂五六年，宽厚可怜。不知能以一船害全局否。手此奉布，敬问起居，不宣。期宝琛顿首，九月廿八日。

[1] 光绪十五年（1889）九月二十二日陈懋鼎应福建乡试得解元。

一九五

光绪十六年庚寅正月二十三日

蒉斋世丈大人坐下：

一冬俗事牵缠，病魔纠绕，两书未答，耿耿至今。闻公筑屋芦台，行将肥遁，其地去津几许？易通书否？寄示小像，美须丰下，谛观始识，此别盖四五年矣。感题一律，格调不高，聊抒情耳，以视香山、务观何如？别纸奉正，幸公教之。宝琛侍奉如恒。叔毅妇病数月，仅能眠食，偕计与否，尚难自主。鼎侄急须复试，仲勉当挈以行，解冻较迟，到津须二月半后。冬间连奉函电关爱，感感。偶斋书来，心境甚劣。壶自去粤，尚未通问，数年心血，尽付东流，可为叹惋。安兄计早赴粤，全眷是否同行？青豻拜惠，日在田间，伍于耕钓，一竿已足，故人之赠什袭藏之耳。铁甲到沪折回，许未赴津，书亦未达，已于去冬归矣。手此敬问，起居不宣。期宝琛顿首，正月廿三日。

十载街西形影随，五年南北尺书迟。梦中相见犹疑瘦，别后何时已有髭。机尽狎鸥长自适，声销卖药渐无知。江心忆拜张都像，热泪如潮雨万丝。别于小金山，襄愍读书处也。壁有画像，土人呼为张都。黈斋世丈以小像见寄，赋题奉正。己丑十月宝琛呈稿[1]。

[1] 诗收入《沧趣楼诗文集》。

一九六

光绪十六年庚寅二月十二日

前函因循未发，仲弟日内当行[1]，南北迢迢，神与俱往。令叔母太年伯母之讣日昨奉到，计安圃已在途。公年内必又入都，何日回津，芦台之居果否，均以为念。家居困于俗事，不唯学业无就，并心地亦无干净之时。前书勖勉，殊深愧负，惟理乱黜陟，一无闻知。饥食倦眠，亦颇自适耳。壶公近日有无通问？所行之政既为替人所更，所用之人又为护抚劾罢，闷懑可想。竹坡近病如何，亦相闻否？其说经直似策论，然志则可嘉矣。叔毅日事丹黄而不能抛弃举业，顷其妇病略减，医药尚不断，拟于闰月北行。晤询仲勉可悉鄙状。僻陋无可寄，枣糕、橘实统祈哂纳。手此，再请台安。期宝琛顿首，二月十二日。

林孝廉宗开前在学幕，相知最深，曾荐于公，因得留交樾老。为学堂监督数年，去岁大挑发往北河，因改名际平，顷与仲同行。以公有昔日之知，当拟造谒。附此先容，幸勿以常客例却之。

[1] 函云“仲弟日内当行”。《涧于日记》1890 年 3 月 16 日（庚寅二月二十六日）：“陈仲勉携其子懋鼎来，得伯潜书。”

一九七

光绪十六年庚寅闰二月初五日

蒉斋世丈大人阁下：

仲勉携呈一函，计早入览。叔毅明晨复行[1]，欲影一小像寄奉，兼旬积雨，入城辄不遇晴，旧在听水楼缩照一纸先检以呈。山泽间臞心事如此，公勿哂之。鄙状可咨叔毅。大著《管》《庄》稿本可否俾其寓目，叔毅嗜学，无俗好，而不能早脱俗学，是一苦事，鄙人对之殊自愧。公幸有以教之。卜筑之说，信否？偶斋当常通问，其书亦苦用心,鄙劝其为笔记,似较见长,公然之乎？匆匆手布,敬请台安。期宝琛顿首。闰月五日。

樾老心病可怜。外洋索负日逼债,帅又不能归闽,善后局欠赖不还,署藩与有隙。专盼北洋拨还钢甲船炮价。有函抵津,其情甚急,公晤师相,幸成之。鄙亦闲人管闲事也。再请道安。琛顿首。

[1] 函云"叔毅明晨复行"。《涧于日记》1890年4月4日(庚寅闰二月十五日):"陈叔毅来,伯潜寄小像及书。"

一九八

光绪十六年庚寅六月二十三日

萲斋世丈大人阁下:

豫生归,获叩起居,并奉惠楮,感慰无似。春间铁舰北旋,附梁丈一书,何尚濡滞？长日如年,著录当又丛积,家居俗累,北望增羡。弟、侄同捷南宫[1],为老人博一笑乐。喜其兰玉之秀,忧其珠桂之艰。非公挚爱,安有此语。鼎侄造就不可知,仲、叔皆拙于仕宦,叔尤于文史有缘也,不日过津,幸有以教之。

畿辅奇灾,际此民穷财匮,隐忧甚深,前闻丽人贰心,俄族挑衅,不知作何应付。又有借洋债造东三省铁路之说,师相精神志虑,近来何似？军国至计,自必谘采后行。执事公义私情,俱难坐视,不似草间蝼蚁,徒怀杞忧也。鄂中[2]亦通问否,半年不得一字,颇闻其以织局、铁政为汲汲。此间去秋旱荒,今夏溪潦。野人

107

不耐城市,乃出与平㮰之役,可谓闲里事忙,近已竣矣。周子玉出洋归,豪气犹昔,议论较翔实,到津必谒公,盖亦蹩蹩靡骋也。族侄恩焘为公所赏,近始觌面,隽上可喜。自以专治一艺,学业有程,不能恣其闻见,仍愿遇便西游,不知师相许之否耳。此函本早寄,因其行期屡展,亦遂迟迟,到津计在秋初。敬颂箸祺,不尽所言。家严命候并谢。宝琛顿首。六月廿三日。

楼外种荷一区,纳芬延爽,花叶未歇,重伤其根。秋深则屑以为粉,医者以治咯血,村居以当点心。乘便附寄少许,资公消暑,藉知田家风味也。橘叶膏治阴疽散寒结,都下患乳岩者常来购此,并寄以备与人,亦可谓野人之献矣。黄公一笑。弢上。

[1] 陈宝琛二弟宝瑨、三弟宝璐、侄懋鼎光绪十六年(1890)同年为进士。

[2] 鄂中:指张之洞,时在武昌任湖广总督。

一九九

光绪十六年庚寅七月二十五日

黄斋世丈大人阁下:

前月族子恩焘来告赴津,附以一缄,顷入城,知其为病所阻,尚未发也。音尘旷阔,怅望何如,敬维著述宏深,起居康胜为颂。夏间尘事加多,顽驱尚健,惟学殖益荒,殊负知己。舍弟辈不日过津,邯郸学步,亦复不合时宜,公视同骨肉,当有以教益之,归来藉可遥领箴言也。东事孔亟，此间迄无见闻。闻俄储游历，即将到闽览观[1]，船厂当事视为敦睦之常，其能尽无包藏耶？公澄观时局，当多心得，迢迢南北，恨无一觌之缘。船发匆匆，草此通讯，不尽蕴结。敬请台安，并颂潭祺，不一。宝琛顿首，七月廿五日。

[1] 俄皇储尼古拉光绪十七年（1891 年 4 月）到访，分别访问广州和汉口。两广总督李瀚章接待，辜鸿铭陪同，并作翻译。

二〇〇

光绪十六年庚寅十月十一日

箦斋世丈坐下：

舍弟归，奉惠书，敬悉起居康豫，著述精劬，甚慰积念。小极蒙廛，当经电复。顷复奉书，心感无似。寒乡秋疫盛行，侄与墨樵及妇孺先后传染。叔毅之长女十四岁而殇，迟六日叔毅始归。宝琛仅能出户，病后俗忙，肺气过损，触寒辄嗽，早衰可恨。师友惓惓，犹以不朽相期，愧无地矣。读叠均见怀之作，情致冲逸，奉和录正，殊自笑其颓唐。年来佃渔狎处，时或代族师比长之职，村居浑不觉闲。而家事繁冗，心为境役，珠桂不易，盖不独长安居。天伦之乐，公不如我；读书之乐，则我不如公也。颇思出游，散此烦郁，顷须为鼎侄完婚，春融无事，如能与公相期于某所，笑谈旬月，少解五六年离索之苦，何快如之。安圃近状何如，壶公久无书来，鄂事亦无所

闻。承询叔毅与稷臣联姻[1]，诚有此议。闽世族皆城居怙侈，不讲
女学，叔毅重妇功，故却縠斋而议稷臣，公然之否。春间铁舰北旋，
曾寄梁大令一书，计已早到，来教未及，岂竟浮沉。蒙惠果脯松花，
感谢感谢。津沽欲冰，寄奉橄榄、橘实各一器，酸寒风味，可助御冬，
乞察入。匆匆不尽所言。敬请台安，并颂潭祉，不宣。宝琛顿首。
十月十一日。

　　安排渔具号天随，晞发沧洲已悔迟。善病无方苏渴肺，懒吟有
分赦愁髭。露兰香悴宁论服，风叶秋深各自知。赢与宾鸿镇来往，
海天南北一情丝。

　　奉和篑斋世丈用韵见怀之作，即希鉴正。宝琛呈草[2]

　　[1] 陈宝琛三弟宝璐两子陈懋豫、陈懋咸，分别娶罗丰禄（稷臣）女和罗
臻禄（醒尘）女。

　　[2] 诗稿原件附函后。此诗亦见《沧趣楼诗文集》。

二〇一

光绪十七年辛卯二月十六日

篑斋世丈大人坐下：

　　去冬闻公有还滇之役，顷奉手书，始知兼旬即归，感寒已愈，且
慰且念。春日舒和，伏审起居清胜，著述多欣为颂。蒙惠奶饼、奶
皮，鲜美殊常，家严感公垂注，每食念念。蘑菰、果脯亦已拜嘉。宝
琛困于俗事，神志昏疲，幸村居日多，得以山水目养，然自去秋病

后,至今肝脏尚未全平。腊尾闻寿丈噩耗[1],未数日而闻竹坡之信,时方除夕,感怆殆难为怀,亦知海内唯公同此情也。再同久病新丧,深为轸系;且闻竹坡一孙复殇,其次子患喉症甚剧,未知何如。北望但有作恶,亦无暇为杞人之忧矣。

同志凋零,益思会合,公不欲为武昌之游,或于夏秋间期于沪渎,同入杭州,居湖上数日,沂富春而登武夷,相与蠲涤烦痾,乐数晨夕,公其有意乎?

鄂中常通书否?侄处久未致问。安圃近状如何,当时相闻。仲勉、叔毅行计未办,入都拟在明春。仲勉性急,乃为鼎侄捐加花样。选期已近,故遣先行,过津修谒,幸加训迪,俾知所趋向。附奉枣糕少许,惟希哂入。琐琐,复谢。敬请台安,并问潭祉,不宣。侄宝琛顿首,二月十六日。

家君命笔致谢,弟辈均叩。

[1] 寿丈噩耗:黄彭年,字子寿。光绪十六年十二月卒。

二〇二

光绪十七年辛卯二月二十八日

贲斋世丈大人阁下:

沪上书来,适舍侄将行,颇思与俱,及发函,则知公已翩然返折津矣,会合之难,无任怅惘。再同病深至此,闻之心悸,同志日寡,天怜我辈,当不再夺斯人。香翁于医甚泥古,鄂中不知有无卢扁。闻武进孟河费氏以医世其家,所疗多神效,侄拟即作函抵鄂商之也。竹坡贫病,甚于黔娄,身后[1]不问而知,其次郎不知已愈否。诗则纯任性灵,却自真挚,恐他著作不如其诗,以致力最久也。佺除夕成一律,昨入石鼓,适有所触,因复及之,尚思作长排一首以抒哀,心杂未果,兹先录呈,亟盼读公所作也。子寿丈乃不竟其用,然召再同,可以无憾,而区区为再同祈天弥切矣。舍佺未行,再泐奉复。敬颂著安。佺宝琛顿首。二月廿八日。

潭第均绥。

大梦先醒弃我归,乍闻除夕泪频挥。隆寒并少青蝇吊,渴葬悬知大鸟飞。千里诀言遗稿在,一秋失悔报书稀。黎涡未算平生误,早羡阳狂是镜机。哭竹坡[2]

诗筒把向江天读,拍拍春潮月满船[3]。夜梦欲因度云海,前游可惜欠风泉。别来痛逝知君共,他日论文识子偏。缄泪寄将频北望,解装一为酹新阡。

二月十八夜泛月入山,道得苏盒江南寄诗。苏盒,竹坡试闽举首也。感赋因寄。

只酒[4]沃酒定何时,镜具思斋已后期。心事盖棺长已矣,精魂入地竟安之。悲欢山态随人变,来去尘因岂佛知。遗墨六丁还摄取,苔花剔尽涕交颐。

鼓山觅竹坡题壁不得怆然有感[5]

[1] 竹坡:宝廷。卒于光绪十六年庚寅十一月十一日(1890年12月22日)。

[2] 三首诗稿原件附函后。诗均收入《沧趣楼诗文集》。

[3] 此联《沧趣楼诗文集》为"诗简把向春江读,江上潮生月满船"。

[4] "酒"字疑误。

[5] 第三首与《沧趣楼诗文集》同题,诗句全然不同。

二〇三

光绪十七年辛卯五月十一日

黄斋世丈大人坐下:

四月下旬奉到手书,敬悉起居佳胜为慰。舍侄自津书来,始闻再同恶耗[1],侄曾两函询鄂,而无一复,故无由知其遗孤在都,抑回湘耶。伤逝感旧,彼此同之,无可语也。大作祭寿老诗文、挽竹坡诗均极情文相生之致,而文尤胜。《霹雳梧》和章仓卒未检得,容当续寄。其韵则尾、炜、朏、卉、韡、鬼、虺、伟、宸、匙也。侄于诗夙乏师承,屏居多暇,时用自遣,公如有兴,此后邮筒倡和,或仿佛元白皮陆[2]耳。竹坡论诗素与侄不合,殆如仲则之谓北江[3],而其遗著惟诗致力最久,先刊诚是。惟仲、叔入都,恐须来春,不知能胜校录之役否。再同则尤可恸矣。舍侄蒙长者谆谆训诲,家书尤能缕述,望其勉自循守,勿负厚期,近日软红尘中又一风气也。手复,敬请箸安,不尽。宝琛顿首,五月十一日。

[1] 黄国瑾,字再同。光绪十七年二月二十四日卒。

[2] 元白皮陆:唐朝诗人元稹、白居易、皮日休、陆龟蒙。

[3]北江:洪亮吉,清代学者、诗人。

二〇四

光绪十七年辛卯五月十二日

陈季同[1]久在外洋,随员学生中无出其右者。俒曩在沪频通函电,而未见其人,近乃为忌者所中,叔耘[2]亦太不护惜。昨在羁所以书自陈,丹曾[3]复为之言,山中人何能为力?公为人才见,能言之师相,俾免玉碎否?原函抄阅,幸留意及之。宝琛再顿。五月十二日。

[1]陈季同,字敬如、镜如,号三乘槎客,福建侯官人。清末外交官。早年入福州船政局附属求是堂艺局学习,通晓法、德、英文。历任驻德、法参赞,代理驻法公使,兼比利时、奥地利、丹麦和荷兰四国参赞等职。1891年4月(光绪十六年),因私债事件,受薛福成指控回国。陈宝琛就此事致函张佩纶,请其向李鸿章沟通。

[2]叔耘:薛福成。

[3]丹曾:沈翊清,字丹曾,福建侯官人。沈葆桢长孙。

二〇五

光绪十七年辛卯九月初二日

黄斋世丈坐下:

三奉手书,敬悉著述康娱,因时纳祜,甚慰甚慰。宝琛入秋大病两月，几为偶斋、再同之续，月来幸就愈，眠食精神均复故矣。家居困于俗累，复鲜师友，不日益而日损，丹曾述公存注綦切，来书亦勉望谆谆，殊愧负也。病中惟以《南华》自遣，甚思得公注本一读，邮便付写一二篇见示，俾得先详其例，何如。拙诗苦无博观约取之功，聊以抒写，本不足传。公诗极雅赡，侄所微嫌者，气太直，意太尽耳。临川诗精严可喜，然昔人即有谓其议论过多，语少涵蓄，晚年始悟深婉不迫之致，寓悲壮于闲澹者，公点勘一过，必能辨之。寿序大稿前经叔毅抄出，久未寄呈，叔毅治古文之功深于诗赋，而于诗赋又不工为帖体，盖不合时宜者，明春或勉偕仲弟一行，非其愿也。

长江风鹤不已，昨乃及闽，闽固张皇，而吴楚隐患甚大，达公[1]当天下之冲，而动辄掣肘，深为忧之，公近与通问否。台事数年来病在操切责效，任信非人，邵来如任唐[2]去，某庶可弥省三之阙，林但自保而已，不足数也。矿事商欲专利官主之，而部驳之，此节似尚中肯。目下所大患又在鸡笼产金，远近聚而淘洗者已数千人，官不立法部署，变且不测，视小村来措置何如耳。

范秀才[3]与张季直謇、朱缦君铭盘、周彦升家禄同为通海间名士，周最朴愿，仪征尚书延之入幕，专阅书院课卷，近亦归矣。曩在西江，潄公荐仲木明经钟襄校，推崇其兄甚至，侄未见其人，不敢臆断，公与久聚，当渐稔，还乞示之。数月未奉书，重劳远系，歉极。子玉[4]顷当北行，到闽尚未一晤，闽之宦场为公造谣，子玉当能述之。手此，敬请箸安，不宣。宝琛顿首，九月初二日。

家严命谢贡饼之惠，叩感叩感。

[1]达公:张之洞,字孝达。

[2]唐:唐景崧,字维卿,广西灌阳人。同治四年进士。光绪十七年为台湾布政使。光绪二十年九月台湾巡抚邵友濂调湖南巡抚,唐景崧署台湾巡抚。

[3]范秀才:范当世,原名铸,字铜士,后改字无错,号肯堂。江苏通州人。光绪时入李鸿章幕府。

[4]子玉:周懋琦,字子玉,号韩侯。祖籍安徽绩溪,随父迁居江苏通州。曾任福建船政提调。

二〇六

光绪十七年辛卯十二月十二日

弢斋世丈大人坐下:

子玉赴津,曾寄一缄,未知何时入览,久无北雁,时以起居为念。三冬文史著录必更衮然。宝琛病后体终不适,家居复兼冗杂,心境几无净日,亦自恨也。竹坡闽中门人从伯茀[1]寻得奏稿二十余篇,谋欲付刊,属为序言。宝琛审其中不尽发抄之件,又复搜辑未全,拟稍缓刊行。且伯茀所编每疏皆另页恭录上谕于前,有此体裁否?或应录于折后,公为酌之。

阅邸抄,知健庵署臬[2],未识能似此间龙仁陔之清理庶狱否。皞民[3]乃备兵海东,闻自津来,当常晤公也。壶公处有无通问,近来设施如何,或谓铁政费多效少,然乎?手此奉讯,敬请台安,顺颂岁釐,不一。侄宝琛顿首,十二月十二日。

家严命致候,弟辈随叩。

[1] 宝廷子寿伯弗、婿联元,庚子事变时与袁昶同被杀。陈宝琛作"三哀诗"。

[2] 健庵署臬:张人骏,字健庵。时任广西盐法道。光绪十七年九月,署理广西按察使。

[3] 皞民:顾肇熙,字皞民,号缉庭,江苏吴县人。光绪二十一年李鸿章荐,奉旨担任按察使衔分巡台湾兵备道。

二○七

光绪十八年壬辰五月二十二日[1]

篑斋世丈大人坐下:

春半夏初两奉惠书,久未肃答,惶歉无似。敬惟著述多豫,北望生羡。大作《地员篇注序》,体博气厚,渊然古情,视十年前风格一变。鄙人不嫌排句,正以排句能朴茂为难。公自不屑为桐城派,然桐城源出八家,由宋文而韩、柳,以上穷两汉、先秦,则沿流溯源之说也。宝琛爱博不专,才不逮志,于古文尤门外汉,无足以副下问。窃意公夙长为纪事、策论之文,盍乘暇暑,抒写成编,亦推倒开拓之一端耶。

叔毅函传勖勉之意,笃挚可佩。年来为俗所锢,十无一可,又审知传世之业,视用世尤难,执射执御,靡所适从,亦独居无友之故。出处无足道,迢迢南北,不获与公联袂剪烛,作数日话,良耿耿耳。润公鼓盆可念,闻近举一男子,确否?居洛作何消遣,公此行必知之详,次棠前辈亦晤及否。偶斋疏稿缺者甚多,校刊之役用是迟回，他日尚当奉质。近晤竹孙，询及圭公世兄宿疾已瘳。公处想无所闻，附陈以慰。

贡饼极鲜美，家君以口腹之累，寄谢爱注。敬颂台安，不尽。侄宝琛顿首，五月廿二日。

阃弟均吉。

[1] 此函原件有收信记录："伯潜，壬辰六月二十七日到。"

二〇八
光绪十八年壬辰闰六月二十八日

丹曾归，复奉手书，音问疏简，劳公远念，罪甚罪甚。公以欧、曾[1]文自课，进乎道矣，归、方[2]本不足以囿人也。叔毅以枕葄为生涯，郎潜原可以吏隐，惟长安居之不易，恐须归觅皋比。仲勉补官亦复遥遥，进退维谷，均可恼耳。再同家事乃尔，闻之怃然。竹坡诗未寄来，询之丹曾，云其门生携去，似是泉州人也。见孝达寿合肥公文，尚有余闲与文人角胜，其精神意兴可知，久不通问，为之一慰。手此再复，敬问起居。宝琛顿首。廿八日。蒉斋世丈大人阁下[3]。

[1] 欧、曾：欧阳修、曾巩，宋朝文学家。

[2] 归、方：归有光、方苞，清朝文学家。

[3] 张佩纶光绪十八年(1892)四月二十八日信函云："佩纶日以欧、曾文集为课，益觉桐城派之不足为法，因拟沿流溯源，上穷六经秦汉，此等事似当

自出手眼力追古人，无取为归、方所囿耳。"此函当为复函。

二〇九

光绪十八年壬辰七月十六日

蒉斋世丈大人阁下：

叔毅归述起居，甚慰驰仰。读六月廿八惠书，知公于古文实有心得，所著史论先示其目，可乎？丹曾谓公将卜居邗上，不知信否。积年离索，会合无缘，公果图南则江海非遥，必当乘兴访戴耳。叔毅归将两月，日事丹黄，从政虽非所长，而年力正强，堂上安健，拟仍令其到部练习，藉扩闻见，作官成否不可知，望其学之有成也。合肥师比来矍铄，能不减否？老年叹逝，情何以堪！海滨闻信较迟，重触悲惊，亦未函唁。前月此间电局讹传旧疾复作，趣省三赴津。晤询幼陵[1]，始知其妄。子玉改而事楚，关道较繁，不知香老何以处之。叔毅谓公欲得《左海全集》[2]，家有旧印本一部，举以奉赠，适幼陵来告北行，托其带呈。明晨将偕叔毅入山听水。匆匆草此，敬请著安，伏惟惠照，不宣。宝琛顿首，七月十六日。

前函误夹残纸，可笑，亦开闭数四所致，幸非致桓宣武书也。公可以知其俗累疲困之状矣。

[1] 幼陵：严复，原名宗光，字又陵、幼陵，后改名复，字几道，福建侯官人。近代著名教育家、翻译家。

[2]《左海全集》：陈寿祺著。陈寿祺，字恭甫，号左海，福建侯官人。主

讲鳌峰、清源书院多年。

二一〇

光绪十八年壬辰八月十四日

黄斋世丈大人赐览:

前函修寄已将匝月,幼陵日内方决行。侄前月十八举一男子[1],中年震索,聊塞吾亲之望。曩公屡函询及,特以奉报。近以仲勉病疫,殊不释怀,虽据函称药投,电复证减,而相距数千里,函达每滞,电语弗详,此时惟见聚首之为乐也。手此,敬请著安,不宣。宝琛顿首。八月十四日。

家严命致候。

[1]陈宝琛长子懋复生于光绪十八年壬辰七月十八日(1892年9月8日)。

二一一

光绪十八年壬辰十二月二十三日

黄斋世丈大人阁下:

秋末得手书,忽忽三月,稽于裁讯,北望歉然。献岁发春,伏惟万福。宝琛自秋徂冬,以仲勉次子[1]宿疾日深,困于医药,入腊始略有转机,而尚不可恃也。丹铅之役,作辍无恒。意公著述当益精诣,所示篇目恨未得观。临川诗文陈义之高、取径之别,宜其与尊恉有合。鄙人亦有志于斯,苦思力之不逮,博观约取,厚积薄发,所望于公耳。别来已八九年,公不能南,侄不愿北,云龙会合,当在何时!昨得安圃书,亦复久居郁郁,若得陈枭江浙,则入林把臂,不胜食武昌鱼乎?痴人痴想,公将哂之。叔毅北行当在夏初。春来仲勉病愈,前荷惠电,感感,近已抱孙矣。小儿名以懋复,似颇壮实。琐琐奉布,敬请新釐,不宣。宝琛顿首,祝灶日。

家严命致候并谢。

[1] 仲勉次子:陈宝琛二弟陈宝瑨次子陈懋益,早殇。

二一二

光绪十九年癸巳五月二十八日

黉斋世丈大人坐下:

春间两奉惠书,并拜奶饼之赐,因悉公有鸰原之痛,回忆宣南风雨,可胜悼叹。九丈何时入粤,宦味何似。村野瞀陋,百无见闻,可哂也。侄数月来以犹子病瘵[1],困于医药,百事都废。近趣仲归,至数日而夭,年已逾冠,以勤学死,弟兄相对,唯以剧谈遣日,小住又当行耳。有自鄂来者谓,壶公近颇多病,兼以铁政棘手,于公常通问否。其中山谤书,直是庆元党禁,可以知时局矣。公一枝可借自营传世之业,侄则俗累纷心,乡人不免年运而往,百无一成,奈何。寿伯弗以竹坡奏议属为校刊,而诗卷则付其门人,盖以宝琛论诗夙与竹坡不合也。然其奏稿搜辑不全,以吾辈所知即多遗佚,序成当以就正。八家四六本不成书,注亦未善,故不愿为序,假手捉

121

刀,聊塞其请,不意公亦见之。此间孤陋,每一文字无可商榷。叔毅迟迟不出供职,阿兄转乐,借以自匡其短。此次仲行尚未必能偕也。公诗境近复何似,闲中能手书短幅或小册见赠否。手此,敬请著安,诸惟爱照,不宣。宝琛顿首。五月廿八日。

家严命笔道谢。

[1]"犹子病瘵":宝瑨子懋益筋,年已逾二十岁。

二一三

光绪十九年癸巳十月初一日

黄斋世丈大人坐下:

夏间奉布一缄,欻又数月,自惭拙懒,弥望音尘。仲勉以妇病孙殇,七月望后踉跄北行,本属过津上谒起居,恐其匆匆未果。晤幼陵,询悉著述自娱,罕接人事,并知苍弟游庠,喜贺喜贺,秋试何似,而未识榜名为恨也。宝琛颓放因循,学无所得。叔毅一编遮眼,亦无宦情,其子懋豫新补弟子员,未令赴试。墨樵[1]近幸得举,乡俗所囿,益累添忙,但博老人一轩然耳。公《管》《庄》二注,闻已成书,可否先惠《庄注》一读。此间苦无书,欲知公所搜辑诸本也。壶公久不得问,颇为铁政所窘,而无将伯之助,公当耳有所闻。邮便手此,敬颂道安,不宣。宝琛顿首,十月朔。

[1]墨樵:陈宝琛六弟宝瑄,光绪十九年癸巳科举人。

二一四

光绪十九年癸巳十二月二十六日

蒉斋世丈大人阁下：

前得十月两书，藉知近抱。山居灰懒，久未奉答为歉。公辑注
《南华》，搜聚善本又何其多，海滨孤陋得一犹难。年来亦尝三复于
斯，颇病郭注之求玄反晦，得公发明芟削，启我必多，能先录一二卷
惠示，少解饥馋否。苍、黭两弟，连臂黉宫，十年卯弁，再见定不相识，
叔毅子懋豫亦年十六矣。苍弟缔姻谁氏。公明岁除服，自必急了向
平之愿。复儿学语未成音，头角颇复崭崭，此所谓慰情胜无者。小
女昨许字林文忠曾孙炳章[1]，一二年后亦须为吴隐之也。承询山中
生计，信如豫生所言，大抵明岁犹可勉支。平生学信天翁，此时亦只能
得过且过耳。子辉近境本窘，身后可想。可庄变出意外[2]，债累山积，
母老尤可恻，山妻闻电后入苏侍疾，春融方能偕归。亲朋多故，欢事日
稀。春间尚有遇兴酬唱之作，近并恶诗亦束阁矣。转眼须为墨樵办
严。叔毅宦情太淡，屡趣其行，辄复不果。此时严亲老健，侄复在家，
学习部务正其所也。陈文琪来舍一次，值侄入城未晤，开正拟往访之。
草草布复，敬请道安，并颂岁祺，不宣。侄宝琛顿首。十二月廿六日。

家严命道候，弟辈同叩。

[1] 陈宝琛女宛贞适林则徐曾孙林炳章（惠亭）。

[2] 可庄：王仁堪，时任苏州知府。光绪十九年十月二十日因病去世。

二一五

光绪二十年甲午正月十九日

蒉斋世丈大人左右：

腊尾奉书，开冻后计可入览。新春伏惟万福。陈纯友晤谈一次，略述起居，历年积念犹未获罄。渠二月方行，日内已邀其再来畅话矣。墨樵[1]与公亦有数年之隔，倘计过津，幸侍清尘，心与之往。惟其生长乡曲，口操土音，谈次恐不免格格耳。寒兄弟率皆迂拙疏简，不独短于世务，即家事亦懒料量，多诿之于弱弟，渠以是不能专心于文学。今科万一幸售，决计令其补殿，公然之否。叔毅乐书史而苦仕宦，又以庭闱之恋，因循不肯偕行，亦无能强也。附奉橘及枣糕，远道戋戋，希哂纳。敬请道安，不具。潭第均吉。宝琛顿首。正月十九日。

[1] 陈宝瑄（墨樵）甲午年初入都会试。张佩纶《涧于日记》光绪二十年二月初二日（1894年3月8日）："得伯潜书，陈墨樵来。"

二一六

光绪二十年甲午正月二十六日

蒉斋世丈大人坐下：

新春伏惟万福。久不得公书，时用系念。去秋客腊两函，未审得达否。偶斋之门人急欲梓其奏稿，前以体例奉商，甚盼复也。两弟以京居不易,濡滞于家,而散馆期近[1],勉强成行。仲固拙宦,叔亦澹于世荣,且性喜文史而不习于词赋,又不善为干禄书,留馆与否,宁早决耳。家君近甚安健,宝琛留养弟辈。如获稍积资俸,藉广闻见,以练学识,亦复进退裕如,所虑珠桂难为继也。村居孤陋,意兴日索,在野言野,惟愿得一二好官作太平幸民。颂公、廉公有威,三年来政俗为之一振,近当述职,恐即悬车,亦省运矣。台事被沈吉田[2]厮坏,小村[3]虽明知之,未必大有更革。其最病民者则清赋不清,将来激变必由于此。嶂民到彼,有通信否。鄂中铁政近来何如,此间毫无所闻也。梁伯通孝廉孝熊,先师[4]之子,叔毅之妻弟,慕公欲求一面,过津当上谒,幸勿拒之。附呈福橘、枣糕少许,肃问起居,不宣。宝琛顿首。正月廿六日。

[1] 陈宝琛二弟、三弟光绪二十年翰林院散馆。

[2] 沈吉田:沈应奎,字吉田。浙江平湖人。时任台湾布政使。

[3] 小村:邵友濂,字小村。浙江余姚人。时任台湾巡抚。

[4] 先师:梁鸣谦,福建闽县人。陈宝琛乡试受业师,女适陈宝璐;子梁孝熊,字伯通。光绪举人。

二一七

光绪二十年甲午八月十六日

蒉斋世丈大人坐下:

前奉两书何时入览,久不得复。正用悬挂,顷见电抄,知公横遭蜚语，重占无妄之灾。此在东汉、南宋之时了不足异，独惜圣明在上，不蒙烛及幽微，师相眷任之衰，亦可睹矣。论理当有辩白之章，然际此泯棼啽呓，公亦岂以此为荣辱。惟夫人爱口之心与偕隐之愿，殆费踌躇，思之伊郁。宝琛人厄天穷，与公相望。墨樵以壮盛之年染疫误医，逾月不起[1]。侄本不知治生，舍间事无巨细，悉伊综理，且老父迩来病足，遭此益难为怀。此后烦忧侘傺，求如前数年闲居之况，岂可得哉。时复有外姑之戚，顷又闻公事，与叔毅相向气结，伯通适来告行，因托其到津入叩起居，兼探卜居踪迹。此后南北鳞鸿，何缘得达，良以系怀。月来理乱，不知究竟倭事如何，和战之谋、内外之气，有无歧隔，而下石之举又似为死灰复然之虑，此非数千里外臆度所能知矣。北轮将发，匆匆布怀，敬问道安，唯照不宣。宝琛顿首。八月十六日。

[1] 陈宝琛六弟宝瑄（墨樵），光绪二十年甲午入京会试病殁。

二一八
光绪二十一年乙未七月二十九日

绳庵世丈坐下：

音问阔绝，欻逾半年，吾两人怀抱概可知矣。春间以壶公见招，拟浮江一会，懒漫因循，至今未果。南皮西上，宾客星流，公玄之又玄，何以自遣。鄙人自冬徂夏连丧两妾，戚党亦甚多故，心滋不净，实则人间何世，同一幻泡耳。渊静[1]行后，贵师益孤立，乞病之章已上,其简静自是好疆吏,惜不生乾、嘉时也。闻公亦绝不通问,均不可解。子涵想常相聚,其兴象能如昔否。欲言万千,伸纸辄梗,终思作十日谈也。手此,敬讯起居,不宣。制宝琛顿首,七月廿九日。

先严行述、墓志[2]呈上,乞察鉴。

[1]渊静:张曾𣲗,字润生,号小帆,直隶南皮人。同治七年进士,历任福建、四川按察使,福建、湖南、广西、四川布政使,山西、浙江、江苏巡抚等。

[2]陈宝琛之父陈承裘于光绪二十一年乙未(1895)六月初七病逝。

二一九

光绪二十三年丁酉正月二十六日

绳庵世丈大人阁下:

去秋书来,欬逾数月。与公今岁俱五十[1],年运而往,世事悠悠,苍弟缔婚谁氏?娶妇称翁欲抱孙,公可为向禽之游矣。侄秋冬间与叔毅先后病疫,两月始愈,性本懒漫,益以早衰。前此亲在,不能远出,今后如能处分家事,付之群季,便当从公浮家泛宅也。霸州无宦情而任剧寄,求退不得,强起视事,若得一臂助,庶可遂其简静之志。闻累电趣晓帆,春季当可到,尤盼次棠前辈能移此耳。去秋书乃家叔带沪寄宁,非其笔也。鼓山有朱文公、赵忠定摩崖书,每过辄徘徊其下,近搨数本,特以奉贻。旧作一首,附博笑噱。丹曾日内有秣陵之行。匆匆草寄,附呈枣糕、肉松少许。敬请道安。制宝琛顿首。正月廿六日。

眷爱均吉。弟辈合叩。

[1] 与公今岁俱五十:陈宝琛与张佩纶均生于道光二十八年戊申(1848)。

二二〇

光绪二十四年戊戌五月初六日

绳庵世丈大人坐下:

得手书,知公病后复遭拂郁,半年来鄙日虑此。天下事不如意常八九,况吾辈孤介之性,本与容容之福相妨,愿公达天知命,养其和平,奠新居而迎多祉也。侄与公同年而两离,裁毁齿稚女如雁行,孤子当室,杞人忧天,年复一年,不知老之已至。惟恃委心任运,以全其天,所恨不获结元白之邻,从向禽[1]之好耳。横流日迫,浧水之当俄轨,与白门之集英航似有差等。公澄观世变,徙北图南,其有见乎?刚相南下,内局或不无小变,合肥公为此寂寂,老子犹龙,固不可测,迩来精神何如,公处当有音问。四月望前托招商局寄奉素心兰四盆,函致七湾,得勿以移居误投否?此间连雨,浃月溪流暴注,城西一带均沦巨浸,舍间水仅半尺,幸无海涨,未大损也,可慰远注。手复,敬请道安。宝琛顿首。五月初六。

[1] 向禽:向长平、禽庆,东汉时期的隐士。

二二一

光绪二十四年戊戌九月十一日

木君世丈坐下：

月前奉函当已入览。彼时霸州[1]病犹未剧，但闻杭医周姓好用补剂，已屡沮之。岂料月余未回，而方药杂投，遂致暴变。身后但崔戚在侧，其家事素未深谭，恐故乡亦不易居，两稚至可念也。嗣孙系承继次房，承重尚虚以待。闻是治命，公处必早得电，感知痛逝，自难为情，若非避世绝人，尚望为来经纪。鄙以小疾邨居，顷来凭棺一恸，本多病畏寒，益以灰懒，欲戒途而辄怯，前言殆作罢论。惟须有收束否，甚盼来教也。绪恶气结，草草奉布，敬问著安。听水顿首。九月十一日。

[1] 霸州：边宝泉，原籍奉天辽阳，其祖先随清军入关，定居霸州城内。光绪二十四年(1898)九月，病逝于住所，时任闽浙总督。

二二二

光绪二十五年己亥十二月初九日

绳庵世丈大人坐下：

九月一书度已早达。比来起居何似，新宅已定居否，念极。定兴[1]摄督，白下风光，能无小变。今年大局视去岁何如，来岁更不可知矣。俟秋后左臂酸痛逾月,近始渐愈。明岁仍縻祠禄课事,幸可稍简,得与山水相亲。此间局面为数十年来所仅见,事事务与霸州相反,华宗作用亦穷,但办作退计。近于什佰中败露一事,虽费尽弥缝,终难灭迹,不日当自揭晓,可以验吴江廿年前之风鉴矣。合肥师出持粤节[2],精神意兴近复何似。相隔倏五六年,贤伉俪想当到沪一小聚。粤事经刚相搜括后,恐亦多所掣肘矣。山东会教交讧,强邻眈视,事机甚危。健兄近来书否,自去秋交臂相失后,音问久阒然也。人便附寄厦柚二十枚,橄榄两筐。敬颂双绥,唯鉴,不宣。俟宝琛顿首,腊月初九日。

[1] 定兴:鹿传霖,字润万,又字滋(芝)轩,号迂叟,直隶定兴人。同治元年进士。光绪二十五年十一月二十二日兼两江总督。

[2] 合肥师出持粤节:李鸿章于光绪二十五年年末受命署理两广总督。

二二三

光绪二十六年庚子五月十五日

润于居士坐下:

得四月廿五日惠书,知公咯血两次,继之以吐,不胜驰系。吾辈已过中年,体气岂能如昔。鄙人年来所恃,以善忘为养生至诀,公则戒酒宜坚,安心是药,至以为望。北事溃决至此,大局可危。不意通译垂四十年[1]而看题错谬,更甚于庚申以前。诸强乘衅,变幻百出,其祸且不知所届,如何如何。镇江闻有蠢动,确否。此间久在倭人掌握之中,池鱼之殃恐益速变。长夏之约未能践言,尚不关刘表也。前书云云,盖商于十乱而见阻,□闻自唫仲始知之,然枘凿不入,匪今斯今,伺影含沙,终恐不免予夺,祸福听之而已。小帆决意引退,昨以闻警,已暂寝议。安圃处恐亦棘手。合肥有声岭海间,窃意此局须烦此老收拾,然不及其时,不之觉也。长庆得所,免累安圃。酷暑,伏惟珍卫,不宣。橘洲顿首。五月十五日。

[1] 清咸丰十一年正月二十日(1861 年 3 月 1 日)正式设立总理衙门。

二二四
光绪二十七年辛丑三月二十二日

绳庵世丈坐下:

得沪书,以未悉邸寓何所,稽于裁答。顷奉初九手谕,聆悉壹是。和约一日不定,则兵不退而费日增,众醉独醒,望于元老,公但联邸联内,赞匡规画,所益已多。玉体已平复否,幸勿过劳动气,以养晦待时也。新政之行匪一朝夕,人才止此,十年后尚不知若何。公固无意,侄亦何能为役。时命为环球所不言,而吾华则虽圣贤无以易其说,侄固早安之矣。仲弟不知作何语,实则有何讲求,不过悯沦胥之不反,惧来日之大难。时劝子弟门徒勿为自误之学,而三年祠禄审知无补,且自引退,尚何匡时之足云。只恨送老无资,避世无地耳。润公、仙蘅[1]家事闻之痛心,仙蘅与次棠深交,一死一默,亦天所以全之。仲弟尚未来书,舍侄[2]学识胜于其父,公见之,当知孺子之可教也。敬颂台祺。去矜顿首。三月廿二日。

俄约事臣民纷争,自属未见杨使改本之故[3],既有此举,势须再酌一酌以慰众望。联俄密约为近岁外交一大题目,傅相绪论以及荩筹,可见示否。英已中干,德乃狡启,窃意日亦终于联俄,而亚东之局始定,无如我之不能自立也。尊意谓何,暇便幸时惠数行。再请筹安。侄又顿首。[4]

[1] 仙蘅:联元,字仙蘅,满洲镶红旗人,崔佳氏。同治七年进士。官至总理各国事务衙门大臣、内阁学士、礼部侍郎。1900 年为义和团所杀。

[2] 舍侄学识胜于其父:舍侄,陈懋鼎。其父为陈宝琛二弟陈宝瑨。父子二人同科进士。

[3] 杨使:杨儒,字子通。1900 年 11 月奉天将军增祺与俄国秘密签订《奉天交地暂且章程》。朝廷得知大为震怒,任命驻俄公使杨儒为全权大臣,赴圣彼得堡就更改章程与俄方进行谈判。杨 1900 年出使俄国,翌年 1 月开始谈判,不久病逝。

[4] 此函原件有收信记录:"伯潜三月廿二日寄,四月初五日到。"

二二五

光绪二十七年辛丑五月初六日

涧迂丈鉴:

前由邮政奉复一缄,想可入览。顷得小婿书,感承远注,并知平勃交欢之不易。尝叹天下事非不可为，而小人多，君子少，君子与君子又学术不同，意见各执，古今覆辙相望，为可痛也。传闻相举公参新政，此自意中之事。惟兰艾杂升、玉砆无辨，恐非贤者得行其志之时，且当轴非庸则巧，或且惩羹吹齑，多所顾忌。似变非变之际，君子不能放手作事，小人正可破例营私。贞下起元，必非易易，君之自处，可得闻乎。侄无闷之占，不自今始，丁前世变，益惧非才。长夏江村，兄弟相对，兴颇不孤。仲弟到都后无片纸来，犹子[1]因公尝常侍教，学识远过其父，如施以绳墨，当望有成。师相近体如何，闻枢廷滋益疑忌，信否？畿辅元气骤难规复，七月回銮[2]想无变卦。此间灾后益以诛求，加之疫疠，恐无甦息之日。赔款[3]作何拟还，尚未议及也。手此，敬颂台祉，不尽所言。去矜顿首。五月六日。

[1] 犹子：陈宝琛二弟宝瑨子懋鼎。

[2] 慈禧和光绪于光绪二十七年八月二十日自西安出发回都，十一月二十四日抵京。

[3] 赔款：庚子赔款。

二二六

光绪二十七年辛丑六月二十六日

涧迂世丈坐下：

　　得初二日手书，知公已过沪回宁，出处之间权衡至熟，且慰且佩。目下大患，所谓正人无过人之才略，而宵小模棱取容，藉以广布徒党。

无论怨家，即仰慕公者，亦非能推贤让能，虚己以听，观其所舆，略可睹矣。自古小人常胜，事定后尚不知如何变局。健兄虑公气类之孤，鄙即出，亦不过多一孤立之人，何益于公，更何补于世？故此心始终如古井水也。江鄂采倭议以破俄，谋于合肥有异同，俄长于外交，未必胶柱鼓瑟，若别有求偿，何以应之？传闻回銮因是改期，或驻大梁观变，确否，公当知之。本原未清，变法亦岂有实际！只赔款一节已足以殃民弊国而有余。实孚[1]已办乞休。闽瘠亦何堪掊克，况重之以贪愎耶！闻健庵自请裁漕督，望其易持疆节也。公又有杏殇之悼，闻之悒悒，襁褓未脱，幸以昙花视之。两月来闽疫至酷[2]，城市毙者二万余人，蔓延及于村僻，舍间亦医药不绝。一女濒危幸安，而刘氏甥[3]妙年俊才，又极潜粹，本以避疫来村，而暴发不救，最为痛心。书来已近兼旬，坐是稽复，园居作何消遣，无任驰念。手此奉复，敬颂双绥。去矜顿首。六月廿六日。新居忘其地名，函便示及。

来书金壬虽无专指，然无逾某者，鄙与伍且羞之，况公耶！仲弟当能言之。其党许[4]附荣[5]，以我为不费之礼物，许忌我亦即藉以媚荣，沆瀣一气，薰莸不同，故应如此。行止非人，虽百臧仓，无所加损，况鄙本无欲出之心，惟社鼠不熏，海邦涂炭，斯世斯人避之何所，为可慨耳。童年，先君常语以"唇不掩齿，相法宜招谤"。生平所历，信然前定，亦自安之。所谓可为知者道，不可为流俗人言也。再请道安。侄又顿首。

[1] 实孚：邵积诚。

[2][3] 光绪二十七年(1901)闽中疫情严重,陈宝琛甥刘腾业亦在此疫情中病故。

[4] 许,许应骙,时任闽浙总督。

[5] 荣:荣禄。字仲华,号略园,瓜尔佳氏,满洲正白旗人。历任内务府大臣,工部尚书,总理衙门大臣,兵部尚书等。辛酉政变后,官至总管内务府大臣,加太子太保,转文华殿大学士。

二二七

光绪二十七年辛丑七月二十日

黄斋世丈大人阁下:

前月由邮政奉复一书,度已入览。白下水灾,不知寓庐地势高下,有无浸损。并闻疾疠盛行,弥用驰系。此间入夏,苦疫苦水苦风,迩来喘悸甫定,而顾瞻四方,凶荒迭告,天步之艰,不知所届。傅相示病,比当已痊。回跸改期,议论羹沸,且专咎鹿[1]。笃而论之,俄约未定,英兵未撤,畿辅土匪未靖,势亦不得不尔。杞人之忧尚不在此,公意谓何。政务条议当出樊山[2]手笔。数月以来破格所用固已树之风声矣。公归来作何消遣,出处自已内断于心,所虑君子无才,小人多术,不能用又不遽舍耳。惠亭书述尊意,气类之孤,曷胜感叹。秋来弥益相念,风便时惠数行,无任企盼。敬请道安。宝琛顿首。七月二十日。

[1] 鹿:鹿传霖,光绪二十六年(1900)八国联军攻占北京,鹿曾募兵三营

赴山西随护慈禧、光绪帝到西安。

[2]樊山:樊增祥,原名樊嘉,又名樊增,字嘉父,别字樊山,号云门,晚号天琴老人,湖北省恩施人。光绪进士,历任渭南知县、陕西布政使、署理两江总督等。

二二八

光绪二十七年辛丑十一月初三日

黄斋世丈大人阁下:

九月望日赐函未浃旬即到,而侄先已大病[1],恍惚中粗读一过,心神飞越,如在名园也。少间始获盥手三复,祇悉种种。道体想已早平,姜酒动肝,蟹又能发宿疾,侄岁辄坐此,今秋特严其戒,而遘痾转剧。公乃于此大有作用,不减君家步兵之鲈脍矣。贱恙乃伏暑暴发,濒危者再。服药五十剂,啖生梨千枚,始将余热涤净,而羸弱委顿,至今犹不能离床。散木无用,天其留之,以为异日相见地耶?

病中闻文忠师相之薨[2],不禁热泪如沸。中国通晓时务,才略足以因应远人者,只此一老,久久当逾知之。念公与夫人又何以为情也。是否归丧合肥里第,何时南下,便中示及。广雅读书做官,皆极当行,但于民间疾苦尚未深悉,以未曾亲做百姓也。所陈侄不嫌其纷更,而嫌其搬演,不能变此上下相蒙、官民隔绝之积习,终之为丛驱爵也,尚何中法西法之可行,至其深意则未窥及外强,其自别康、梁耶。

久不读公诗，夏间自辑归来所作，散失之外已甚寥寥，而与公唱和者尤尠，有胸中所欲言，非公无可倾吐者，盖阙如也。十七年间，度公诗卷已衰然。前岁匆匆，未得一读为憾。园居如有新篇，寄示一二，何幸如之。久病恐劳远注，强起草复，藉以告慰。敬颂道祺。侄宝琛顿首，十一月初三日。

[1] 光绪二十七年闽中大旱，且疫情重，陈宝琛大病。

[2] 李鸿章，光绪二十七年九月二十七日（1901 年 11 月 7 日）去世，谥文忠。

二二九

光绪二十七年辛丑十一月初九日

顷阅报纸知和成[1]，奖上公有四五品京堂之擢[2]，此固违公素抱而辞之又未必得请，且阁读学正已悬缺，或即实授，亦未可知。当群飞刺天之会，有一阳来复之机，固不独为公喜。然不出则定兴无助，出则公先太孤，且轻俊险薄之流渐已布满中外，变法不足，乱纪有余，君子常处于不胜之势，公察微知著，当有以自处也。近日特拔之人才又是北张南陈，可发一笑。贵华宗或有异人处，吾宗则一不学之章吕，其倾我者皆其所自道，许行之徒而党于十乱。而广雅乃迎合要人而特荐之，公犹怪其不省橘洲[3]耶？日来贱体较健，附慰。草草，即请著安。去矜顿首。初九夕。

[1] 签订中外《辛丑条约》。

[2]光绪二十七年十月(1901年11月)张佩纶"著四五品补用"。

[3]橘洲:陈宝琛,福建福州螺洲人。螺洲因盛产橘子,又称橘洲。

二三〇

光绪二十七年辛丑十一月十二日

黄斋世丈大人左右:

初九夕发书,时以轮急神怱,有诗二首未及录寄。顷闻明日有轮,特以奉正,知不值一粲也。贱体日来稍健,渐能在室散步,尚拟闭门静摄月余,藉以规避一讲席。前之结怨宵人,即因门弟子抑扬所致。事事迟让,不独偷闲,亦以免咎耳。手此,即颂道祺。宝琛顿首。十一月十二夕。

阖第均吉。

二三一

光绪二十七年辛丑十一月二十二日

望前连发两函,望后复奉手札,知正和山疆移家诗也。侄卧病数月,竟不知竹孙物化,其至交但知有方桐仲朝槼、黄建隆鼎翰,而方弃官新去闽,黄署罗源不在省,因径询濂溪得复,摘录另纸呈览,祈转告诗孙[1]也。竹孙在省,以世旧故,过从频数,稔见其日在愁城,与乃兄之天怀超旷者不同,旧藏书画携来不少,恐亦不免飘零矣。新政有名无实,行其益上者而益下者不行,行其便己者而不便者不行，日且削矣。敢望强乎？西艺皆专门之学，非三年两载所能卒业，亦岂风檐寸晷所能见长。为此议者久已受人指摘，而仍以著令，是但使人粗涉其藩而饰为虚车耳。舍侄辈前问及此，姑取二十年前所购之制造局刻本畀之，固知此亦陈言，空费目力，科举家循例为目录钞撮之学，固无施不可也。此间东文学堂发议于丁酉，开学于戊戌，取其费省而效速，侄亦与闻其事。然无论何学，均患于蒙学不端。先自无好人，如何有真学？侄所以勇撤皋比而不愿为冯妇也。病后久未复元，顷正头痛。草草布复，敬请涧于居士道安。橘顿首。十一月廿二日。

诗孙未及函慰，乞致意。蘦蔼十年前见之致佳，去年逃乱归，犹数晤，不意一行作吏，俗状遂尔，羊叔子不敢再誉鹤矣。一笑。

[1] 诗孙：何维朴。见前。

二三二
光绪二十八年壬寅四月初四日

绳庵世丈阁下：

月前得清明手书，敬悉起居康复为慰。初夏园林定饶佳兴。偏灾屡告，白下何如？闽则秋冬干旱，涉春不得透雨，至今不能播种也。伯平[1]暌面廿年，望其来此，乃复入滇。此间狐兔纵横，亦不足以栖鸾凤，又幸其不来矣。司直[2]可庄世兄。二月来函，谓定兴致壶"陈曾参荣，何竟不知？"壶不能平，故以语之。所闻止此。
子久自托词耳，兰鲍岂能同篋！公之明于见几，知必有以自处。此
数年中，侄若在都，纵欲以默取容，亦安能不从许、袁[3]于地下，而
于大局，究何所补。尝疑杨、墨并摈于孟氏，而墨者不熄，杨无闻
焉。盖即沮、溺、荷篠、微生亩[4]一流，亦不得已而激成为我之学
乎。所恨骎骎老至，日即颓放，并不能成就一文人，诚如公所论耳。
叔毅则从事泛览，不专汉宋，不择中西，不唯不作官，并不肯下笔，
纯乎杨氏矣。惠亭闲居无俚，拟为南洋之游，即托其为我相一避世
之所，公勿哂之。安圃近日能与外人相安否？广西匪势传闻异辞。
小帆去秋约往相助，幸立却之。闻其与巽卿亦未水乳，褊急之性，
固非友朋之所能化也。文襄一代人，公义私情均不能忘。惟为二
十九岁像未能放笔为之，旬来构思未就，容再寄正。甚愿读大作
也。许诗记在里时曾闻之魏公，亦岂庸庸，其云七难尚非讥讽，诗
则不佳矣。草草先复，敬问著祺。宝琛顿首，四月四日。

竹孙事，制府属钟孙均湘人。为之，张罗闻颇就绪。诗孙近在
宁否？

[1]伯平：陈启泰，号伯平，湖南长沙人。同治进士，江苏布政使、巡抚。

[2]司直：王孝绳，字彦武，号司直。王仁堪（可庄）子。

[3]许、袁：许景澄、袁昶，皆于庚子事变时被杀。

[4]沮、溺：长沮、桀溺，春秋时楚国两隐士，隐居不仕。荷蒉：卫国隐士。
微生亩：鲁国隐士。

张佩纶致陈宝琛信札

（三九八通）

一 *

顷间闲谭，未及正事，殊疏。贺雨诗幸大作先行属和，侍今日碌碌，诗文改而未成，胸鬲间甚为闷气，即作亦不成，即成亦不佳也，至要至要。潜公前辈。侍纶顿首。

二

喜雨诗成，先录二律呈政。侍谱就《贺新郎》，当即归也。潜公。箦叩。

三

舍弟捐事未卜，旭兄如何，代为商榷，倘须面决，幸示知，以便趋教。有客有事则已。殁公。箦叩。

四

《海上篇》昨与吾宗略谭，渠以江夏颇有佳兴，欲以此赠之。鄙

---

* 一至六三短笺当作于光绪元年至四年间。

143

见谓江夏文字向以质直见长，若赋海自是吾家事耳。公谓何如，幸密赐偈子以定禅心。此上叕庵。名心叩。

五

昨所传窃三门封之说，确否。侍夜不得睡，起已晏，将赴松筠庵，不及登门一讯也。此上伯潜前辈。侍纶顿首。

王年伯安，旭、可兄均此。

六

小姑新病强起，恰盼为两家儿女调停矣。午后如修史余闲，或当走诣，否则不来扰也。示知是幸。此上叕庵前辈。簪叩。

忍、刚均此。昨忍庵归较晚，不致受诃耶，念念。

七

昨夜失睡，神疲未能畅话，歉歉。执事今日小出否，甚念。舍弟捐事，旭庄如何代为布置，倘须面决，乞示知，以便趋教。有客有事则已。潜史前辈。簪叩。

八

今晚不作村学究，拟携稿过圭盦[1]，行款如何，可否发下誊清。折件觅得奉上，费神不可言谢，惟有他日书法渐佳时，代我公作钞书胥，以报厚谊而已。叕公。纶顿首。

[1] 吴观礼：字子俊，号圭盦，浙江仁和人。潜心书史，内行甚笃。曾佐左宗棠戎幕。

九

《忠义列传》内有山东冠县傅士珍传，同年傅念堂托钞。望于到史馆时饬吏一抄，可给与抄费。此时念堂托已数月，因侍未到馆迟误。今日来促，敢渎左右。此请即安。侍纶顿首。

一〇

顷过门不入，盖自居乡愿一流矣。顷往叩红儿，为道声出钧天，初非浮响，弟得其不诳语，足直一谦，究未得庐山真面也。要之只来此中游移，不关他事，足见侍少阅历耳。改本奉上，以为然否。此请潜老前辈大安。侍名心叩。

外扇一握奉上,乞得暇一挥。

据海岳云,从前渠曾言及,以未见为憾,非今日事。

一一

顷间甚闷,欲出觅谭侣,度到尊处必有菊酒,乃折而西,过圭盦匆匆数语即归。途遇仆人,已荷手柬相召,足知嘘吸相感。如此雪天,能偕良友餐落英、品佳酿,岂非快事? 奈侍尚有试艺、试律各三作未改,意欲今夕了之。此小技,当无俚时,亦足为累,不得已只能舍近局,而作阅微草堂之老儒面孔矣。(筥)〔郇〕厨如备多肴,请移入兰闺待雪,否则邀圭盦同酌亦可,并《汉书》下之。拉杂奉复。即请弢庵老前辈大人安。侍纶顿首。

旭庄四哥同此。

一二

风雨如晦,所思不见,以为叹息。林君前序当已属稿,子腾要送来知会一纸并信呈览,亟须交卷矣。此上,即请弢庵老前辈大人公安。旭、可庄两同年均此。侍纶叩。

一三

小诗一首呈政,筝琶细响,须知不是唐音,藉博林中人一笑而已。子猷爱竹，当有新章，能见示否？子俊昨来谭，惜未能偕造竹窗闲话也。此请弢庵前辈著安。侍纶顿首。

一四

十四日尊藏册宝，明后日均斋戒，或有所避忌，未可知也。崧高来，自足张吾军。南皮未来。复请弢公安。箕叩。

崧高来，于此事有益；万选来，于彼事则有损矣。

一五

示悉。昨又得寅臣复请之字，顷拟往辞，是以奉探足下。如尊处尚未辞，则亦无庸辞矣，徒费唇舌耳，公以为何如。伯潜前辈，旭、可庄同年。侍纶顿首。

安圃属约，孝臣叔午后来可否？

一六

午后偶然心动，比已把握住。蒙念，谢谢。《癸巳类稿》[1]容明日取之，朱处《汉书》亦俟假得奉上。圭盦过僧寺时，原欲同来，为辅臣招饮中止。归途至圭盦门一问，则渠已归，侍亦废然返，未入圭盦之室，亦遂懒造尊斋，始知四人偶然小聚，亦须随星象转移耳。狂谭，呵呵。此复弢庵前辈。侍名心叩。

[1]《癸巳类稿》：清俞正燮撰。

一七

叔涛丈已行，天欲暮，想僧寺钟鸣，执事亦当归饭矣。圭兄想来诊过。汝翼兄以为脉气如何，望详示，以释系念。此请伯潜前辈大人刻安。侍纶顿首。

汝翼兄均此致候，竹箦前辈想已归矣。

一八

片已来，录纸呈政，望指首可改者示知，以便酌易。今夜定稿，明日免为馆政所牵也。此请彀公安。韵陀合十。

折在尊处否？

一九

邸报已读，叔涛丈并未记名文卿亦未记。刘岘庄[1]此举不但冒昧且涉糊涂，仅以不合交议犹宽典矣。天下极公之论每被一二徇情者搅坏，从此恐宣付史馆一层又成异数，如何如何。复请伯潜前辈夕安。侍纶叩。

黔□今日当称旨，闻之乎？

[1]刘岘庄:刘坤一,字岘庄,湖南新宁人。湘军宿将,曾任两广、两江总督。

二〇

克复两城之疏与保举三善同来,侍前闻之徐揽泉[1]前辈,实在东甫[2]坐上,今日见圭盦均未提及。刘缺不知何人应补,报房于此不刻,可笑极矣。原信附缴。此上伯潜前辈。旭庄同年均此。侍纶顿首。

[1]徐揽泉:徐文泂,字揽泉。同治七年进士,翰林院编修,补河南道监察御史。

[2]东甫:徐会沣,字东甫,山东诸城人。同治七年进士,翰林院编修。历任礼部、工部、吏部侍郎,兵部尚书等职。

二一

顷晤柳老,谓严议纵也,颇合惕说,假侍处律例去比案矣,是否今日作桑附枝,尚候卓裁耳。东阳请罢武科诏,随园上黄太保,说武科本疣赘,罢之未为不可,特未可言于守成之世,且亦非急务,借此求去,欲遂其请。鄙作恐与上意忤,即东阳亦不谓然也。潜公。侍名心叩。此时圭盦当归,欲往商之。

二二

有道一疏实获我心，讲幄省览，则兼用圭公议矣。足下过圭公，得晤否？侍读《穆天子传》竟日，略有撰注，恐不当公意，草草塞责耳。此上潜史前辈。侍纶顿首。刚侯均此。

二三

东甫前辈病有起色否？甚念。今日枢府已邀宽典。阳城之作，不知已上达否，深恐今夕请天未免落后，转近于讽也。尊处有无确音，能挽回否？思之至再至三，殊觉忧闷。奉常寺署中失火，如何？潜公。箕园荷畚人。

二四

顷间谭未畅，送辅臣后拟即走谭，适少司马来，知昨有恩旨，令江浙等十省各拨数万金协豫，纳李仲远言也。集议势将照覆，以授醪之说进之，渠颇谓聪明。大约须转达琅邪，转圜与否不可知。特此奉闻。子俊闻出门未归也。潜公前辈。侍名心叩。

凤山乃迁居辅臣处。

二五

过仲献，众中两言，不克多谭。今日巳午间，欲造尊处为会，乞少待也。渴睡极，不多写。潜公前辈。侍纶顿首。

如辰巳间约侍，请言他事，恐柳门[1]在坐也。午后至赵氏，邀侍可耳。

[1] 柳门：汪鸣銮，字柳门，浙江钱塘人。同治进士，历任福建、陕甘、江西、山东、广东学政，总理衙门大臣。

二六

两日不见为念。尊处所存《圣训》能否赐下一读。再，允为代书楹联，不知何日得暇，望示知，以便令仆辈磨墨也。鹤兄处《汉书》取来否？伯潜前辈夕安。侍纶顿首。

再，前日归来，荷尊处与旭庄均有赐珍，自是周匜，侍则惶悚之至。

二七

示悉。葫芦中物须明日往取。今午过子清[1]，值其兄弟均外出也。羧公夕安。侍纶顿首。

月色剧佳,夜间本思走访,因有他务中止。顷视夜漏已将亥刻,将梦中觅公矣。

[1] 子清:朱澄,字子清,朱学勤子。清代藏书家。

二八

扇一握送上。湘阴晋爵,李广真有不侯之憾矣。本拟趋前,闻执事外出且湘涛欲来也。伯潜前辈。侍名心叩。

二九

昨夜谭殊不畅,顷与诗兄同造茗翁,约定午后同至圭盒斋中,集衣嘱邀公从同去,并恳携带干仆一人,以便迅速集事。余面谈可也。即请尊乘到侍处,同往尤妙,否则侍趋前亦得,总之须饭罢。此上潜公。侍纶顿首。

赵稼轩日内已逝,大奇。

三〇

今日午后趋诣,见门有喜轿而返,乃至南皮处,候公不至。闻火票四出关提,实则已自行投到矣,乞宥之。刻与吾宗同坐,如今夕不遇,我明晨再趋候耳。叕公。贲叩。

三一

昨谭殊畅，奉上票蚨四千。菊性甚傲，菊价亦廉，宜秋士之多贫也。司成稿得一读否。桑叶甚多，乞携筐来取。此请潜史老前辈安。韵陀侍者合十。

三二

早间奉诣，未值为歉。顷孝达遣伻来迓，闻大驾欲至，可否见过，侍再函商。孝达请其欲我一同赐教，何如。伯潜前辈。侍纶顿首。

或并载过孝达亦可。

三三

书收到，来示未即复为歉，由也果矣，知念奉闻。此请羧庵前辈安。侍纶顿首。

接见切勿发议论，今晚屈与旭兄一陪，先生当不我却。

三四

携去文字公谓何如，幸见复，欲走谭，嫌太数否。伯潜前辈。

纶顿首。

旭、可兄均此。

三五

顷托旭兄处家人带去一书，想可收到。侍大段略得，欲写出而心绪棼如，又闻仆辈呻吟声，颇有感触，竟不能振笔直书矣。明日清晨或写出就正耳。夜来直无消遣，然亦不甚思圭盦，以此事往成于胸中而已。勿念为幸。潜史前辈。缄、旭兄均此。纶顿首。

三六

昨晚至舍亲处询及，前所存之鹿茸一架，及鹿茸末二两，均日内为周荇农购去。现尚有鹿茸末子三两余，是从前外舅制以合药者，料较佳，但价亦不能多要，以其无从办到耳。望收入示价，以便告知前途交易也。此请殻庵老前辈。韵陀侍者合十。

外件并呈。

三七

顷间奉访而泥滑难行，半道言返。诗已交刊。据云，间有数笔侵入直线上，请以后撇、捺收内里面为要。此问伯潜前辈大人日安。侍纶顿首。

三八

台星不曜，仗马无声，我何人斯而敢妄动，只以观望了事，殊可惜也。此致伯潜先生。有耗亦希赐闻。齐东野人。

三九

前稿在尊处，望掷下为幸。伯潜前辈，侍纶顿首。

湘涛又来，不知何事，又及。

四〇

示悉。京报及两序当即送交紫藤前辈。舍弟明日未能成行，约须改期，廿二承召，极应趋陪，但渠已有到约，万不肯来，盛意惟有心领。但吾辈无故而作一局，远至教场，故曰未免牵索阁下，愧甚愧甚。诗孙顷得晤，侍亦无事也。伯潜前辈大人台安。侍佩纶顿首。

外对子数副，允为代笔，能得暇一挥否，此君来促数次矣。又及。

四一

明日安圃入城。朱、王两处,侍日内必去,尽可代拜。大刺暂存敝斋,亦足光辉蓬户耳。伯潜前辈岁喜。旭庄同年均此。侍纶顿首。

四二

所赐橘柚,谢。剖柚食之,色香味俱备,如斟天浆,真恨太少。橘未敢尝,得无其中有两叟弹棋也。此上潜公前辈。侍纶叩。

四三

一日不见,已觉契阔,始知萧艾之诗,并非欺我。坿呈文一首,即祈削政,能托和靖一言,亦好事也。得雪可喜,恐麦事已无补耳。此上羖庵前辈。侍名心叩。

四四

顷失迓为罪。明日曾君之招,侍已辞却,而汪柳门又为代邀,以香涛坚辞,嫠民悼亡,均不能到,定客无人故也。但曾君却无敦请书来。明日不赴,柳门不至来扰否,乞示遵。公大约何时到敝斋,亦请示下。此上潜公前辈。侍纶顿首。

四五

朔风竟日,落叶满阶,山中霜枫能待停车杜牧否,山行谅中辍,幸示知。如决意前,须作沈子居画中人矣。此上伯潜老前辈大人。旭、可两兄均此。侍纶顿首。

四六

来示后,弟益慎其事,与同志博访众议,有识者皆以为宜,无识而喜事者且以为快。兄好一时之名乎,抑求有益于国家乎,如以汲长孺[1]之戆直,处刘更生[2]之亲切,而但好一时之名,不顾国家之利,弟从此不复相天下士矣。宜早不宜迟,唯足下熟计而力断之,幸甚。此上奇奇子坐右。铁石生[2]叩。候复。

[1] 汲长孺:西汉汲黯,为人耿直,好廷诤。

[2] 刘更生:西汉刘向。

[3] 铁石生:陈宝琛自称,陈螺洲故居有"铁石轩"。此件乃陈致"奇奇子"信,其人待考。原件置此,姑仍之。

四七

得示且感伤且喜剧,侍处未得《国语》,柳述续成史学,殊不易易,惟有勉力耳。容走谭,不尽缕缕。即请羲庵前辈大人日安。侍佩纶顿首。

当托茗翁问礼部查案可无康呈书否,窃意沈幼丹为李大理呈请,亦未闻寄书祠部也。今日请涪翁,午后公能见过否?侍须候医耳。

四八

抚黔奉疏乞为转交蔼青,闻渠明日行也。圭兄存款已定议否,侍可据以复茗翁。姚皋日到京,与圭兄在京、在川,都有交谊,侍拟托茗翁说其致赙[1]。公以为此举碍于圭老生平否,乞酌示。此上伯潜前辈。旭、可两兄同年均此。侍纶顿首。

[1] 致赙:此为吴观礼筹办丧事集款。吴观礼,字圭盦。卒于光绪四年(1878)。

四九

湘阴[1]念旧可感,但规于一盂麦饭,而不为竹帛计,心窃疑之。秦君来知蓟州,已将副本面交西白铨部,传闻有今日入告之说,过此则二十一日大祫,又须斋戒三日。若如尊言,恐直迟至月杪耳。年少性急,涵养不到,如何如何。羲公。贾叩。

[1] 湘阴:左宗棠。其为湖南湘阴人。

五〇

刻南皮云有要话招侍前往,不知何事,谨以奉闻。如阁下亦去甚妙,否则明早奉告也。两宥。

五一

风狂似虎,人僵若蚕,未能安步当车,颇欲从公附载也。伯潜前辈。旭、可兄侍安。侍纶顿首。

五二

南皮见召,敦迫难却,雁宕之游请以异日,何如? 二子偕行,亦可不必也。弢公。韵陀侍者顶礼。

五三

大作妄校一过,宜以己意加墨其上,望裁夺。今日如得寸暇,即遵命改稿,亦无不可,奈心绪烦杂,实不能构思布局,歉歉。夜来或再图谭晤也。此上伯潜老前辈大人。旭、可两兄同年均此。侍佩纶顿首。

五四

嘱勿早过,此时似又太晚矣。四事中以部院一层为最难,此略理条绪,但细绎其意而勿别著议论,余亦稍有布置,但恐不尽如圭兄意耳。發兄如已归,旭庄度当赴蔼翁处,或竟明日相见也。示遵为幸。潜公。弟纶顿首。

多谏以责成院长为归宿,余二事均易言,公为何如?

五五

昨日匆匆,未得畅话为怅。墨合一具乞检付去人,不暇刻铭矣。明墨请付一丸要碎者,注明价值,因香涛欲购之耳。更生铜章奉上,为圭盦诗作一证,乞邻而与,公定更生,侍亦微生也。存款一节已于前夕函致茗翁,未得回信。诗刊出一二纸,须初十日送来,应分应合,临时再酌。日内老前辈似可加意于白折,侍亦拟三五日一请教,当不吝诲。此上伯潜前辈。侍纶顿首。

王年伯[1]前代为请安,旭、可兄均此。

[1] 王年伯:王传灿,王仁堪、仁东父,陈宝琛岳丈。

五六

圭盦诗首卷并尊书两纸奉上,乞察入。昨日为和靖书折,亦作宋版书否？复上伯潜前辈。侍纶顿首。

王年伯已见愈否？

五七

圭盦诗一本奉上，含沙句此本亦误写，然当是容字。《军中杂咏》"筹字求衣"句改作"犹忆问鸡人"，鄙意不如仍旧，通首较为一气，"犹忆"二字贴作者一边说，似多一层转折也。侍不解诗，聊复云之，惟公酌之。再，《忆石钟山》"东南云际尽衡山"，抄本似作"衔山"，请核正。伯潜前辈。侍纶顿首。

五八

明日想须入城，能拨冗至史局求书否。侍归后已函告孝达，请其酌立条例，但两人亦须略创一目，以便先行从事，并须订簿子数十本，以便随手摘录，统候执事明夕暇中酌示也。至应用书目，似亦应酌出，以便厂肆随意购买。事以必成为期，谅无不成，正不必局之于三冬耳。此上伯潜老前辈大人。侍佩纶顿首。三十日夕。

旭、可两兄同年均此。

再，奏稿内讹字甚多，若直改于本字之旁，恐有谬误，加签则过于费手，可否于书眉大字标出之处，伏乞酌示。又及。

五九

今夕须往谢雨,竭诚以往,或者神天默相启乃心焉。尊见极是。明日当与圭长老商之。铁石道人。韵陀合十。

按:此函写于张祖谟名刺上。

六〇

今日恩言迭沛大风,何也,岂欲作雨耶。茗翁未归,不得复信,被吾师责备后,觉此身猬缩,絖如婴孩,乃知全是血气用事耳。侍拟明晨即缮,明晚即递,迟恐圭盦又疑也。叕师。蒉叩。

按:此函写于杨颐名刺上。

六一

前复策稿奉上。圭盦云,李蔡论如无人作,属侍秉笔,宜速宜迟,公主之可。圭盦得家书,行止不决,意颇阑珊也。潜公。侍名心叩。

按:此函写于邵积诚名刺上。

六二

过孝达，不值，似至司业处小待，又不值；径作书致鲁直乎，抑少候公之复信也。

按：此函写于黄杰名刺上。

六三

米票奉上，前途仅肯易乙千二百廿斤也。子俊一字奉上，乞为一检，侍已往看圭盦之病矣。弢庵前辈。侍纶顿首。

按：此函写于吴观礼名刺上。

六四[*]

史馆求书，断以尊见足矣。下问过谦，复以客坐迟答，罪罪。闻与仲献期初三入山，想不久留，侍意欲日内自创条例，便于随阅、随托，既为读书日课，亦可校竟圭盦遗著，大雅以为何如？沛国晨过敝斋，知湘阴赙圭老三百金，尚有续笔，此老可谓笃于故

---

* 六四至六七短笺当作于光绪四、五年间。

旧。阉函之作,亦于沛国书及之,盖于我圭盦惋惜至矣。蚍蜉撼树,妄肆之说何为。敬上伯潜老前辈大人坐右。侍佩纶顿首。

旭、可两兄同年均此。

六五

昨过访,未得密坐为歉。东乡之狱,闻使者已奏大略情形。廷旨云,李某忽认忽翻,宜严讯,毋任狡展。如坚不吐实,即照两司及委员所禀各节秉公酌断。不如所禀何词也。灌县事已复大丁[1],以办理乖方交议,小丁[2]及陆令[3]均罣吏章,其他尚未奏。诘子华不知所指,若出自鹧鸪声,则刚侯之风足以熏陶其师矣。弢庵前辈,侍名心叩。

[1] 大丁:丁宝桢。
[2] 小丁:丁士彬。
[3] 陆令:陆葆德。灌县知县。

六六

昨至孝达处清坐,因为柳门招饮,甚晚始归。孝达得间言,所件三篇均为拟就,然尚未脱稿,许今日午前交下。阁下今日必得出门谢寿,午后能否得暇,祈示悉为荷。此稿既须裁定,侍尚有别议奉闻也。此上弢庵前辈大人。侍名心叩。旭、可两兄均此。

六七

诗孙从阁中取来左疏,写圭庵处毫不生色,此老护前可恶。阅后乞发下,侍拟将圭老一段摘录也。伯潜前辈。侍佩纶顿首。旭、可兄均此。

六八 *

闻讲学须百日后,确否? 实公想时接茗老,殊高吾辈,不及也。临别谅有赠言,乞见告一二,蔼蔼告人得免乎。旭庄一日见访,不知有规我之言否,幸询示。端节前后拟归里一行也。潜公。制禾乡老农叩。

六九

天津水师何时奏汰,望检琦传见复。其时直隶、天津水陆两镇,足征旧制之深密也。敬上潜公前辈。制佩纶顿首。

七〇

文字当已送阅,念念,祈示复为幸。敬上潜公前辈。侍制佩纶顿首。

---

* 六八至一二三信笺当作于光绪五年至七年间。

七一

示悉。壶公、竹公于明日诣高斋,与可庄别。侍已先之矣,无他客或来,有他客不再至也。家兄谢谢。敬复,即颂兴居。伯潜前辈坐下。制佩纶顿首。

七二

家兄略感寒,今日小愈,侍伤风已痊,特微倦耳。日高酣卧,则故态也。承念,谢谢。抄本封上,幸勿展转借人,使漏泄之罪自我而发。起居闻未能就安,忧心如结,正坐此耳。伯潜前辈坐下。制佩纶顿首。

可庄何日行?

七三

归来尚未走谈,甚歉甚歉也。课卷如仲勉允为评阅,当即送呈。敬上伯潜前辈。侍制佩纶谨状。仲勉、旭庄两兄均候。

七四

顷读仲献作,意是而词庞,广坐中未暇深思,无从订正。归途细绎，不妥之处甚多。《班史》讥谷子云所上四十余封事略相反复，若徒狃于前说，何以异此！窃谓此作词旨必得全更，格局亦须全换。略进刍论，乞鉴定之。大旨引两谕后，疾入严字，以后少说奏话，即举条目：一、严大臣之察典；一、严部院之责成；一、严复奏之程限；一、严引对之咨询；一、严科道勿以捃摭，掩其缄默；一、严废员，勿以贪狡济其钻谋。如此，语既直截了当，亦免于一段之后四条篇篇相犯。未能代劳，实形歉仄，当蒙谅之也。执事以为然否。户假乞付下一检。此上弢庵先生。箑叩。

外课卷七本，请可庄、旭庄代定一名次。因大致相同，无从臆断，多一人看过，或不至见笑于方家耳。又及。

七五

家兄昨日泻一次，今晨葆如改用附桂，不知能投否。佩纶仍服丽芬方，加高丽参而已。甘枸杞收到，谢谢。过承爱注，感愧无已。复请伯潜前辈刻安。侍制佩纶顿首。

七六

黄葆如司马属求书名刺。佩纶因其近日药剂稍效，以敬兄者敬客，亦愿公推爱佩纶者以爱佩纶之客。琐琐容晤谢。敬上伯潜前辈。侍制佩纶顿首。

七七

昨召醇邸^[1]，未审起居如何，起居转问旧起居耶？又叩。

[1] 醇邸：醇亲王奕譞。

七八

数日未晤，良念。家兄服附桂尚投，足慰系注。方文锹^[1]《不知为不知》文，尊处有专集或选本，乞检借一阅为幸。敬上伯潜前辈。侍制佩纶顿首。旭庄、仲勉均候。

[1] 方文锹：方楘如，字若文，一字文锹，浙江淳安人。康熙进士，官丰润知县。

七九

昨疏当有所闻，幸密示。伯潜前辈下执。制名心叩。

八〇

黄君福珍恳书名刺，渠将行矣，幸日内赐下为祷。前已蒙允，故复渎请之。伯潜前辈。制佩纶顿首。

八一

手示祗悉。黄君刺书益遒劲,敬佩敬佩。谭、刘御倭名将,其苗裔乃不振如此,可为浩叹。敬上伯潜前辈。制佩纶顿首。

可庄昆仲均此。昨代人求一联,幸促之。

八二

或交蔼青致之,或属汝翼致之。阁下勿出面为妙,解人当意会也。潜公前辈。侍制名心叩。

八三

早凉,请即命驾,衣冠备而不用,侍方可陪侍也。伯潜前辈。侍制佩纶顿首。

八四

手示敬悉。方剂已验,仙李已留,足副鏖系。外件当致子涵。敬上伯潜前辈。侍制佩纶谨上。

八五

黄蚬领到,谢谢。家兄胃气不和,服药且时作欧,每日进粥甚少,恐腥物淡食为难耳。薏苡、芡实,初起时均服之,未效,久病脉虚,深为可虑,而家兄又不愿易医,如何如何。复上伯潜前辈。侍制佩纶顿首。

连日不能奉诣,以此。知己如君,当相谅也。

八六

汪子常[1]须明日至,今日似只可停药矣,乞代酌之。公饮茗即吐,何也?念甚念甚。伯潜前辈。弟制佩纶顿首。

[1] 汪守正,字子常,浙江钱塘人。名医。时任山西阳曲县令,以慈禧太后病应诏入京。

八七

家兄今日热较退而未尽,无论新邪内热均属可虑。已邀惠人午前幸一临存,为我决策,并约达公矣。殁公。制佩纶顿首。

八八

家兄成主前恳大书,已蒙见允,兹特令寿潜具柬,香老定三十日,廿五至廿九,何日有暇,乞示期,以便预备。敬上伯潜前辈大人。侍制佩纶顿首。

八九

复安侄函敬悉,遵命致之汝南,迟日吾辈再领酒食耳。复上潜公前辈。期佩纶顿首。

九〇

《起居注》前序读讫,自是殚精竭思之作。四卫拉特统名厄鲁特,准噶尔其一种,佩纶所言,乃阿拉善额鲁特流于边外者耳,勿致疑也。原件并缴。复上伯潜前辈。期佩纶顿首。

九一

竹坡处即问蒙语,此外无话,略以晋事告之而已。《西南夷传》尚未询之邻家,俟考订明白当奉闻也。敬复潜公前辈。期佩纶顿首。竹公均候。久无建白,何也?

九二

老僧久已退院，未暇问瞿昙也。首座传语，彼已合十敬让，静候法师降魔耳。复上弢公。嗇夫敬白。

九三

瞿昙偈已具闻，大师将说法而止，将让神羊触之耶，抑非龙公试手不可，望复一言，以杜重出。敬上弢公。绳叩。

明日朝贺，非古也，佩纶拟不往矣。复上潜公。佩纶又叩。

九四

佩纶死罪死罪，乞公改至十五午饭，何如？十六舍间有事也。敬上伯潜前辈。期佩纶顿首。

贱恙略平，力疾起复，可谓忠矣。

九五

唐君似当报礼，侍新有期服，不愿延客，而俗例又不能尽废，愿与阁下合请，即由尊庖一办，何如。敬上伯潜前辈。制佩纶顿首。唐十七行。

九六

昨日趋聆雅教为快。《俄事汇抄》一册即交来人。乞便中检还。内有数纸未订者,亦勿遗为望。补撰日记,藉考订也。学士本已出科否,山人愿闻消息。且充数日。伯潜前辈。期佩纶顿首。

九七

新闻纸及西国近事,敝处均有之,似不必钞,钞其文书往来之事可也。京报亦不必。能拆能订则拆之,否则不必。薛君随合肥回津,当在月初,初三四能毕否,均候卓裁。敬上弢公。期佩纶顿首。

九八

送上薛日记一本,乞阁下览,并择其可抄者,命尊纪抄之,费神,谢谢。弢公。期佩纶顿首。

九九

示悉。今日本拟走谈,适蔼青[1]自西山来夜话,如足音跫然,岂不佳乎!潜公。期佩纶顿首。

[1] 蔼青:张华奎,字蔼青。

一〇〇

报到以后,本非在官人役,出都例所不禁。公昨日言有人见问,似深以鄙人早归为幸。虑之过当,实由爱之过挚耳。此等处觉公太不阔大,合附辨之。敬上羧庵前辈。期名心叩。

一〇一

公在孝达处言之,佩纶已闻矣。刻与刚侯谈,不暇论左侯也。羧公。期佩纶顿首。

一〇二

乞陈阿胶少许。敬上伯潜前辈。期佩纶顿首。

一〇三

今日作何消遣?闻仲华[1]云,阁下将有文字,白虹贯(白)〔日〕,当已上干乾象矣。药已转致前途,深纫厚意,属为致谢。潜公。期佩纶顿首。

[1] 仲华:荣禄,字仲华,瓜尔佳氏,满洲正白旗人。历任工部、兵部大臣,总理衙门大臣等。谥文忠。

一〇四

邸抄附览。徵仲竟不能申饬,仲华则以冒昧之语,若非此公出,将不知如何,天下事亦可知矣。潜公。期名心叩。

一〇五

送上《困学纪闻》[1]一册,《净名诗抄》一册,乞查收。又刘兰洲一件并缴。潜公前辈。期佩纶顿首。

[1]《困学纪闻》:南宋王应麟著。

一〇六

正拟奉询,如公往,佩纶或奉陪,服色当是珠补,抑是貂褂朝珠,乞示知。花衣朝服,则鄙人可已则已。敬颂伯潜学士前辈春祺。期佩纶顿首。

一〇七

今日押衙故事想已上闻,已将丛书致之邺架矣,想未发也。拙稿明日可成，午后或奉诣呈政也。潜公前辈。期佩纶顿首。

一〇八

昨谈殊不快也。尊处有乌梅，乞赐三五枚。彀公前辈。期佩纶顿首。

一〇九

粉枣糕并领到，以天花粉两匣为报。再同明日可来，以家书至，病告痊耳。谊卿处不愿改约，何至因子久败兴乎。复上伯潜前辈。期佩纶顿首。

小希函如何，貂裘俟有便询之。又及。

一一〇

谢表甚工，唯"四系"句，乞检原书，似止有三系，然亦未能确记也。或改"系"为"书"可否。余明日面谈。敬上伯潜前辈。侍期佩纶顿首。

一一一

昨日藉护日得以畅叙，但归来又袭寒矣。前件不知何君有之否，有宜速,否则见复,免因此滞延也。敬上伯潜前辈。期佩纶顿首。

一一二

竹坡与晤否。所筹已应手,如约定明日出城,即到尊处相见;未约定,当送至城内耳。乞示复。何世兄已归,到津,因其外舅有病,尚非无故,明日即到馆,并属代谢也。敬上伯潜学士前辈。期佩纶顿首。

一一三

承奖皇恐。于南皮为狗续貂,于阁下为鸦随凤耳。满缺乃东桥[1]居首,伯希[2]在仙蘅[3]之后,殊怅怅也。潜公前辈。期佩纶顿首。

旭庄刻来,未值为歉,谢须明日也。

[1] 东桥:会章,爱新觉罗氏,字东桥,正蓝旗人,延煦子。光绪二年进士。官至理藩院右侍郎。

[2] 伯希:盛昱,爱新觉罗氏,字伯羲、伯希。

[3] 仙蘅:联元。

一一四

昨日吴舍人言,抄件今日可有,其中亦无阿附倾轧之语也,俟抄到送上。洋务书何日赐观？书架如有余，即掷付一二具，为安佺[1]料理乱书；如无之，即不必腾挪，至要全要。潜公前辈。期名心叩。

仲勉夫人愈否，甚念。

[1] 安佺：张人骏，号安圃。

一一五

"遣奠"之"遣"字何所本，不误否？乞示。两隐。

一一六

恪靖[1]疏奉上。无暇寓目，与此老无缘也。薛书两册，乞烦尊管一挥，何如？橘洲主人。古嘉禾乡民叩。

[1] 恪靖：左宗棠。

一一七

刻至厂市检书，台从至，失迓。如无事，恕不奉诣，有事乞示知。弢庵前辈。期佩纶顿首。

一一八

薛记两本当已钞竣，欲稍有考证耳，千万勿忘。附上钱廿千以犒写手。左疏亦望借观，以资取材。敬上潜公前辈。期佩纶顿首。十三日灯下。

一一九

竹垞老人[1]一夕录《读书敏求记》[2]，似吾辈真俗吏矣。然昨夕两中贵人方吃羊羔、美酒也。复上潜公前辈。期佩纶顿首。安圃附候。

[1] 竹垞老人：朱彝尊。

[2]《读书敏求记》：清版本目录学家钱曾撰，中国古籍目录。

一二〇

琴生处寄来洪案节略。星使仍执向来办案常套，可恨之至。大文无投不利，因此小挫，亦预谋者之责也。橘洲主人。名心叩。

一二一

貂褂两袭，前途价颇执，如不欲购，乞掷下，交其来媪携回也。

179

敬上潜公前辈。期佩纶顿首。

<h1 style="text-align:center">一二二</h1>

貂褂购否,李处人来矣,不购乞将原件掷还也。潜公前辈。期佩纶顿首。

<h1 style="text-align:center">一二三</h1>

时事日非,吾辈既生斯世,不可不勉,阁下使陇还乡[1],虽阅历有得,而受言亦微驳杂,论事仍未洞明。入都匝月,人事牵之,恐动多静少,于养心课己处未能痛下功夫。正恐过伏于微,不自觉察耳。起居既恐序补,贵近颇复密陈。为阁下计,目下正以潜处读书为宜,外避嚣尘,内增学识,庶免为虚声所误。执事与侍亲之重之,敢不献言,幸勿为罪。敬问兴居,不宣。弢庵前辈执事。制佩纶谨状。

[1] 陈宝琛光绪五年(1879)为甘肃乡试正考官,次年二月还乡。此函当作于光绪六年(1880)。

<h1 style="text-align:center">一二四</h1>

光绪六年庚辰三月

弢庵前辈:

佩纶还山负土,前月筑封庐墓,未旬饥来驱我。初五日取道津河,合肥暂留节署小住四月[1]。瞬已小祥,必当归祭,相见匪遥,而我怀弥蕴。晤皞民、蔼卿,知阁下过此,拳拳于侍良殷。佩纶营葬后,于此事益复灰懒,唯家无薄田,国有强寇,觍然出此,良非素心,知己或能谅之耳。容舫[2]小病,竟不得与礼部试,安圃亦不入都,便有坐困之势。佩纶处此一筹莫展,殊形愧赧,君何以策之。南皮、瑞安,更生当时相见。执事迁官后即典试,比归都下,凡事当出以谦慎,少养健翮,以待怒飞。张、曹两讲官缺钮、朱当补,君及南皮当须少待。钟粹[3]违和,未知已愈否?忧居小臣,犹闻之而皇皇也。阁下不得入对,当亦因此。仲勉不致回游否,可庄想请休沐,更生亦请假,何故? 余不缕缕,敬问起居。侍制佩纶顿首。旭、可庄兄均此。

[1] 光绪五年(1879)四月张佩纶生母和夫人朱班香相继去世,张于九月回乡谋地营葬。光绪六年(1880)二月归葬,并依例丁忧(至光绪七年八月起复)。三月入住李鸿章节署数月。

[2] 容舫:张寿曾,字容舫。张人骏兄。

[3] 钟粹:钟粹宫。时慈安皇太后居此。

一二五

光绪六年庚辰三月二十七日

伯潜前辈左右:

前上一书想已入览,近维起居康胜为颂。侍在津情形,蔼卿到都,当已得悉。严宗光[1]闻执事在合肥前举之,定是奇才,已累书向黎召民^[2]调令来津。召民初不愿，以有事为辞，现允竢学生出洋后，令其到津，当可甄拔。但严乃精于西学，并非长于水师，亦只能令其在学堂作师耳。可庄处侍积债累累，朋友之谊原不敢自外，唯闻可庄昆仲近境亦窘，如有应用之处，阁下善处戚友间，乞为斟酌尽善，侍到都后再议之。日来因合肥留待清卿，未能遄返，此心如坐针毡也。旭庄文字当得意，仲勉不入闱，将无抑郁，然以老兄作主司而佳文不免遗珠，况此辈乎。都下重来，圭庵奄化，贱子忧居，玩此当多慨叹矣。鄙议多在孝达处，时相见否？下月初二三当可回都料理小祥之祭。不尽缕缕，伏维亮察。侍制佩纶顿首。三月二十七日。

[1] 严宗光：严复，原名宗光。

[2] 黎兆棠，字召民，广东昌教乡人。曾任福建船政大臣直隶按察使，光绪三年十二月直隶按察使。

一二六

光绪七年辛巳三月初八日

伯潜前辈左右：

廿九到津，即移居讲舍。地僻东陬，辞嚣处寂，甚惬鄙愿也。阁下武英校勘之暇^[1]，有所撰述否？恪靖行边当未决计，西军已拟移驻正定一带，疏浚上游水利。洋药加税，如何定议？竹笺奉讳，倭使不来，尚议续遣行人乎？家兄到津，黄疸至今未愈，闷闷。

合肥感悚一疏已上,虽略有未平之语,而陈词引咎,主于自修,当可了此排场矣。渠意欲促蔼青来津,提调水师、出入幕府,二者必居一,于此阁下以为何如。鄙人旅居孤陋,愿其翛然耳。暇欲读书,苦于心绪纷驰,六时不得一息一秒之静,如何如何。敬问兴居,不宣。制佩纶顿首。三月初八。

旭、庄四兄均此,仲勉介弟并候。

[1]陈宝琛光绪六年(1880)九月充武英殿提调官。

一二七

光绪七年辛巳三月十二日

津防合铭、盛两部[1]各镇练军近二万人,潘晴轩[2]驻新城,李军门[3]驻芦台,为大沽、北唐后路。铭、盛两军又为潘军、李军后路,鲍屯昌、滦之交,曾守榆关。直隶五百里内屯三重臣,布置颇密。唯奉天宋、郭诸军尚嫌军具不全,炮台亦不密。吉林三姓、珲春、宁古塔,清卿以十二营分防,喜昌继之,若师武臣力,足可一战。俄屯海参崴各处者,亦意在防我,并非横行席卷必不可当,此等处须看当国定力矣。大约外间怯敌尚有分寸,不似都下之乱。如果部臣储饷以待,恪靖主谋于中,大可有为,并非鄙人好作大言也。俄人限一月定议,此乃吴江拘于限满之说,俄人狡谋,藉展限之请,要其速结。威妥玛[4]屡问孝达入总署否,恐是畏之,德璀琳[5]告合肥,以主战乃鄙人主谋,此辈亦可谓善于觇国矣。侍戏对合肥,如果仆主谋,尚不止此。藉此以受浮嚣之名,亦藏用之法也,知己或以为然。初六日召见三王后,寂无所闻。趋直讲帷,有何谟赞,深切记系。鄙人为合肥苦留,拟住三五日即返。家事已由家兄回里了结,须送舍侄登舟,海天一望,有髀肉复生之感。祖生击楫,当在何时,未免儿女情深,风云气少矣。敬问弢公起居。制樵士叩。十二日。

[1] 淮军刘铭传、周盛传部。

[2] 潘晴轩:潘鼎新,字琴轩,安徽庐江人。曾任湖南巡抚。时任广西巡抚。

[3] 李军门:李兴锐,字勉林,湖南浏阳人。湘军将领。曾总办上海机器制造局、规划长江水师。光绪十年参于查勘中越边界。后任广西布政使。

[4] 威妥玛(Sir Thomas Wade),英国外交家,驻华使馆汉务参赞。

[5] 德璀琳(Gustav von Detring),德国人,天津海关税务司。

一二八

光绪七年辛巳三月十三日

伯潜前辈左右:

十二日自合肥处归,忽又得其手书,称奉到钤蓝部文,有钟粹宫大丧之信[1],惊愕悲痛,殆难为怀。夜检邸抄,初八日尚传外起,何致急变如此?刻合肥书来云,误服庄守和大黄、芒硝重剂,一夕大泻,痰涌而崩。昊天不吊,降此鞠凶,尚何言哉。长春宫[2]扶病临朝,于圣体窃恐非宜,诸臣自以吁恳节哀静养为是。日来起居国是,幸时相闻,至盼至盼。合肥已循例具疏,请叩谒梓宫。渠恐长春不能即日报安,临朝无由,召对或不准往。佩纶亦思回都一行,但家兄黄疸尚未大愈,不知能否如愿耳。复询近履。制佩纶顿首。十三日。

[1] 钟粹宫:时为慈安太后居所,慈安卒于光绪七年辛巳三月十日(1881年4月8日)。

[2] 长春宫:时为慈禧太后居所,指慈禧太后。

一二九

顷间所见左幕致黄觐虞[1]信,乞发下即交来人,勿误。如能再专人将原信索来尤妙今夜尤妙有用处。今日事未办,并闻。伯潜前辈。侍制名心叩。

[1] 黄觐虞:黄自元,字觐虞、敬与,湖南安化人。同治七年榜眼,授翰林院编修。

一三〇

失迓甚歉。南皮今日较愈,足慰系注,侍亦甫归也。缄斋丧

子,何以慰之? 佩纶忧居,无复生趣[1],每遇友朋有不如意事,辄复作恶也。敬问伯潜前辈起居。可庄索圭老诗,侍处已罄矣。制佩纶顿首。

[1] 张佩纶于光绪五年(1879)四月至七年(1881)八月丁母忧。

一三一

两失迓为罪。子俊款已告茗翁,顷偕之同游先哲祠,恨不能约阁下耳。夕如晤,请见顾一谈,侍畏尊斋嚣杂也。如见顾,幸勿多约人。侍制佩纶又启。

一三二

手示敬悉。茗笙款当往促之。此处存有柳老百金共二百,一百乃送刻遗书价,并尊处百余金,似尚不敷,能挪垫乎? 明夕面谈,日间有小事也。仲弢[1]诸君前列,足征文字有凭,如仲弢之家学、缄斋之吏才、莲生之考据,岂必以鼎列增重耶! 敬上伯潜前辈。侍制佩纶顿首。旭、可兄均此。

[1] 仲弢:黄绍箕,字仲弢,黄体芳子,浙江瑞安人。曾任湖北提学使。

一三三

首饰箱请即发下锁悬封口，属容舫为一理，以毕其事。敬上伯潜前辈。侍制佩纶顿首。

钱券廿千以犒仆媪，聊见意而已，幸哂入。

一三四

论事论人易于夹杂鄙意，和战并提，而侧重和局，无识之人且加指摘，不如舍事而专论人，坐以不能战不能和之罪而去之，方能议战议和，措词较为正大。佩纶此言必有以为取巧者，然儒者立言似宜如此。乞密审之。召贤杀不肖之论竟删汰，以免枝节。铁箫前辈。制佩纶拜上。

一三五

不主战老成之见，不主和似亦老成之见，乞酌之。前件壶公尚未取出，可遣纪往索为要。叕公前辈。侍制佩纶顿首。

朋友之谊已尽于此，此后守数斯辱之戒矣。

一三六

闻布策须九月下旬方可到津秘之。稍一迟回，天寒海冻，合肥所以云战事当在明春也。目下言和恐非时贤所乐,请少缓之,愿与南皮前辈商榷。铁公。制赟斋拜上。

一三七

昨闻凯易德云布已至红海,不能折回,合肥书。所事草数行塞责,不足备史料,某与阁下文笔伯仲之间,不可过谦也。羖公。制名心叩。

一三八

箧笥取回,谢谢。侍昨归后,夜间作寒热,彻夜不寐,晨起为两客所苦,殊惫,不克奉诣。宕公有事,就阁下裁定,自无不可。所件已入告否。比拟略睡,以节精力。万念俱灰,百端交集,不足为阁下道也。潜公前辈。侍制佩纶顿首。

无兴致之故,幸勿虑勿候也。

一三九

宕公属件草出呈政,敝处无知其住址者,阁下可遣纪一送否?如无暇,乞将其住址示知为幸。酌之为幸。弹蕉之作当已脱稿,抑少迟以待机会,今日怀抱甚恶,恕不走谈。铁箫前辈。制樵士叩。

一四〇

昨日壶公归,有何见闻。中山事能挽回否,望详示。顷寅臣来言孟县修志事,侍答以率成则不便,苟得束修详考,则学力不足办此,不知能免于大言之诮乎。尊处及讱庵处如有《新疆识略》[1],乞假阅。敬上橘隐前辈。侍制佩纶顿首。

外墨一合可用否,乞估直。

[1]《新疆识略》,清嘉庆朝徐松撰。

一四一

昨谈殊未畅,侍日来肝疾不平,颇自郁郁。茗翁属作会馆记,每欲构思,心辄驰杂,谨恳阁下纵笔了之。东里之才,度亦无待裨谌草创耳。敬上伯潜前辈下执。侍制佩纶顿首。

一四二

垂念,感谢。服药未见燥象,仆本冷人,以为气盛者皮相耳。敬复伯潜前辈。侍制佩纶顿首。

一四三

恪靖昨遣人约定，顷晡尚投，所言畅极，当笑侍之粗率耳。子久处有约，不克奉诣。敬上潜公。侍制佩纶顿首。

一四四

垂念感甚，服药并无燥象。孝达在此闲话。敬复伯潜前辈。侍制佩纶顿首。

一四五

日来拟手录行述，知念附闻。伯潜前辈。侍制佩纶顿首。

一四六

示悉。漠北之游不能尽兴[1]。所言恐未足为据，筹边既有文饶，吾辈何烦置喙。不如专意东方弹章，较易于经画耳。陆宣公当邠侯秉政之年，寂无文字，嫌于见才也，唯阁下度之。敬上潜公前辈。隐丙。

[1] 张佩纶光绪六年(1880)七、八月间游历塞北。

一四七

日来小有风鹤，时贤若能料敌，本无用其张皇，恨政府非裴晋公、寇莱公[1]一流耳。仲献似亦有所闻，昨日招之未至，今日或可出耶。侍秋初仍拟作宣府之行，昨因酷热少滞征期，非有他也。敬上弢庵前辈。制佩纶谨上。

讲官改初三引见，天为新起居作势造一好题目耳。

[1] 裴晋公、寇莱公：裴度、寇准，唐、宋名臣。

一四八

闻令爱殇，为之恻然，幸勿过戚，有客在坐，恕不走诣矣。起居注以校正为是，送书须早到也。奉复，即问潜公前辈夕安。制佩纶顿首。

一四九

今日在南皮处匆匆未尽所言，尊论文字已极古雅，无可推敲。改制一节，亦吾辈平日私议，所虑在不行，非以为不然也。北徼事到津亦可写出，此时则无暇。乐山晋省过此，有所闻当再详书。潜公。制佩纶顿首。

一五〇

昨游厂市，乐石斋见有布政公[1]所书联，索直二金。赠菊初者，菊初乃辛亥举人。便中似可收之。中闱戚，阁下毋专意筹边，不问家事也。敬上伯潜前辈。侍制佩纶顿首。

[1] 布政公：陈宝琛祖父陈景亮，曾任云南布政使。

一五一

尊处寄售经书，侍欲得《易》《书》二种，可否，其价若干，示缴。敬上伯潜前辈。侍制佩纶谨上。

一五二

《尚书》一部乞再检，赐示价奉缴。俄事抄本，兄还为幸。潜公。制佩纶顿首。

一五三

俄使到都，总署均须见面，专举一人，似无此办法。此外如防务责成合肥，似实仍空，三子、具臣与合肥并提，亦嫌支左绌右。尊

作似可从缓，必欲行之，则右军一节断在必删，至要至要。敬上弢
庵前辈。制黄斋拜上。

壶公亦以鄙说为然，云尊作大可不必，缓之为妙。

一五四

胡文忠遗书[1]，乞将其书函一类酌借数册，阅之排闷。潜公
前辈。侍制佩纶顿首。

[1] 胡文忠遗书：《胡文忠公遗集》，胡林翼著，同治三年开雕。

一五五

示悉。瑞雪缤纷，诚相司马之征也。阁下既知其征，又问何
为，侍亦姑作壶卢耳。敬复潜公前辈。侍制佩纶顿首。

以理决之，断无不相之理耳。

一五六

示悉。方剂已定，一二日似即可投矣。附片仅治小病，本可用
可不用。三占从二，故愿公去之，以彰受言之美耳。来教犹未喻鄙
意也。昨合肥书来，河冰尚合，行期当可稍迟，得暇当再诣高斋侍
教。圭盦太夫人似阁下宜送一幛，廿前交下，可携之津门也。敬上

潜公前辈。制佩纶顿首。

一五七

津吏未来，行期无定，承念谨闻。伯潜前辈。制佩纶谨上。

一五八 *

草草之事以草草之文应之，恐无益。拟人日先论水师，他事徐议之，既可息老健之怒，而文字亦可郑重出之也。公意如何？两宥。

一五九

敝省明日谢蠲租恩，拙疏适成，拟即于今夕入内矣。廿二开恐太厚，有墙封恳惠一枚，免得惊动厂肆。别件五日为期，稍缓以杀其怒，断无中止之理也。潜公。期名心叩。

一六〇

三牌楼一案[1]，初以为河东刑名婶[2]家弥缝必极周密，今日

＊ 一五八至二四七短笺当作于光绪七、八年间。

读其爱书,曾未终篇,疵漏百出,可恨可笑。阁下能觅得其全案供招一读否。敬上潜公。期佩纶顿首。

[1]陈宝琛光绪七年(1881)十一月上"请复讯江宁命案折",八年(1882)二月谕旨彻查此案。参见《沧趣楼诗文集》第817—821页。

[2]娌:专。

一六一

杀一会匪耳,沈文肃[1]不死,且干吏议,可畏哉。薛[2]作江西守,必有憾于文肃也。勋臣短气,非独言路短气,然大文自是不磨。恨鄙人不足张后劲,愧愧。敬上伯潜前辈。期名心叩。

[1]沈文肃:沈葆桢。

[2]薛:薛允升。

一六二

检《申报》仅存沈鲍洪供词一纸[1],不知尊处有存者否。考试在即,以此相渎,愧愧。潜公。期名心叩。

[1]沈鲍洪供词:参见"请复讯江宁命案折"(《沧趣楼诗文集》第817—821页)。

一六三

乐山寄来奶饼八匣,乞察入。此乃乐山奉赠者,幸赐一刺言谢。敬上伯潜前辈。期佩纶顿首。

恪靖顷见过,适他出也。

一六四

乐山闻有赐书之意,属再致乳饼两匣。途中所携不多,勿笑其菲也。伯潜前辈。期佩纶顿首。

一六五

楹帖两联,乃舍弟携来,求书者皆商局委员。花农[1]者乃黄提刑经之子,亦旧家子弟也,乞速藻为幸。伯潜前辈。期佩纶顿首。

[1] 花农:黄建笎,字花农,广东顺德人。曾任天津海关道台。

一六六

检敝处邸抄,南羽于辛巳春正复官,其奏疏当见于六年,恰阙九月、十一月两本,不知贵处有之乎?今晚不克奉候,人事填委,精力颓败,心绪郁闷,不能为文也。潜公同年。期佩纶顿首。

一六七

刻归奉访,见尊第若有所营,询为旭庄兄从妹于归,谨奉喜敬二金,乞为转致。无可助奁,乞勿怪。佩纶因有期服,恕不诣贺,并恳向王年丈[1]及旭兄代致歉忱。敬上伯潜前辈大人。侍期佩纶顿首。

[1] 王年丈:王传灿,王仁堪、王仁东父,陈宝琛岳父。

一六八

前缄已入封,佩纶当先驱,阁下勿劳问夜,早朝殊负香衾耳。喜敬乞代致旭庄,舍间乏人料理针绣,愧无助奁之物,幸勿见却也。敬上伯潜前辈。期佩纶顿首。

明日与安俭均不走贺,望转致旭庄。

一六九

昨日竹坡来,云阁下身热未减,而饮食如故。鄙见慎疾尤宜服食清淡,脱肉作鱼,似宜却御也。今日已见愈否?恐劳清神,不及驰问。敬上伯潜前辈。安圃附候。期佩纶顿首。

雅宾之嗣母逝世,此提调一席当属何人?

一七〇

宝公子来送还《会典》一册,又壶公一函,乞察入。伯潜前辈。期佩纶顿首。

一七一

姊氏表虚又有外感,慎生云尚不甚重,但正微而邪又至,终可虑也。坐此百端交集,此心纷然。我公清恙已瘥否,当珍卫之。敬上伯潜前辈。期佩纶顿首。廿九。

一七二

赐墨及谏果均领。漆胶不解,甘苦同尝,喻公微悃矣。答左不值,一似暐亡,了此因缘,我实因物付物耳。楹帖收到,并谢。伯潜前辈。期佩纶顿首。

一七三

示悉。更生补礼右,可喜。恪靖之赠欲璧之,公以为何如。潜公前辈。期佩纶顿首。

一七四

今晚申刻请过广和小饮。敬上伯潜前辈。期佩纶顿首。廿一。

丰台之游,同行否?

一七五

恪靖赠别,未敢拜领。前者忧居却赙,恪靖以不受点尘称之,今佩纶犹初志也。幸公为我婉辞,原券并缴。伯潜前辈。期佩纶顿首。

一七六

恪靖赠金,未敢拜领。忧居承其寄赙,亦属茗笙侍郎代辞,愿阁下为婉谢之,原券谨缴。伯潜前辈坐下。期佩纶谨上。

一七七

偶斋前序思竟不属,能为我一捉刀不,甚祷甚祷。非心绪恶劣,断不以此相强也。潜公。期名心叩。

其平日议论可想,并偶亦不告,以尊作何如。

一七八

示悉。佩纶所作过于繁密，颇嫌小题大做。尊件甚透快，可用，去其一二率语，即入格也。琐渎，谢谢。姊氏泻仍不止，心以为危，唯有闷闷而已。复上潜公前辈。期佩纶顿首。

一七九

官学两疏，乞为代酌，千万勿信我过深，一览即复，引用大抵在内府礼部例中。恐为人笑耳。敬上潜公。期名心叩。

一八〇

昨日快谈，妙在竹坡不至因事争论，此难得者也。邸抄发抄事件，有丁宝桢请以宝森[1]、丁士彬补建昌道一折，可云谬妄已极，乞过我一谈为幸。敬上潜公前辈。期佩纶顿首。

[1] 宝森，字子青，号震甫，满洲镶蓝旗人。大学士宝鋆之弟。咸丰十年进士，散馆授编修。

一八一

《枢垣纪略》[1]奉上。以副都御史充军机章京者竟有四人，殊可怪异,乞酌之。叕庵前辈。期名心叩。

[1]《枢垣纪略》:梁章钜、朱智撰。记清代雍正后军机处之事。

一八二

昨日畅谈为快。尊处《词林典故》[1]中有"咸安宫总裁"否。《会典·官学》中竟不及也。再京朝平日官来往用咨文,此事当咨管理咸安宫大臣,抑札该笔帖式,令其转达大臣,何如,乞酌示。敬上伯潜前辈。期佩纶顿首。

[1]《词林典故》:共八卷。乾隆九年重修翰林院落成,圣驾临幸,赐宴赋诗。因命掌院学士鄂尔泰、张廷玉等纂辑是书,乾隆十二年告成奏进。

一八三

"咸安宫总裁"实亦稽察,因初创时有"与甘汝来一同总理",遂名"总裁"耳。其详在内务府,翰林院实略也。闻罗煦亭前辈家昨日有祝融之厄,未知确否,尊处当有所闻。敬上潜公前辈。期佩纶顿首。

一八四

咨文煞脚,不知是"须至咨者",抑"此咨"两字,乞询之子恒年丈^[1]。敬上伯潜前辈。期名心叩。

[1] 子恒年丈:王传灿。

一八五

《枢垣纪略》一部乞检还。弢公。期佩纶顿首。

先大夫墓志呈致,乞照书。

一八六

《枢垣纪略》乞赐下,略有检寻也。潜公。期佩纶顿首。

一八七

合肥太夫人久病未笃,肃毅早欲乞假,恐鄂事奏上,至则无归,是以迟迟。今则更不能待矣,非近又增剧也。姊病渐瘥,但燥矢未下耳。敬上潜公前辈。期佩纶顿首。

一八八

记是戊寅年,殆未考也。病者仍延慎生,迄今未大解。潜公。黄斋叩。

一八九

承赐辣菜,谢谢。左疏收到。论水利终是隔膜。铁香乃察院,照例文字不足论也。日来稍暇,昨日入城答客,过竹坡谈。敬复伯潜前辈。期佩纶顿首。

一九〇

南皮昨有书至,奉候阁下,所论益函胡矣。彼此相访均不值,有小事欲奉告,无大事也。潜公前辈。期佩纶顿首。

一九一

示悉。今日闷极。南皮书已复,不及劝其节劳,渠亦不受劝也。前事尚未属草,迟日就公详谈耳。敬上潜公。期佩纶顿首。午日。

一九二

合肥处慰函挽幛,侍因安侄往取衣箱,附使前往尊处,或属蔼公处送驻京家人可耳。午后拟过公一谈,临试近于不情,未知暇否?敬上潜公前辈。期佩纶顿首。

一九三

昨服余方，稍愈，以诸君医案皆同，而姊氏笃信余方耳。许方中嫩桑枝、贝母均采用，余亦大略相似。承垂念，感谢。清恙痊否，甚记注也。潜公。期佩纶顿首。

一九四

甫归，扇涂上，非沈公子不敢如此之献丑也，欲作诗，不及矣。伯潜前辈。期佩纶顿首。十七日。

爱翁如在，定乞道歉歉！

一九五

尊处治喉证药，乞少许。常夫人处来索，殆其戚有此疾耳。刻书扇劣甚，过奖深愧。今日有津人来言，昨事商允于夔，乃敢骤发，可哂也。敬上弢庵前辈。期佩纶顿首。

光绪六年二月为入祀浙江名宦祠，前杭州府知府张君建。

为张君妾旌节孝李氏，女旌贞烈佩絮建。

此事终不甚惬，不书旁款何如，乞酌之，不必客气也。

一九六

今日见申韩家否，乞示知。敬上弢公。绳叩。

一九七

短疏草成。肝气大发，真所谓干卿底事也。乞正定。潜公。期佩纶顿首。

一九八

今日欲奉访，闻台从他出而止。尊处最大之拱花笺，欲乞十纸，可否？拟以小者易之，为裱画之用。敬上橘洲前辈。期佩纶顿首。初八夕。

一九九

花笺十幅，谢谢。管樵竟死，可闵也。敬复潜公前辈。期佩纶顿首。

二〇〇

假衣奉还。偶作小诗，以博一笑。伯潜学士。期佩纶顿首。

二〇一

吴西白起复一节，吏部文书至今未到兵部。记令亲何小雅是稽勋司，乞托其一催为荷。伯潜前辈、旭庄同年。期佩纶顿首。

二〇二

扇四匣奉上，乞交陆君代书，既不署名，即告以系他人之件，以晦其迹，流弊不可不防也。潜公。期名心叩。

今日愈否？

二〇三

湖南祁阳有山谷《浯溪诗》及《搜剔浯颅铭题记》，安化有《云亭宴集诗》[1]，欲托觐虞[2]前辈物色之，不知阁下可代为一言否？敬上伯潜前辈。期佩纶顿首。

[1] 各诗均见《黄庭坚集》。
[2] 觐虞：黄自元。

二〇四

公方欲裁有总督省分之巡抚,则李说之是否,何待决之于鄙人。公家奏议则当存之,私家选本则不必存。李不过谓合肥不足恃,欲分其权耳。寿丈条陈容日检之,近则无暇,其稿亦当归还再同也。敬上潜公。期佩纶顿首。

二〇五

复示及惠书均悉。昨传闻山公今日启事,未知的否。丹老事亦函询,尚未得复,想今日散直晚也。昭明出操选政,骢马定属吾家千里,但尚有歇后者耳。复上潜公前辈。期佩纶顿首。

二〇六

小南强花[1]五十九朵奉上,乃安佺拙行,藉以邀免水角,何如?《晋书》别类分门,鄙人哀然仲舒,阁下却非樊川第五,此自造庆元党禁耳,可笑也。敬上弢庵主人。黄叩。

探花之荐不如簪花。闻花香者之实在消受也,一笑。

[1] 小南强花:茉莉花之别名。

二〇七

送上南皮节敬三十两,乞察入。敬上伯潜前辈。期佩纶顿首。

二〇八

示悉。家姊服药略愈,紫袍散容即转交也。敬上伯潜前辈。期佩纶顿首。

二〇九

数日不见为念。有传陆渔生并未考差者,公悉之否。敬上橘洲道人。蕡叩。

二一〇

实夫[1]来函云,地水事,考功[2]已否入告,尚未知其确耗。来函云,公过不愒亦未分晰,已奉旨与否,乞再详示。或问之何郎,何如? 如天君已明言则不问。此上叕公。期名心叩。

[1] 实夫:邵积诚,字实孚。

[2] 考功:郑守廉,字仲廉,福建侯官人。咸丰二年进士,著有《考功词》。

郑孝胥父。

二一一

邵处已报。子涵云,一处确,则他处无不确矣。再上潜公。期佩纶顿首。

二一二

挢九处信,今日似宜送去,免得临时仓卒,清秘诸君七张八嘴也。敬上弢公。贲叩。初八。

二一三

喜桂亭明日出城,顷约同往,答拜可以改期。恐劳玉趾,谨以奉闻。潜公前辈。期佩纶顿首。

二一四

卯初到内,原不过迟,佩纶拟略早,以寅初登车,免致有误,两人可夜谈也。敬上伯潜前辈。期佩纶顿首。

二一五

手示具悉,欲交廷议者,礼部无主意耳。今枢臣既有主意,且如竹公主意,可以止矣。谕旨摘录为是,枢臣亦不能无故更拟旨也。近日小枢笔墨不过如此,此事亦不至遽生贰心。总之城北太无用耳。竹公可勿过虑,必欲再言,近于渎矣。复上潜公前辈。期名心叩。代戍一事,本有流弊,且亦非一言所能采纳也。

二一六

流求中岛,日本种蔗取利,不知闽中蔗田,何时为秋,乞询之王年丈及闽中之习于树艺者。潜公前辈。佩纶顿首。

二一七

今日尊体就愈否,甚念。敬上伯潜前辈。期佩纶顿首。

二一八

姊氏药后吐稠痰两盂,或可转危为安,辱念,谢谢。鄂老得滇藩[1],如确,鄙人如吴舍人之主方见用,荣莫大焉。此品即非老山参,亦大黄、芒硝,足以治病者,余皆败鼓之皮耳。粤草有毒,拔之良幸。潜公前辈。期佩纶顿首。廿八。

[1] 唐炯,字鄂生,晚号成山老人,贵州遵义人。道光二十九年举人。光绪八年(1882)二月任云南布政使。

二一九

圣明独断,小臣何力之有,但进贤者当受上赏耳。橘洲先生。侍期佩纶顿首。

二二〇

近日之事未必即下,此等事经揆席、刑曹审定,又大半皆出宸断,何从翻案,鼠子自取灭耳。复上发公。名心叩。

二二一

今日皂荫方[1]师处公祭午刻,午后高阳[2]又有约,到公处须傍晚矣。拙作尚无定本,深恐迟误,不知皂处可不去否,唯阁下裁之。潜公前辈。期佩纶顿首。

[1] 皂荫方:皂保,字荫方,宁古塔氏,满洲镶黄旗人。官至刑部尚书。同治十年辛未科副考官。

[2]高阳:李鸿藻,字兰荪,号石孙、砚斋、高阳,河北保定人。同光年间"清流"领袖,历任礼部尚书、协办大学士,吏部尚书兼总理各国事务衙门等。

二二二

姊氏得药即睡,或不至骤脱,蒙垂念,谢谢。惟今日望阁下似有病容,当因太和先生处劳乏之故,恳静摄为要。薛君医理不甚可恃,其药似不必服。敬上潜公前辈。旭兄并候。期佩纶顿首。廿七夕。

二二三

示悉。今日本欲造访,因待医耳。如此饭后,当奉诣畅话;谈竟,客至,再续谈端,亦甚有致也。潜公前辈。期佩纶顿首。

二二四

昨承传谕询家姊疾,感感。便泻不止,久病深恐难支也。偶斋午后来此,欲阁下若不期而遇者,能出否,示复。鄙见愿公勿强出,天气炎蒸可畏耳。弢公。期佩纶顿首。

二二五

今日篙师却甚得意,贱子犹未谢神,须到水尽山穷方足耳。竹书乃酬恩之作,健庵恐因骢马误辒车,如何。鄙人本无酒兴,一杯水且不得饮,况百斛酒耶? 不能不归怨于憺于荣利之一荐也。敬上潜公。期佩纶顿首。

艾已归,亦病,可云衣钵。

二二六

丹老处,薛侍郎及许仙屏在坐,未能畅谈,略以刑名无人讽河东耳。拙作乞为斟酌赐下。此时心痛稍减,当勉成之,耳鸣头眩,当是浮火上升也。伯潜前辈。功佩纶顿首。

二二七

今日引见讲官。陈、李两赞善失之意中,刘晓澜[1]、梁斗南[2]得之意外,何也? 梁乃南斋,李岂惩前事耶? 前联衔奏稿幸检示,未录副,略有考证耳。敬上潜公前辈。期佩纶顿首,六月十一日。

[1]刘晓澜:刘海鳌,字仙洲,号晓澜,四川云阳人。同治七年进士。官至云南粮储道。

[1]梁斗南:梁耀枢,字冠祺,号斗南,广东顺德人。同治十年状元。官至詹事府詹事。

二二八

示悉。作事不成,愧对此书,遵令奉缴,已录副矣。将别,甚恋恋。拟午后过谈,不知暇否,此间杂也。伯潜前辈。佩纶叩上。

二二九

潜老前辈,侍纶顿首。徐文泂不似衡山之迹,然运笔如风,其秀在骨,昔人评衡山者可以移赠矣。今日未去,夜间拟走谭,因舍弟欲侍同饭,未忍拂之也。《汉书》收到。许鹤巢[1]已移居,容明日易来。

按:此函写于徐文泂名刺上。

[1] 许鹤巢:许玉瑑,字鹤巢,江苏吴县人。同治三年举人,入赀中书舍人,后官至刑部郎中。

二三〇

陈老爷。昨夕多着寒衣,疑□信先回,禁籥[1]未曙即返,顷始起,殊无所苦也。迟日茗老答拜,当有所闻,不值往询消息。扇收到。张生已来请业,旭庄可无庸致书矣。稽复因此,罪罪。弢庵前辈。侍纶顿首。

按:此函写于黎淞庆名刺上。

[1] 禁籞:皇家禁苑。

二三一

拙作未就,心思怆甚。昨说已致老泉否,子俊昨微讽老泉矣,祈示悉。侍拟过孝达可去否,如已行,则侍省却作说客也。潜丈。名心叩。

按:此函写于王文翰名刺上。

二三二

陈老爷。顷逢傅粉,允往采□,不知能苦尽甘来否。天球已否入序,遣人密探矣。阁下盍一卜之吾颜子。潜老前辈。侍纶顿首。

旭庄兄已大愈否,谅偶恙,无碍也。

按:此函写于李寿芝名刺上。

二三三

示悉。偕东甫[1]前辈,则坐有车武子矣,侍请异日,可乎?此复潜老前辈。侍纶再叩。

按:此函写于高赓恩名刺上。

[1] 东甫:徐会沣,字东甫,山东诸城人。同治七年进士,官至兵部尚书。

二三四

柳翁处《汉书》送来,需价六金,中缺两页,有配处否? 如难配,则还之耳,祈示悉。潜老前辈。侍纶顿首。

按:此函写于王贻清、贻璋名刺上。

二三五

陈老爷。昨负约,罪罪。送上致损轩书,乞附寄。敠庵前辈。侍纶顿首。

按:此函写于吴仁杰名刺上。

二三六

顷间来问者非香涛,乃柳门耳,侍可作兵马司指挥矣。一笑。米票乞付下,以便与之交易。敠庵前辈大人。侍纶顿首。

按:此函写于吴观礼名刺上。

二三七

今日甚费清神，感感。允赐药制福橘，望即给一二枚试服之，谨先称谢。《宪庙圣训》请赐一二函，夜间枯坐，可藉以驱睡魔也。伯潜前辈大人晚安。弟纶顿首。

按：此函写于张之洞名刺上。

二三八

弢庵前辈。侍纶顿首。丛书两种奉上，《新疆及葱岭水道详》、《落骚堂集》、《癸巳类稿》亦可读，一并呈览。

按：此函写于温绍棠名刺上。

二三九

寅臣来问写金如何能亮，侍茫然无以对也，乞示知。侍已出门，属如子以尊字复之耳。伯潜前辈。侍纶顿首。

按：此函写于准良名刺上。

二四〇

潜老前辈。昨日畅甚，顷始起，于案头见钱三千及示一纸，其是否侍之阿堵物，亦无从辨别，但尊纪拾金不昧，可奖也，请以此赏之。再同、琯樵亦失钱，或是沈郎钱耳。如再将来，即以尊纪待侍矣。

按：此函写于曾培祺名刺上。

二四一

《圣训》收到，米谢谢，碗奉缴。椽笔存尊处，安圃不归，不用也。此复，即请伯潜老前辈安。侍纶顿首。

按：此函写于徐家鼎名刺上。

二四二

促公早起，无乃不情。删改处较简捷明快，自是公天分胜耳。人才寥落，引此君为裨灶，侍进预讨论之列，阁下便合修饰润色为一手。即此小事，得无有邈若山河之感耶。薄暮在家否？此上弢庵主人。宥称。

按:此函写于曾之撰名刺上。

二四三

　　子龄兄携来柳帖一本,嘱为鉴定,侍非解此者,请法眼代为一估价值。但后有"道光年同观"字样,颇似木板翻刻者,阁下以为何如? 潜史前辈夕安。弟纶顿首。

按:此函写于朱以增名刺上。

二四四

　　公等得睡否,不敢早促公起也。汝兄一字乞饬送。圭兄昨夜似得睡,手亦和。放空两次,床皆震动,据其家人云,如炮一般。清晨说话,舌下不甚卷,但语皆套语,不知意之所在。思食粥,半盂犹未厌所欲。因而进药,但肺气未平如故也,许医已往请矣。此上潜公、旭兄。纶顿首。

按:此函写于郑贤坊名刺上。

二四五

　　麐公请恤之举,闻仍须举行。柳门乞余处圭公遗墨,与之否?

欲以为鏖重,非止其事也,望酌示遵行。顷已遣人到报房去,颇拟
作字问茗公,否则恐彼疑为怪之也。公谓何如?此上潜公,回信勿
交来人。侍名心叩。

按:此函写于汪鸣銮名刺上。

二四六

甘枸杞奉上。太冲[1]书乞转致蔼[2]兄也。旭、可庄[3]两兄
同年,潜老前辈均此。弟纶顿首。

按:此函写于吴大澂名刺上。

[1] 太冲:晋左思,字太冲。代指左宗棠。

[2] 蔼:张华奎,字蔼青。

[3] 旭、可庄:王仁堪、仁东。

二四七

明日午刻弟、侍处请先生小酌,欲奉屈台从奉陪,未知得暇否,
无肴亦无他客也。敢以奉询。此请伯潜前辈、旭庄四哥均安。侍、弟
纶顿首。

旭兄近日心绪如何,闺中已知之否,谅不致援子卯不饮之例也。

按:此函写于周延釐名刺上。

二四八
光绪八年五月十二日

《方舆纪要·直隶》共几册,幸假我一读,记从前均检还矣。今日不知简放何人,尊处有佳音否。清恙初愈,甚不愿公遽赋骕征也。敬上潜公前辈。期佩纶顿首。十一夕。十二晨送。

闻竹坡已得闽差[1]矣,仆辈探听主考消息,不暇送此信,可笑也。竹老欲约尚未来。阁下来此,以病小愈复之,今日似可不见耳。十二又作。

[1] 宝廷(号竹坡)于光绪八年壬午(1882)出任福建乡试主考官。

二四九
光绪八年壬午五月十二日

今日丹老[1]得见天颜,已拜命矣。崇公[2]交议,回护掩饰,失于觉察,降调私罪。邵[3]革师[4]休,差快人意。竹坡仍有封事,一保属国,一保言路,乃保全之保也,非保举五十九人之保。可云愚忠。有客在坐,不及诣谈。敬上伯潜前辈。期佩纶顿首。

[1]丹老:阎敬铭。

[2]崇公:崇礼,字受之,姜佳氏,内务府汉军正白旗人。时署步军统领,左翼总兵,户部右侍郎。后官至文渊阁大学士。

[3]邵:邵承瀚,时任户部郎中。

[4]师:师长灼,时任刑科给事中。

二五○

光绪八年壬午九月十九日

别才三月,万绪千端,更仆难尽,如何如何。佩纶七月间乞假回籍,将两兄一弟两姊之枢均买地分葬,凄感殆难为怀,从此子弟之职已尽,惟有臣职。经济须由天赋,气节自在人为。但苦时事日非,江河非一篑所能障耳。七月十四曾因水灾上一疏,共六事,曰大臣、长吏、直言、庶狱、中饱、浇风,如硕鼠薛凤,全行纳入。中有"章京承旨抄录前训,割裂奏疏"数语。灵光[1]不怿,欲加诘问,后知鄙人均有实事,乃不果诘。近日报销案起,铁公之言未足制其死命,而此公仍晏然政事堂上。国体何在?令人提笔四顾,恨公远出,无可语者,言路之孤如此。越南禽一陆之平,朝鲜禽一李昰应,铺张扬厉,为笑邻国。朝鲜以五十万元款日本,又许其兵驻王城,隐患殆不可言。佩纶昨日劾马建忠,尚是小试牛刀。左、彭于水师一疏,痛加驳斥,创为"自古有海防无海战"之说,又云"防海不如防江",可为千古笑柄。琉球一案,置之不问,合肥亦甚颟顸。外务之纷又如此。其尤可虑者,灵光患淋症月余,恐就倾圮。荆公本小有才,初犹未经与言路为寡,今若仍令安居,虑无不切齿君子者。而眷注未衰,攻之未必能去,此则政本之地,心窃危之。可庄兄弟遭丧,尊夫人一时未能苤章,想揭晓后亦即按试外郡,此后书问当由润师处奉递。绪昏尚拟明春,俟女家到都,再定可耳。壶公之兄殁于扬州。九江税事何太刻耶。敬问兴居,伏唯鉴察。伯潜前辈学使。佩纶顿首。九月十九日[2]。

诗已装潢,悬之坐右,但苦未能属和耳。迟日必和。竹坡在闱中上疏论朝鲜事,公必不为然。公之不及竹公处,亦在此矣,一笑。

[1]灵光:指恭亲王奕䜣。

[2]张志潜《涧于集·书牍后序》:此函作于壬午,即光绪八年(1882)。

二五一
光绪八年壬午十月初九日

弢庵前辈阁下:

伻来奉惠书,敬悉一一。即维动履唯宜为颂。拔士多宿学,行卷有奇气,西江文体当为一变,但愿三年报政,一振鹿洞、鹅湖之绪,使士习亦一变耳。报销案起,洪、邓两作一懑一空,弹劾贵近岂能如此容易,调停了事,已费无限斡旋,此苦直无诉处。且盈廷如沸,而鄙人寂无一言,后世必有遗议,自处亦甚难也。朝鲜之约,本五年每缴十万元,以鄙人力争,改为十年分缴,然此事不在苏朝鲜之力,而在持中国之体。合肥处此终是暮气。越南因王师大出,法稍顾忌,而疆臣不过敷衍,终归失着。此等事非斧柯在手,徒以空文，争之无益也。廉俭自持之说，润师当稍有世法，此间所闻俭而不廉，近已交左察办，不知如何。绪昏拟明年，俟到时再酌也。心绪烦恶，不及详陈。即颂兴居。佩纶顿首，十月初九日[1]。

[1] 张志潜《涧于集·书牍后序》：此函作于壬午，即光绪八年（1882）。

<h1 style="text-align:center">二五二</h1>

光绪八年壬午十一月初十日

伯潜前辈学士阁下：

惠问屡来，久不作答，知独忧之心苦矣。周人之讼，鄙人实不愿预闻，乃言者既涉荆公，而仍安坐政事堂，若无其事，并欲上下其手，举此案而弥之，揆之国体，窃谓非宜。是以十月十五日具疏，讽其归养，再留欲出，毒焰愈张，是以廿七日复具疏论劾，并荐丹、壶二公为代。召对四刻，天语褒嘉，谓可如愿。嗣二王荐两尚书，即高阳亦不以二公为是，遂去荆公而用虞山、吴县，自较荆公稍胜，然亦沈文定[1]一流耳。时会如此，良用隐忧。蔚如往代李君，正恐一蟹不如一蟹。润师与此公泾渭不伦，自多柄凿，幸其人如水母，随人俯仰，润师转可有所展布耳。越南之事大有可乘，而合肥怯敌，内间无人主持，新枢未兼译署，盖炙热之地人人争之，艰苦之事人人畏之也。南皮书来，与方伯龃龉万状，漱公久无书，竹公将至矣。眷爱不能遽行，春融自以就道为是，唯仲勉夫人久疾可虑耳。武英尚未保，阁下恐不得免，闻命后具疏辞之为是。敬问兴居。名正肃。十一月初十夕。

问津一席,服阕两辞,近复以可庄自代、振公不愿而止。鄙与
冠老约师之去留,以官之去留为断,明年即不受其聘,以便来去自
由。冠公不纳,仍以北学为辞。再同劝其仍就,以言路必须鄙人,
借此为李恒岳之赠金。以疏中引环溪,故借此嘲之耳。如鄙不就,渠
愿就之,而以修脯相助,意亦甚佳。然外间以书院为酬应久矣。寿
丈作宦,而再同处馆,人必目其不廉,以情输之,抑亦不直。近日劾
姚劾马,而仍处讲席,似不可矣。鄙人欲自明年为始,求助友朋,岁得
千金可以不馁。炭敬不在内,一笑。阁下量其力之所能,知公贫耳,否
则不问矣。到岁可若干,幸于年内密示之。敬颂兴居。篑斋又白。

[1] 沈文定:沈桂芬,字经笙,又字小山,顺天宛平人。道光二十七年进
士,曾任军机大臣兼总理各国事务衙门大臣、兵部尚书等。光绪六年卒,赠太
子太傅,谥文定。

二五三
光绪八年壬午十二月五日

前寄一笺当已入览。十一日奉权贰柏台之命,兴辞未获,勉强
就职,其事与竹坡同,但不能言耳。忽忽廿日,无所建白,未免辱
台,以苦于簿书且兼感冒也。开单外省所喜,流弊孔多,此件乃丹
老参酌,非不知外弊者也。壶公昨示责鄙人,驷不及舌,嗣见疏及

丹公[1]议，大服。鄙人非确有所见，亦不为丹公所动，公及润师[2]但顾部费一节，不知其弊全在外吏。贱体温齐不投，遂守中医。伟如[3]非妻党比，且看公风力何如。诏举人才，将铁香、颖叔献之明廷矣。《明通鉴》已收到，再同无之，何也？边夫人已到，拟明年绪昏[4]，故边世兄仍回霸州，明年入都矣。灵光可存，时局之幸。洋务无所闻。敬问兴居。弢公前辈。篑斋上，十二月五日[5]。

壶公之兄事幸属润师一留意，壶窘甚，须江西稍宽之耳，速速致意为念。

[1] 丹公：阎敬铭。

[2] 润师：边宝泉。

[3] 伟如：潘霨，字伟如。

[4] 续婚：张佩纶原配朱夫人卒于光绪五年（1879），继娶边夫人，边宝泉女。

[5] 张志潜《涧于集·书牍后序》：此函作于壬午，即光绪八年（1882）。

二五四

光绪九年癸未二月十七日

弢庵前辈：

奉惠书，宛若晤言一室。敬承鉴空衡平、福祐骈集，贺贺。佩纶尝谓东南大乱之后，田土商民动曰元气未复，而学校则增广生员,文风似较承平为盛,可谓怪事。故停捐以抑赀郎,必减学额以杜倖进,方得情理之平。尊意正与我同。记壶公在蜀,曾奏请悬额不进,未知通饬各省否。阁下似即如此办理为合,不必奏裁,致拂众意也。佩纶守台三月矣,迫于簿书,殊无读经勘史之暇。亲贤人,黜不肖,差幸尚合尊指。即外省署事章程,乃正月十二具疏者,而来教乃先得众心,不可相视而笑乎。江右吏治平平,久在意中。润师志正才短,而不肯察言纳善,与文山同,守法有余,剔弊不足。今之贤者如此已少,安足以斡旋时局耶!阁下秉节观风,名望既高,地分亦峻,暇时宜读古人书自益。非然者,誉言满耳,顾而自得,恐赐也日损矣。心交如佩纶,不敢不以危言上告也。嘉谟入告,不可有成见,可一月十疏,可一年无一疏,若以作学政为解讲职,则前之麋伯、今之憨山,皆为越俎,殆未必然。要之,不必论江右人才政事,期为处世之宜,盖今日不大治,亦不大乱,一切可听之润师耳。越南事机可乘,而豹岑[1]太庸,沅圃[2]太滑,佩纶昨论之而未见答,当是难得替人。圣母大安,召见甚勤,各处均见整顿,其病在整顿而无条理,译署日以张广飚作总办,此可云整顿乎。若丹老能得译署,商政或有起色耳。尊夫人得可庄亲送,沿途自必妥协,介弟丧偶,憔悴可怜,来书幸有以广之。复试入闱,暇时作此奉报,不得其门而入,视持衡诸公,真如天上矣。一笑。敬问起居,伏祈垂察。佩纶顿首上。二月十七书于东堂。

书院鄙人辞后,可庄亦不受。及得柏台,并去年之课亦不能阅。无暇。合肥属长芦请再同,再同操前说甚力,今年始纳之,不敢拂其意也。为时甚迫,而再同意亦甚诚。尊筹可已,壶公有兄事,未便

及之。俟明年再议之。绪昏本三月,今改二月下旬,姊丧甫除,以
边氏不能久待故耳。本意三月中旬较妥。知念并闻,又及。

[1] 豹岑:倪文蔚,字豹岑(臣),安徽望江人。咸丰进士,曾任广西布政
使,广西、广东巡抚等。

[2] 沅圃:曾国荃,字沅圃。

二五五

光绪九年癸未二月十七日

昨书收到,一切详前函矣。武英保举获遂,与次公均不敢仰邀议
叙。退让之怀,诒公则云清望妙才,行见不次迁擢,不必与鸡鹜争
食也。及门陈朝柱几以磨勘斥革,因公多怨,欲以此中之。丹老属
致意。领衔,力持而止。比已由外斟酌,愿善为弥缝。子隽处一
款,俟交到即为寄去。佩纶近已寄与卅金,尊款明年寄亦不晚矣。
复颂弢庵前辈兴居。佩纶顿首,十七日午。

日来冗甚,嗣与可庄兄弟、仲勉晤后再详复。

二五六

光绪九年癸未六月二十六日

弢庵前辈左右:

奉惠书,就悉一一。闱中曾作一缄,似尚未到,南北迢递,为之

怅然。越南事，中枢直无胜算，恪靖糊涂，肃毅慎葸，威毅委卸，今乃属之振公，幸徐、唐[1]合力，越将小胜，若增兵厚防，越终不败，或可支吾。佩纶屡疏极言，始滇、桂各发饷廿万，高阳、朝邑均无远谋，中国人才止此，付之浩叹。来教诚壮，似不切于事情，殆由传闻未审欤？铁香于去年曾劾蔚如，以讹传讹，属之鄙人，近于掠美，怪公屡为致辨，岂欲为两家置邮骑耶？为润师可，不为润师亦可，渠敢如我何哉！润师赏小贺，不意西王品评似亦未确。吉林私人，不知何恉。崔第春不过能吏，保之者亦多，公再保未必有益。即再保，亦何至有嫌，鄙人殊所未喻。大要江西本无事，抚藩所争，不过闲文末节。公若茹若吐，嫌潘而亦不甚满边，故其言如此耳。鄙人出闱后杂以读卷、阅卷等事，颇形忙冗，俗流生羡，庸人生妒，故优贡教习都不开列。问津一席已属再同[2]辞去，不以生计累人。趋公乏暇，学益荒落，人云作宦乐，只觉其苦，非圣恩过渥，行佛衣耳。可庄扶枢归，属作墓铭，至今未就，如何如何。仲勉亦不能数相见。竹坡罢官后，时相过从，游山颇乐，吾甚羡之。八旗人才如此，有几席卿一荐，虽辱尤荣。鄙所以不言者，以吾辈不必为人求宦，近于非官不可，且有席卿文在先，更难着笔矣。肃复，敬问近安，并祈垂察。佩纶顿首。六月廿六日[3]。

[1] 徐、唐：徐延旭、唐炯。

[2] 再同：黄国瑾。

[3] 张志潜《涧于集·书牍后序》：此函作于癸未或甲申，即光绪九年（1883）或十年（1884）。

二五七

光绪九年癸未十一月十八日

伯潜前辈大人阁下：

两奉惠书，敬承一一。就审乐育英髦，转移风气，用心良苦。润民师书谓学使中所罕见，知其俯首者至矣。法越之事，误于刘永福之屡胜，内恉渐就因循，故五六月间，极论抗言，不甚动听。顺化宜护，合疏既发其端，夏末复申其说，不幸多中，几覆全局。八月间刘军退至山西，滇、黔亦退，奏称法人灌水，其势岌岌可危。幸庙谟坚定，予鄂生[1]薄惩，助刘军巨饷，岑、徐并出，经画北圻，稍杜疆臣主和之口。佩纶使还六日，乃承译署之命，时艰甚迫，措手殊难。下榻署中五昼夜，昨始将海防一议入告。闻越因法税过苛，戕其新王，为拒法计。比有寄谕，属振轩、清卿出境定乱，所冀法人意动气沮，我师能乘势规复河内耳。直入顺化，或须天诱其衷。耳目苦隘，识力又疏，深恨公不在都也。

秦中之役，力戒骚扰，与筱山[2]颇相得，覆疏已见邸抄。润民师藉此离江右，适合吴县之意。孝达劳苦，晋民感之，晋吏嫌之。黄碧川[3]晤，其人有才有守，亦涉机权。润师与孝达所见不同，所谓横峰侧岭矣。竹坡无缘复起，明年或有特恩，然终日缁尘，乃深羡闲闲之乐。且越事之成败，即鄙人之去留，此怀素定矣。书问疏阔，乃鄙人行事相间，不关介弟之迟。草草奉复，敬问起居。佩纶顿首。十一月十八日灯下[4]。

[1] 鄂生:唐炯,字鄂生。

[2] 筱山:额勒和布,字筱山,满洲镶蓝旗人。户部尚书。本年七月,与张佩纶赴陕西查办事件。

[3] 黄碧川,字照临,湖南石门县人。时署山西按察使。

[4] 张志潜《涧于集·书牍后序》:此函作于癸未或甲申,即光绪九年(1883)或十年(1884)。

二五八

子涵有《潜研堂全集》,共十函,今阙两函,侍与子涵均记乃阁下携去,当由介弟检书时未及交还,当属典书于邺架中一检,俾丰城之剑离而复合也。征兰有无佳音。侍去年九月又生一男,乃妾出者,甚愿公早得男耳。敬上伯潜前辈。佩纶又叩。十五夕。

二五九

光绪十年甲申六月二十八日

家书代寄,要事已电,不及再陈。公在沪甚无谓,奈何奈何。庙堂以省三之捷,忽欲决战,但如此乱枪法,亦不能战也。一笑。哾公。黉叩,廿八。到此已有一月矣。

二六〇

光绪十年甲申九月二十五日

作诔不成,作墓铭,似止得随后下土。勉拟一联,但于阁下一面尚有关合,而于诸弟并未关合,足见近日心绪之乱也。老伯大人谓叔弟称其骈文,不知到闽以后,举所谓经济名节一切掷之江流,并所谓文章而亦掷之,便成人废耳。拟联务乞改定为幸。弢公。蒉叩,九月廿五日。

老伯大人前请安,诸弟均此。前辈大人昨到,因在丧故,未敢托公代为致敬。吾辈纷纷,为交道羞,其不为闺中有识者所笑乎!思之可愧可叹。

"狄梁公奉使忆吾亲,白云孤飞,将母有怀嗟陟屺;孙伯符同年小一月,东风不便,吊丧持面愧升堂"[1],拟联事颇切,而对仗不甚工,乞为改正。狄梁公事此间无书可检,如能改正与"小一月"对则更佳,以"孤云"对"一月"似小样,且东风句难对,若用北斗以南句对却工,而在挽联则为支笔,请为推敲。

[1] 张佩纶于光绪十年八月挽陈宝琛母林太夫人联,后改定为:"狄梁公奉使念吾亲,白云孤飞,将母有怀嗟陟屺;孙伯符同年小一月,东风无便,吊丧持面愧登堂"(见《闽县陈公宝琛年谱》第46页)。

二六一

示悉。汪事忿,南洋亦未忿汪,但于薪水令周议减耳,原五十两加五十两又三十两,拟减五十两,改为八十两。愿属其易多疑也。穆[1]不解经费,船局已办文促之。目下工少,鄙人亦无远计,不敢忿穆,而况南洋属其禀复者,恐曾随手一电内又饬查,不得不存案,以省葛藤。凡学生传鄙人之暴，大率如此，请公转恳许君代致汪君为感。鄙人此时岂敢开罪于人耶。此纸勿示许君为要。弢公。名心叩。九月廿六日。

薪水应减否，乞酌[2]。

[1] 穆：穆图善，世居黑龙江齐齐哈尔，满洲镶黄旗。时任福州将军，击败法军于长门。后充钦差大臣，会办东三省练兵事务。

[2] 此函似系张任福建船政大臣时作，光绪十年（1884）间。

二六二

光绪十年甲申九月二十七日

昨见汪生已面告之，减五十金，通局皆然耳。如必不可减，俟后再酌，乞复。今日德商步迈司岱来，携有青云里许信，并阿胶呈上。《申报》誉陈舫仙[1]，谓其不能事上。此岂有是非也！近都下知当道颇阅《申报》，故《申报》主人颇入贿以颠倒事理，非《申报》之咎，咎在轻信者耳。都电代寄，幸代署"前会办陈"，不然旭绝交，而鄙通电，虽为相如，毋乃太早耶。阁下关爱甚至，黄亦不感友朋之道本当如是？惟望致都信勿及黄一字。何以言之？公疏固有怨家，亦由二百年未见兵革，数千里轻听传闻之故。弹劾，鄙所不怨，必尽情丑诋，则不但与黄名节有伤，亦且于国体有碍。颇疑可庄豫谋必不至此，设竟有之，其文已出，其事已成，断非阁下及尊夫人所能阻止。彼此函电往复，徒生葛藤，无益于朋友之义，而转伤贤伉俪姻戚手足之情,不亦可已则已乎?千万千万!鄙人孤直,本干时忌,此次轻试其锋,实违明哲之道,惟有委心任运,不可激烈以成奇祸。道之不行,已知之矣。天如欲拂乱其所为乎,亦非时流所能杀也。回里庐幸示,初间拟一来,有事商榷。弢庵。蒉叩。仲勉诸弟均此。九月廿七日。

[1]陈舫仙:陈湜,字舫仙,湖南湘乡人。湘军宿将。光绪八年(1882)两江总督曾国荃奏调,统水陆诸军,兼治海防,驻军吴淞。因私行游宴被劾免官。

二六三
光绪十年甲申九月二十八日

刻得督咨廿五电旨:张毋庸会办[1],专管船厂事宜,此因船厂所陈四条而来。各军军械妥筹济用,毋任缺乏等因,钦此。拥会办虚名,不如早撤之为幸。但船厂如何着手耶,公当为我谋去之之计。弢公。蒉叩。九月廿八日。

前日马尾斗杀之事,鄙见断非游勇。饬令密查,乃营勇挟仇滋事,或云赌,或云倡。而其人已逸矣。现拟将营官撤去,什长斥革惩办,稽查严办,但凶手不获为恨。人方议黄军,而黄[2]即授以口实。其病,以友山[3]革职,鄙人被劾,黄心自危,军已解体故也。请公为我妥谋之,鄙人当局者迷。又叩[4]。

[1] 张毋庸会办:《德宗实录》光绪十年九月二十三日谕,闽省军事,左宗棠未到以前,着责成穆图善、杨昌濬会商妥为调度。张佩纶毋庸会办,专管船厂事宜。各军军械,着妥筹济用,毋任缺乏。

[2] 黄:黄超群,字定侯,贵州麻江县人。清军提督。中法战争时率两营驻守马尾。

[3] 友山:张兆栋,号友山,山东潍县人。道光进士,曾任福建巡抚,光绪十年八月革职。

[4] 此函与前函同时发。

二六四

光绪十年甲申九月三十日

公今日当回嬴洲,极思趋话,恐不值。不知明日可来否,解会办[1]甚佳,意欲自谋退步矣。公有何高见,明日能尽日无事方好,有文字商榷也。猳公。名心叩,九月晦。

[1] 解会办:光绪十年甲申九月初一日(1884 年 10 月 19 日)陈宝琛为母病故遵制丁忧事,电报军机处遵制丁忧奔丧回籍。曾国荃于次日代公奏"例应开缺丁忧"。

二六五

光绪十年甲申十月

两月以来,日治军书,于闽诬虽怒而不恨。近厂事甚简,又得公谈，乃感伤愤懑，不可遏抑，不知此一念为卸会办牢骚耶，抑畏罪耶，究是平日少看宋五子书，不能宽厚定静所致。昨八弟书来，恐黄郁闷致疾，且虑受诬诛死，复以疾亦未疾，死亦未死，不过欲将其锋芒挫折殆尽，成一顽钝无用之物而已。然老兄如去锋芒，此外有何好处，造物亦太费心也。录之以讯知己，并告诸弟。黄。

二六六

光绪十年甲申十月初四日

椎电呈阅。椎示无策，鄙欲自辨，而一见闽疏即愤懑填膺，不能握管，殆命当冤死耶。合省无一人代辨，而自辨之，亦复可耻。"译"和"窆"二字均可，乞酌定。然二靖即不和。羧公。名心叩。十月初四日。

二六七

光绪十年甲申十月初五日

两日以来，盼复甚切，疾颇剧。已委提调代办，并电署矣。视命轻、视名重，决去无疑，虽以此增戾，所不暇计。今日石帅[1]当有复音。闻恪靖亦抵崇安[1]也。羧公孝履。绳叩，十月初五夕。

许纪如须助理丧事，回信即交来人。

[1] 石帅：杨昌濬，字石泉，湖南湘乡人。光绪十年七月二十七日，任闽

浙总督。

[2] 闻恪靖亦抵崇安:光绪十年七月十八日左宗棠以钦差大臣的身份督办闽海军务,十月二十七日抵达福州。

二六八

光绪十年甲申十月初六日

黄方守厂之劳,似不可掩,左相老于兵事,必能主持。闽人不与乡宦立异,此是恒情。肝胆照人,岂可执途人而望以任侠哉。昨已电署,请回京候议,船厂由督派臬司代办。去志决不决在我,公论定不定在人,求其在我者而已。既已引疾,题主[1]请别延有德望者。殁公。黄叩。十月初六日。

[1] 题主:为陈宝琛母林太夫人灵牌点主。

二六九

光绪十年甲申十月初七日

两书均收到。知公哀痛,故亦未敢屡渎。署信未返,想因寿厌题病事,石云代陈近挤我,欲署询而应之,昨已具咨请其派臬,当可一应。总之求去已决,勿使二三君子谓我无耻也。敬上伯潜前辈大人。佩纶顿首。十月初七日。

颖叔先生[1]题主甚好。仲勉、叔毅诸弟均候。

刻奉电旨:"张仍遵前旨办理船厂事宜,不得藉词诿卸,钦此。"
鄙已作归计,书籍均寄回矣,似此如之奈何。但查复需时,此时亦
难整顿,听其疲缓亦为溺职,公何以策之?闽人诟厉如此,鄙犹日
坐马江,不亦自愧乎。致公。荩叩。十月初七日夕。

[1] 颖叔先生:林寿图。见前。

二七〇

光绪十年甲申十月初九日

健难自树一帜,都下亦无此至交。昨友人云,直劾绒为警作,
吾且止之矣。世变天象人心,吾辈止可救火,不宜放火。近日始知
八年来所为,皆逆天而行,几几有小元祐光景,恐不可再矣,为之怃
然,故鄙意总以隐去为是。船政事无费无权,亦不值弄得怨声载
道,气酸熏天,而成三年刻一楮之效也。无如大作称引太过,不敢
当,未便僭易一字。询当日情状,略述一一,请托勉、毅[1]略润之,
再证以公所闻。自辨自赞究不宜。都下闻玉公有疏作,必不痛快,
君子之交本少,所以此辈可恨,如吾辈真成党,亦值得一攻也。写
至此不禁泪下。他日可庄辈不如意时,请公问之,此举何益于乡党而徒损朋
友。儒墨毕起,故亦善否相非,诞信相讥,使鄙人以谤见废,岂非天
全!我公此举似属多事,如当道果溷诬,圣明复倚任,又须费若干
刻苦以为报恩补过之地,岂非苦我耶?复颂致公孝履。荩叩。十
月初九。

[1] 勉、毅：陈宝琛二弟宝瑨(仲勉)、三弟宝璐(叔毅)。

二七一

光绪十年甲申十月初十日

晨间奉手示，得悉一一。疏已发，大致以请回京候议，附片提调代拆代行。尊恉扩充而仍兼病状，恐申饬亦止能如此。穆、张[1]未援以为证，左如湔诬，尚有斤两，执人而求其熏沐，似可不必。船局如整顿，集费□工，非十年不效。出关亦但能为赵充国，不能为马伏波，山路崎岖，非持重不可，少败亦难胜。恐欲恢全越终须从海军着力。天不使鄙人以马渎为便桥澶渊，即不欲中国兴海军，故鄙见决以隐去为宜。闽官之疏刻酷，然不败，彼亦何能诟骂哉，故君子仍宜自责也。清卿建援台之策，顾洋商船载兵夜渡，又以我船断其接济，洋商船安肯从井救人？我船出沪，须由闽洋至港，彼可截我，我安得截彼？似此似是而非之论，如人大病垂危而谈《难经》、讲《素问》也。鄙见今欲援台，惟结德为援，使铁舰来华方可。刘先主所以不如高祖者，高祖无赖，先主误于从庐。郑学略有儒家门面，今之天下似亦当略参权谲，若执南宋以后道理，必致大误。颇思电陈译署，设法索船结援耳。而又恐惹出波折也。曾九不知何事，闻因出船迟误之故。《申报》归美于公，将错就错，亦足吐气，不必辩诬也。《申报》诋公誉陈，近日《申报》直是莠言。敬问橘洲庐安。赍白。十月初十夕。

[1] 穆、张:穆图善、张兆栋。

二七二

光绪十年甲申十月十三日

出关之事合以无饷为辞,壶亦无续电,姑俟阁下到螺洲静坐,再为鄙人策之。健庵书来,深以公劾陈访轩为快,而注云曾劾阁下,所用者悍然不顾矣。较之二人未言其名,不知公所用者何人也,殊疑问。吾辈孤危如此,而内相攻讦,以长若辈之气焰,授奸人之口实,不能不太息于刚侯也。昨沈丹曾来谈,云艾苍[1]书来,云可庄并未预谋,即答之云,可庄至好,无预谋理,乃此间谣言,旭庄则吾知其病,刘季伤胸,谬云伤足[2],终不愿使作绝交论者,多一重故实耳。诸葛元逊退军还,聂友知其必败,致书与人曰:“当人强盛,河山可拔,一朝羸缩,人情万端。”[3]思之真古今一辙耳。目下防务并无闻见,惟方道时有禀报,穆昨过此云,杨俪方[4]有才而责其荒唐。询以方得力否,曰得力。乃都信来,则曰穆奏凯得力。张[5]以方代之,不敢保其得力与否,故解去会办。穆之意,不过因回省经黄争而复出,故衔黄。乘阁下在,且传言黄欲劾凯,故力保凯也。以不逃为逃,以不溃为溃,而真溃先逃者则以香案迎之,密折保之。此公是公非也?会办之苦,惟会办知之耳。日来因出关之举应否自陈,中怀莫释。合肥谓自陈无论准否,胜他人代奏。图越亦不易,合意不愿黄赴越。及黄电云,战则以一死盖愆,守则练兵置械疲敌,缀法抚越。为边将无奇功,亦免奇祸,故复电如此。南皮电谓,在闽无效,他人难于措词,惟有自陈,且须与合肥、安仁商妥云云。因合肥电云,有人见左处寄谕,似须勘定再作后图,故南皮云尔。南皮向主意活动,故又改口如此。黄以善断为众所推,而于先发不断,于当死与否不断,无怪今日游移不断,自以张皇无定注考后,近来直是毫无定见矣。望阁下为我孰思详计,勿参俗情,勿涉姑息。若此错竟无挽回,鄙亦当自思晚盖之法也。日来真觉消瘦,且坐卧不定,好名之心终未化耳。乞病似非荩臣之道,船政亦无补过之方,奈何奈何。发公。篑叩。十月十三日。

[1] 艾苍:沈瑜庆,字志雨,号爱苍、涛园,福建侯官人。沈葆桢第四子。光绪十一年举人,贵州最后一位巡抚。

[2] 见《史记》卷八《高祖本纪》。

[3] 见《三国志·吴书·诸葛恪》。

[4] 方:方勋,号铭由,广东普宁人。马江之战中驻守福建船政。

[5] 张:张世富,字凯臣,湖南泸溪人。马江之战时率凯字营守长门,金牌炮台。

二七三

光绪十年甲申十月十五日

昨示诵悉。舍侄发电甚少,为代拟一电,询之可庄,但详复所费不少,较在逃之丰润学士赏格犹重耳。鄙人亦无可愤郁,但望罢斥早归。台越事均棘手,奈何。敬上发公。篑叩。十五日。

合肥不愿篑赴粤西,恐挤晴轩[1]也。晴胜而惧敌,穆、凯与我书亦云,战而胆寒,独敝处败而能军,此则逃之效也。大约各处胜仗,但不大败即胜,如船局之报,可云核实,而转以粉饰目之,可云少见多怪者矣。

[1] 晴轩:潘鼎新。时任广西巡抚。

二七四

光绪十年甲申十月十六日

林周禀当发交傅德柯[1]等,此事近由将军主政,雇有洋匠重价。惟艺新已准民人起沉,"飞云"自可援例,敝处已起大半,各船自须陆续。而万给谏突加纠劾,虽未及某一字,而"何如璋等"即某。请勿麈系。营前相距甚近,以有明日之约,不敢遽至,怅怅。明日请仍泊营前,当就舟一话。吾病难将医药治,耿耿心头热血,不必避风也。弢公。绳叩。十六日。

[1] 傅德柯,时任同安水师营副将。

二七五

光绪十年甲申十月十七日

手示敬悉。欧斋未到高斋,而济川忽来船局,一饭而去,亦足破闷,惟话及圭老,枨触旧游,酒阑人散,未免凄然耳。日内澳船已去截赴高丽之船，合肥并无电及之，北洋亦时有风鹤，总之羊质虎皮而已。诣谈请示期，侍亦自嫌其数。在京即如此，不独今日。鄙瓶已破，所虑累公，但公又不忍遽作绝交论，奈何。能不见，即不见亦可。发情止义。今日济川又及忍庵兄弟，鄙云必无此事，即绝交书亦是戏笔，传闻失实耳。似措词论事止当如此，但恐外议浸广也。出都时检扇携行，箧到闽展阅，则忍庵所书绝交论全文也。机之所动，即数之所存。吁，可畏哉！老辈做事，所以一趋平庸笃厚，从宜从俗欤。叕公。佩纶叩上。十七夕。

欧老处鄙未致书劝之，以未得尊示也，又及。

许豫生久在公处，必是佳士。拟寄以不在局中之事，何如？公为酌一事，船局甚活动也。此属勿告许，最好食薪，向不在局亦不在他处，彼此相爱，幸勿避嫌。公礼庐犹延一幕，亦不合算。再，什长应补名、粮，亦望饬令前来。叕公又鉴。名心叩。

任与退均可缓，惟移换员坤一事有难久缓者。局中乏才，可汰者十之八九，可存者十之一二也。又及。

二七六

光绪十年甲申十月二十日

恪靖改本月廿四由延平启行，水路来省。石泉[1]已派营务处迓之。台南消息仍通，十月初六文书尚至，不及台北事。闻兰洲密致左相书，痛诋省三也，恐必有纠弹。此次省三退基隆、援沪尾，本站不住耳。沈应奎来鼓山访牛。左相所放长生牛，子俊尝言之。沈意不在此，欲借此陷某也。然某之□徒跣而至鼓山，则公呈亦不啻代白矣。传言有法船八艘在澳，不确，乃造言耳。敬上弢公。蒉叩。十月二十日。日来感寒，殊疲顿也。

[1] 石泉：杨昌濬，字石泉。见前。时任闽浙总督兼福建巡抚。

二七七
光绪十年甲申十月二十三日

曾之反噬无足怪。公幕中不止李、郭，而独劾李、郭，恐有倾李、郭以自解者。电局底稿未便往商，且亦不愿知之，自疚而已。敬上弢公前辈。蒉叩。十月廿三日。

水雷已到，谢谢。昨见魏瀚，知公欲录奏稿，已送去矣。署稿乃袁爽秋秉笔，所说均隔年洋务，可笑已极。

二七八
光绪十年甲申十月二十四日

林铭孙已来见，即派充教习矣。人尚真而静，告以由公特荐，属其尽心教导以式浮靡，但不知年少能耐顽徒否？申沪报呈览，内有梅花渔隐上彭书，颇为蒉讼，文雅而论奇辟，太过当，闻之汗出。又有一段，亦似为蒉出脱，皆就闽劾敷衍，不知何人。王尊乍佞乍贤，李端忽黑忽白,悠悠可畏。左相奏来,提调辈均纷纷上省。都信来云穆排挤甚力,欲为杨谋船政,以结湘人而不知左、杨亦不协,且鹓雏岂恋恋于腐鼠哉！余俟面谈,但谋面不易耳。以告颖师须留意,恐颖仍为宋而不满于黄也。叕公。蒉叩。十月廿四日。

二七九

光绪十年甲申十月二十五日

沪电云四百五十人已登彼岸,实则仅渡二百人,余人在厦,《申报》所载一段乃实情也。似此如之奈何,昨梅花广石获一通法之船,乃林绍立所获。林,余所派也,前曾属其密缉。粤人。初石帅欲弃广石守南岸,后惧潭头一带乡民而止。噫,广石可弃耶? 此番如左相不虚心,则贵省之防始终不能明白矣。敬上叕公。蒉叩。十月廿五日。

侍到后,为闽购炮卅万两,尚有奏准十万未购,无炮必不能行。

二八〇

光绪十年甲申十月二十五日

林姓求捞船,交传副将。据云捞船机器木料,止此一分,该民人承揽捞船,而仍须向厂借用器件,难以分给,若自行购置皮衣等件,则须数千金也。此时此事全属穆生作主,如无实在把握,不如中止。此致叕公。蒉叩。十月廿五日。

二八一
光绪十年甲申十月二十五日

闻友山言，转告者。左遣杨在元来，密访马尾、长门一带情形，此老殊愤愤。都下电前请开缺回京疏，批旨："着仍遵前旨办理船政事宜，毋庸开缺片。知道了。"因病委提调事。令人莫测高深矣。时以谪徒之人作船，岂圣恩优渥，即以造船为效力耶？果尔，穆、沈辈枉作小人矣。弢公。蒉叩。十月廿五日。

二八二*

"富有"明日开行，拟作一疏，请假事委提调，尊旨似宜，电尚未定。宵旰焦劳，小臣新败似不宜喋喋利口耳。公谓何如。弢公。名心叩。

天下但以直节盛气目蒉，而蒉之苦衷无人喻之者。柳州之墓待韩而铭，房尉之诗非杜不泪矣。

二八三

可庄电已代发。崇、廖赴江西查办事件，江西新放巡抚，交抚

---

* 二八二至二八六短笺当作于光绪十年十、十一月。

足矣，何必遣使，必非江右也。恪靖闻欲住船政，石帅阻之，其公子亦请异日，石谓已破，公子则恐其劳耳。陈、刘两公须先赴长门，已告，方道谓公胸罗全局，何不就问，讽其到赢洲一行，即防务亦可指示。左相以我为子房，欲为黄石；仆亦以左相为淮阴，欲为左车。拟俟渠到马江，略将闽防大略告之。至船政一节，鄙人三辞不获，所以然者，一时无其人耳。亦闻杨批驳彭田二十余村，呈有大臣功过，何庸毁誉，不知为毁为誉，如誉也毁者不驳而誉者驳，是何心也。鄙见内意亦知赉事之诬，特当道借此杀其锐气，揉挫以为我用，将来左、杨复，轻则降留，重则降调，仍办船政。不知无论实降、虚降，船政不能办也。左手下必来搅厂务，妄有兴作，而嫌隙成矣。故鄙人恶此而逃，视降革如浮云，实愿脱离尘网，作一隐士，看公等补天画日耳。

二八四

林周禀似合词，昨属傅德柯矣，俟傅复准。再闻林生事即请告之，所称之林生，谓后来之秀者。乞示其名，恐林教习另易一人也。弢公。赉叩。

昨都下一教习林鸣珂寄禀来，乃咸安宫教习。据云自赉去后学务又废弛矣，林□乃可庄之戚，书法甚佳，不知阁下悉其人否？

二八五

承爱甚挚。但船厂俱存，彭田不远，诬以逃溃，似左、杨亦无此毒手，不过罢官止矣。侍视罢官与船政等也。新疆、黑龙江亦均有事业，可做军台，更熟游地，惟杀之则稍可惜耳。左相憾黉以争劫侯撤使及不草和议两事，计壶公必有书恳之。公欲电自电，若本尊恉以电，自拟电稿而代发尚可，否则太率，不比致可庄游戏也。黉真一钱不值矣。甘井先竭，竹坡当之。直木先伐，鄙人当之。直人而字木，君也。竹坡与崇茂诸君，同赏崇山峻领，茂林修竹，不知如何凑合也。此语亦愤词，尚直二千文也。豰公。黉叩。

可庄有复电否，如无，问之邵筱邨[1]。可否，乞酌之。

[1] 邵筱邨：邵友濂。

二八六

欲为各管驾请昭忠祠，但文思枯竭，公暇时能代作一篇否，渔隐文有化佻达为忠义语，太伤天理。其中或有一二佻达者，未可概论。此种偏驳之论，鄙所最不惠也。亦功德事。令黉自譔，悲从中来，不可断绝，竟不能成。叩头叩头。船名乞为代拟，即不切亦可。

文忠贤孙不恒在船局，且鄙人亦未便问及。须貌为镇定，不能如公处之底蕴毕宣也，一叹。此书既刊入《申报》，谅未必寄彭。渠前寄幼陵书尚托公寄，可知。代作不平者，即《申报》两纸乎？抑公处有所闻乎？昨有人云，渔隐文疑公所作，此言可恨。盖不以为直道而以为私交耳。弢公。蒉叩。

二八七
光绪十年甲申十月二十八日

示悉。船名"横海"，仍志在取交阯也。公殊壮阔，仆亦久闷思奋也。壶电呈览，宣驰两语当会意。另纸寄壶，未写明，刻已代电。斟雉惑于人言，亦不值求援于硁硁者。左相到会城，有见之者代蒉致意，答云当邀之住我营中，便知兵法。仍与在津、在宁语同，书生不知兵将为定论，但左龙钟已甚，奈何。合肥电未及调处之说。惟朝鲜又乱，倭为主持。合肥拟荐蒉往，恐蒉不愿，复以愿行，但虑南阻澳，北封河，不易达。现派清卿[1]及续燕臣昌赴援。北洋电云：高句丽志在叛华，倭人勾结，变易大臣，事颇棘手等语。此事自以就近派清卿为宜，但朝鲜事不知渠能了否，甚为系念。余事条复。敬问弢公孝履。名心叩。十月廿八日。

林绍立所云红药，当是黄药。此间无自造药，皆购来洋药，年久失性者甚多。吴万敏炮属其来厂而意不愿，不知厂匠故拙，似胜于凭奏招来之生匠。计算造一炮五百金，如另募匠则更费，万一不成，实难报销。蒉屡饬其来，而吴迄不至，殆厂中有阻之者。此不见客之过。非懒于见客，乞病故也。公可嘱其来此，用厂匠试造一尊。渠自云一月为期，造成得用，自然重用。吴人甚老实，有殷瑞�‌者挟为奇货。吴索价小，而殷索价大。蒉非靳费者，无如船厂来源已断，此等事非黄好之，早已驳却，吴自不谅耳。

　　左之营务处，公如招之，似托人传语为佳。或致左书，须揣公此次与两人交际何如。极知为黄事不惜自贬，然亦要得体，从井未有能救人者。左来，似白袍矮坐为宜，度未必来。杨之事左如父，不放远行，左来杨必随，亦无谓。左如便服，则亦以便服。鄙见总是讽两营务自来为妙，惜同志少，戏不能唱。

　　［信末附便签］船名求题，"竟成"、"谦受"、"容大"、"匡合"、"神武"、"靖海"（疑有此名）、"开诚"、"海澄"，均无甚取意。须有意已毁复成寓意。而仍大雅者方好，否则寓定法意亦得。思久不属，不能不求救于行秘书也。又叩。

　　［1］清卿：吴大澂。光绪十年十月派赴朝鲜。

二八八

光绪十年甲申十一月初三日

　　"海琛"来，附上《申沪报》，内传我公被劾，想是南丰郎所为。谅无此事，有则可庄必电。闻其中更有彼其子自辨一书，不值一哂，《申报》专为此辈，可恨。林木之事已交傅副将，嘱其妥为安置。所以不愿硬派者，以特派将军此老惯为推诿，成则居名，不成则避咎，其实一切仍船政主持，不过多加若干糜费而已。犮公。黄叩。十一月初三日。

二八九

光绪十年甲申十一月初三日

林木金事已办妥,嘱其初六到此,傅副将日内晋省。范守在此,恐有龃龉也。一小事而其难如此,何论洋务！器具已属船局,有可借者,再检借之,如木簰之类,但船甚难起,亦姑尽心焉耳。弢公。蒉叩。十一月三夕。

二九〇

光绪十年甲申十一月初三日

公如作沈文肃,岂不后来居上耶,愿审度之。如或可行,此言一出,左必首肯。左得助,鄙得代,船政得贤,亦三善备也。计算海内亦无出公右者,但恐公不屑不肯耳。弢公。名心叩。十一月三夕。

二九一

光绪十年甲申十一月初四日

示悉。黄波炮台不知如何建置,吾辈以为外道,其人自命专门,此皆鄙人一败之过,止可听起起者自作聪明矣。左相荐公在意中,鄙无所闻。若有所闻,决不向公作此语也。盖我之去,船政犹腐鼠,而船政局员犹视之为膻也。鄙不恋膻,而似以腐鼠量鹓雏者,非先后相违也。鄙既冒险毁名,全此船政,亦愿有同心之人理而董之耳。使左相不谋之公,不因鄙言而荐公代黄,孰如黄嘱左荐公为代之得体耶。然充此一念,爱公之心不如自爱矣。今日因闻左欲荐之说,始作此语,涉笔成趣,幸勿深求也。要之,两人忘形之交,一切相机行之可也。敬复弢庵前辈。黄叩。十一月四日。

刘、陈未到长门,省中初八宴左相,来观船政定在初八后矣。"来行绕朝不用"句未解,指黄耶?或指他事耶?今日行,未及他事,黄已恍惚矣。黄亦未赠以策也。又及。诸弟均此。彼昏岂指东昏之步步生莲花者耶?

二九二

光绪十年甲申十一月初四日

承示甚是。左相须初八后方议出省,颇思以初八前过公一谈,未知可否,亦无定见也。今日友山遣其世兄来候,我大意谓左无摘黄之见,并传已劾李彤恩[1],不知波及省三否。左如到厂,告病者应否力疾请圣安,望即示悉,并为酌定。友山[2]世兄来云,其尊人恐黄之傲,谓迎左不必,请安则礼也,此老爱奉承云云。岂省中已有所闻乎?鄙见一以尊论为断。弢公。黄叩。十一月初四夕。

今日马祖澳法船均开去,传以为左相来而新船下水之故。恐台北有战事,抑法兵退也。

[1] 李彤恩,时任刘铭传营务处知府。

[2] 友山:张兆栋,字友山,山东潍县人。时任福建巡抚。

二九三

光绪十年甲申十一月初八日

昨谈甚快。壶电船政,俟勘定后,方能决任退之计。龙电录上。晴轩大捷,岂法人撤船回援以此。左、杨札提调支应处,查复子峨匦战书,及提存款事办理,尚属得体,已饬周道等详复矣。陈、刘复于今日回马江,晤时当属其赴公处。讽之彼自行为妙。敬上弢公前辈。佩纶顿首。十一月初八日。勉、毅诸弟均此。

《曾文正集》有《湖口水师昭忠祠记》及章疏否?

二九四

光绪十年甲申十一月初八日

惟允[1]以水师学堂教习有成,合肥奏请送部引见,尚未入都。蒉本思引以自辅,为脱卸计。及疑谤交乘,则并不愿保人,恐绝代丽姝转误为强暴此字本于闽人公论也。所聘,减其声价耳。曾电商合肥云,可否荐为蒉代,合肥以黄为上,三函不肯着笔。然平心而论,惟兄作大臣亦不能及文肃,望轻也,提调则得之。弢公。名心叩。

[1] 惟允：吴惟允，字仲翔，福建侯官人。咸丰亚元，历任福州船政局、广东水师学堂提调、广东按察使等。陈宝琛伫懋丰岳祖父。

二九五

光绪十年十一月初九日

今日陈、刘又至，劝以择地大作炮台，全恪靖之威望，而让船政与石泉及阁下，全鄙人之廉耻，立言似尚得体。沈石田一幅借其陕事，如诬左世兄之类。略存钱凤打头之意，好在康侯已深恶其人，不至为患。阁下须为黄、方力剖，黄直是好，方平日不知如何，在马江亦好。至南北岸，渠不在彼，援张凯臣例亦应免议，不如阁下稍誉之以息人言。比拟答两君，因有旨毋庸开缺，已告之，本是托病也，似亦圆到极矣。弢公。黄叩。十一月初九日。

铭山军移于厂石一带，方□五营调回粤。诸弟均此。

二九六

光绪十年十一月初九日

复书诵悉。攻越以援台，亦围赵救韩之故智。但恨我疆臣并无伏波，不过塞责而已。鄙人在都，让江海之险与法，而专以陆师取越，譬犹绝流而航，且不讲求饷源械巧，而专务急攻，虽得地亦不能守。法如让我北宁山西，而以兵返攻，则必全覆，幸彼族亦未知古兵法耳。为今是计，即攻越亦须造船、购器、选将，为边镇选吏，为田官相与持久方可。公谓何如？成见不必摇，特不宜如禁中方略耳。弢公。苪叩。十一月初九日。

苪仍以知兵自负，可云无耻。刘豫洲每战必败，而自命甚高，奈何。

二九七

光绪十年十一月初九日

《申报》送阅。上海新闻纸附新闻发还，《申报》留之可也。许君官衔送下，侪有一事安插之，年内仍可来往于公处，俟查复后，如不能卸肩，当再与一长局，且彼时如兴工起废，需才正多，但恐公不荐耳。什长及亲兵即令前来。此致弢公。苪叩。十一月初九日。

何先生能来否？

二九八

光绪十年甲申十一月初十日

省三[1]来信呈阅，乞察入。两船同时造则成速工省，但催帑则费口舌，又似恋栈者。鄙人所憾，谣诼纷纷，使人报国匡时之志转为忧谗畏讥之人，徒损国事，于闽防有何益耶！弢公。苪叩，十一月初十日。

范书奉缴已得之矣，又及。让船政之说，陈、刘一及否？

午间一纸当已入览。刻得友山来函，知查复之事，派裴桌、刘道及展堂、康侯、黄道立鳌。刘为台属，曾与孔玉双忿争，鄙人往劝而止，今乃作勘问官，京官而受外官勘问，辱亦甚矣。观所派诸人，谅不至过于颠倒，鄙人仍拟俟复定后，再免代拆代行，以片亦奉旨"知道了"，并无不准代行字样。俟其改奏，如无事再乞病耳。归再议之。造船等事本不必关白，日内拟不通问。左相谅查复后始来此，亦较得体。排方挤张，好在未保方亦非护张。原疏具存，张不足惜，惟方在马江并无过失耳。悠悠之口，真可恨也。南北岸及闽安战事，林庭植甚为详悉。病在督抚并未参办，并欲保蔡康业，鄙人无所袒庇也。弢公。名心叩。十一月初十日。诸弟均此。

再，船政须采办樟木向在台北，今改福安派员，费力而不讨好。应否改章，乞酌。鄙人遇事辄不甘阳愚，此才小处，此福薄处。上次托叔毅问过南台木行价值，如有向识之木行，鄙见以后杂木托一行承揽，最为简捷。向有市价，必不至如委员之侵蚀，且免浮费、浮谣也。

什长亲兵拟补名粮而仍派公处，以备传递信件也。各仍旧口粮。许训导拟派以察访就近煤矿，台煤不到，现派人到建宁，鄙见嫌其太远，如左近山中有之，则一劳永逸耳。此事亦可缓可急，且不必在局，不必定访矿也。俟鄙人勘定后，再更新去旧，否则席不暇暖，朝种而暮为人掘，徒快忌者之口。知公然之，即令一见。倘左处能安置则更妙，如渠愿就左，或左处安置有益，则更妙，否则公亦不值以此托陈、刘。即请酌夺。咨调甚易。敬上弢公。贲叩。十一月初十日。

贲仍去志多于留也，故不为久计。且痛快残年，明春决意引疾，掷船政而浮江湖耳。

[1] 省三:刘铭传。

二九九

光绪十年甲申十一月十一日

正作书,而复书亦至。什长亲兵本拟补名粮,仍供给使,既令食功,即留左右专作寄书邮可也。穆源事,子峨已奏,命鄙来勘,但非四十万不能开办。马江不败,船政必兴,今令鄙以造船为补过之地,则无谓矣。两船并造,工省期速,据魏、李诸云,十五个月可成。均与"澄庆"等,非"开济"快船比,不知可否。"开济"及"澄庆"鄙未见,公皆见之。即请酌定,以便购料。如造一快船、一铁协,则为期必有先后矣。林颖翁之办团,鄙意原借以出之,且可免绅士挟疆臣专顾省城之弊,不料颖翁兴高采烈,劝其撤防,与初意不悖也。鄙见亦思劝之,可否,乞代定。此致弢公。篑叩。十一日。

诸弟均此。

如此竭力,须光绪十二年三四月可有船五艘,此则真兵船。"横海"一,南洋快船二,暂借(不如"开济"之不来)新造之两艘,并"伏波"及"飞云"修之。共七艘,水雷两艘。彼时乃能援台,台尚存乎? 此已极力整顿者。

吴万敏已属兴工,渠欲用匠十余人,月须百余金,皆陕甘散归者,亦非巧匠,已令拨用局匠矣。今年局费仅十万,而为海防转垫数万,使非南洋快船款,船局直须闭门而不能造矣。"横海"新船下水,而炮前月始由黄订购,子峨咨省局而藩司推诿,子峨又避嫌,以此宕去半年。明年八月方来,且此船下水,而以后拟造何船,既未筹款,亦未绘图。季渚[1]等呈一小铁甲船说,图乃草图,机件亦未有,需价四十余万两。费太绌,价太昂,不能主之。比及定造何船,而坐耗又须半载,船政疲玩之弊,此其一矣。天下事,履而知其难耳。

老可书奉上,致兰君书泛言故人,未及子敬兄弟[2]也。缄斋同馆、莲初同台,均可以故人目之。刚侯以责善绝交,老可则并未责善鄙人,过津时,尚欲使津吏邀之,以询阁下消息。闽中形势亦并未以刚侯一书介怀。要之,黄之病在过于自大,有俯视一切之概,如圣明不杀,终不以此仇视闽人,何论老可哉。老可正宜以不辨了之,何取琐琐,转为明者所笑乎?

竹公书附还。竹不狎妓,则何被劾必查,何早罢则黄不来,即黄来,亦不至闽防如此。所谓以一妇人而误清流,误国事,真祸水也。阁下以此论为的否。殁公又览。黄叩。丙。

左相今日未赴长门,须十日饮方出。穆见左,左云,闻法船到长门,惶遽而出。

[1] 季渚:魏瀚,字季渚,福建福州人。同治五年(1867)考入福建船政前学堂,光绪元年(1875)作为官派留学生赴法国学习造船专业。光绪五年(1879)学成回国,任船政局工程处制机总司。主持建造了中国第一艘大型巡

洋舰"开济"号等舰船。

[2] 子敬兄弟：王献之，字子敬，晋朝王羲之七子。疑指王仁堪、仁东兄弟。

三〇〇

光绪十年甲申十一月十二日

此事如能成，似较造船为速，其流弊索价昂，船旧。途中船被毁。须令认赔，如购买之，船则不付价。德官阻扰无成，船来无人管驾仍无济。此外不知尚有弊否，今姑拟办法，乞酌定应办与否。

一、以文致清卿，令索朝鲜文书。

一、电询合肥。

一、不告左、杨。

一、将合同发还，令其自向左商。后二说但恐他日枢译以此为奇策，而谓鄙人置身事外，否则北洋不设法索朝鲜文凭，此事已无成。乞为酌定。蒉非不知避嫌避谤，烈士暮年，壮心未已，况鄙人能勿志在千里哉。闭门种菜，亦复致叹于髀肉之生也。

一、函商左相借款。问此事愿办否，福克云：左不明白；如办，似止可商之陈、刘。但正在查复之际，遣一员与福克往，可否，福克又欲回去过年，外国之年。

一、分买船与运中国兵船为二事，免得法人生疑。宝星等事曷办。

蒉公。蒉叩。十一月十二日。

南洋会办责无旁贷，详筹见复为幸。似不必回电译署。今夕即赐回音，以便酌定。已先令写一空合同，不得则销去可也。留之乎，抑听其回沪？

左相处日内似不便通函，福克事，周道今日偕魏令进省，属其面达陈、刘，大致谓弊多难成，面谈更无痕迹。陈有书来，鱼雷缓调，余皆空文。鱼艇已订一艘，鄙所办皆略见大意，备临别时作一文耳，非认真办理，亦非随宜整顿也。香翁电仍问候意如何，因鄙云欲作黄石，询以欲裁抑，抑云可教，稿电亦有事无语气再复，壶沾滞向来如此，亦见诚恳。如何答之？蒉又叩。

三〇一

光绪十年甲申十一月十二日

手示敬悉。鄙人正苦以船利羁縻，非愿留也。但候查复，而始一切整顿则尚须三月。查一月，奏一月，复旨一月。如降革去工候部文，且不止三月。弊之滋生，事之废弛者多矣。心则急欲去此，而有事仍不能如来阳不理器量小耳。今日批旨已到，虽咨明而仍代拆代行，以明鄙人并无恋栈之意。但不造船则误事，急造船则似见材，如费用充足，闭门造车亦不必遍告人。今先须催款，言之不切，则款不应；言之切则似见才。公云吾尽吾心，犹未喻。局工之如傀儡，处处牵机而动也。心绪烦懑，颇思续到螺江一游，而又恐人之讥其数也。拟将福克所立合同呈阅，大约不成，不成尚无流弊。敬上，即问弢公老前辈礼祺。名心叩。十一月十二日。

季渚谓"澄庆"□，厂船间，工程处未有不□者，不必问也。

三〇二

光绪十年甲申十一月十二日

福克所论恐亦无成，病不在朝鲜之文，而在中国之款；又不在中国之款，而在英国之船。朝文必有可告以代朝买之事定，真给予一二艘，不至有口实，令其分年缴价，或中国购买而令朝出养船经费。中国如愿购，惟有借债。所虑英不卖船，福克亦妄想而已。昨已电合肥，渠愿以朝鲜旗运中国铁甲回。合肥不允，此举必沮；合肥沮则亦中止。恐福克承办，亦不免以旧船充数耳。鄙之砰砰心动者，非任事之勇，此乃天褒公用之，何也？一笑。而其意在急于援台，锐于补过，无大船且无人敢应援，况于欲济无舟，更可推诿。厂中并工造船，至速须戌年方有五艘，且非铁甲。此则咄嗟而办，果能办到，厚庵兵乃可请东渡；即不然，偏师游驶于马、澳，足以牵制法人在台之军。舍此而以小船偷渡陆军往援，全属无聊之策。台能坚守而饷可捐，火器不可捐，洋枪可运，大炮不能运，使外有牵制之兵，而内为坚持之计，则彼水师不能安，而陆军不能深，庶有就绪。绩想如此，而适有以此说饵我，不禁砰砰心动，然而终虑其无成，将来一函告左相了事。不告左，他日船政实非所愿，三辞不获，将就之耶？抑终辞之耶？知己者代为审度。左、杨复必无请正典刑理，况又重以公之鼎言乎。恐内意降调而仍令造船耳，不得不预先筹及，鄙意总以离闽为是。公为熟虑，此不关于学殖，幸勿再却。黈心曲乱，且辞公而生之心甚笃。日来枯坐甚瘦闷，船政事亦不无废弛，无人作主，不免壅隔纵弛。万一有以此策献醇邸而以为然，或且谗我阻遏奇士也，告之而过于著笔，事不果行，或且以我为轻听也。总之，事一沮困，举动皆非，笑啼均罪，君子所以恶谗言欤。合肥书可悉朝事，附上。

弢公。篑叩。十一月十二日。

诸弟均此。阅后付丙。

左派人赴彭田查勘，勘书甚赞彭田之山势足以眺远，为得闽之中。湘人喜高处也。

三〇三

光绪十年甲申十一月十五日

三书仅得一纸之复，惜墨如金，令人疑闷。造船苦于绌费，竭力经营，无补台患。刻福克来，与之谈及，渠云愿为代买外国兵船六艘，炮位俱全，所以心动者，以连日绩想而渠□合代高丽承办。许以给高丽国文书，鄙以此书询之，而渠应允。三个半月可到，价俟船到再付，多少亦俟船验后再定，惟船到闽以后求赏宝星等语。闻左相已与商之，而于朝鲜文书一层不准，云"如此岂非船归朝鲜？"三日不得明白。左乃索回德国原定之船。省传魏令今赴螺江，兹派弁蒋桂林投文，属顺赴公处。如魏在彼，则偕行到省；如回工，则途次必相遇；如尚在公处，则同行耳。魏有亲供，公寓目自无不妥也。弢。名心叩。十一月十五日。

如在三端之外，一听公斟酌。总之，蒋、魏宜同行耳。

三〇四

魏已回工,蒋即押犯。去年查人,今年人查,可云天网恢恢,疏而不漏也,一笑。弢公。篑叩。

三〇五

今年撤吴筱轩归,篑在署苦口力争,婉词解譬,几于笔舌皆枯,故三月十三日以前筱轩虽在津,军终不撤。比政府易人,筱轩托延茂疏请调防金州,篑付之一叹而已。五月间过津,与合肥论此事,合肥谓我有意厄吴,幸省三与吴不协,颇助我,谓朝鲜必乱,盖艳妻[1]煽处甚于主父[2]横行也。篑论边计,于俄事、朝鲜事,均曲突徙薪,不幸多中,于吉林及西藏、廓尔喀事,亦若合符节。廓夷事,公未知其详,乃读《申报》而得之者,遂主曾侯说,先发制人,故未为□此。在译署。此皆不蒙先几之赏。非欲赏也,不平则鸣耳。越可论于法人未发之先,而苟诸法人猖獗之后,一若晁错之于六国者,此何为也!台北之捷[3],此间未闻,殆因兰洲[4]密揭大潜[5],事颇宣播,故有土勇杀夷七百之语。近又传孤拔实死,近孤拔乃其弟者,愈造愈奇矣。今日友山中丞送柑来,欲分以饷公。长庆郎谓名园佳果甚多,不值鬻石于玉肆,语未毕而陈果至。虽复备尝艰苦,却自味美于回,吾其得遂归来之愿耶。弢公左右。篑叩。

诸弟并候。北洋两船已回援朝鲜[6]。

[1] 艳妻:周幽王宠妃褒姒。《诗·小雅·十月之交》:"楀维师氏,艳妻煽方处。"

[2] 主父:赵武灵王赵雍自号。见《史记》卷四十三《赵世家》。后有"主父"姓。

[3] 台北之捷:光绪十年八、九月(1884 年 9、10 月)法国军队攻打台湾,刘铭传率清军胜之。

[4] 兰洲:刘璈,字凤翔,别号兰洲,湖南临湘人。时任台湾兵备道。

[5] 大潜:刘铭传,字省三,号大潜山人,安徽合肥人。时任督办台湾事务大臣。

[6] "超勇"、"扬威"回援朝鲜,为光绪十年十月二十七日,故此函当作于光绪十年十月底或十一月初。

三〇六

手示具悉。有见详稿者谓初三黄军有退二三里之妈祖庙者,方军有退四五里之舢头乡者,亦有始终不退者,云云。船厂左近有两天后宫:一在署后,即鄙人登山之路,该处亦受炮,其一即海潮寺,是处派一二哨防其登岸,非退也。旺岐亦有小天后宫,储材所在彼,向有人看守。舢头乃杨廷辉所扎处,近舢头则林培基团勇所扎。初三日,马尾台上尚有炮,法亦水战稍忌,故横攻马尾营垒,炮子能至厂楼及山上,而厂无伤。初四日则法船大驶猛攻,即鄙人原疏亦有截阻逃勇之说,不敢谓其一无逃者。在鄙人录功掩过,故于逃勇用轻笔,而原参有尽溃之说,详稿故两相迁就。民间均憾兵勇,潮勇纪律太劣。鄙人亦不敢庇护兵勇。何以言之?初三以后,鄙皆未能一一亲见，未敢谓鄙之耳目必能周察也。如必执，定忍公齿冷矣。在康侯诸公既已尽力持平，则亦无容再议矣。叔重处但乞复以费神，不必再作求全责备之意。此事鄙人想是一沾，亦难磨洗尽，致末有劳薄赏优，黄马褂及清字巴图鲁恐不能保。然方有巴图鲁，黄之脸亦不必穿黄褂为是，一笑。因此思及劳薄赏优，启人议论，原详。万万不妥。当未降谕时，鄙得都电云，属吏、兵二部检查各员官阶，是好机括云云。此事兴献必煞费苦心，未可谓议论由此而启。阁下但以赏罚均由特旨，使秉笔钩勒分明，即无憾矣。至原详两语不叙方佳，兴献之意亦须兼顾，此亦兼为左相计，并非巧言如簧，愚公以自解也。原件奉缴。黄实有功无过，友山甚惜之，而无如何。且此次如黄或撤销，则侍亦微歉，然不如从前不赏转耳。详稿并督抚均护，大致透过于下。天下未有士卒尽逃，而将率可无事者，斡旋未得法耳。斡旋实费大力。卅九人大连环本自难解。马江之败，鄙疏尚为近实，而详略伸缩已不能免。文章体裁自应如是，却非粉饰。会奏除马江外，几于全是胜仗矣，会奏某亦列衔，而督、抚、军三人在省主稿，及送阅，则已刻日趱海陟行已十七日矣。中间有云陆军则法人伎俩已无所施，圣明专主陆军，明见万里，何胜钦佩。意专倾我，被黄勾去。黄于其上抹去一大段，而鳞爪自在。及谕旨又略败而叙胜，即马江亦于我船之焚不言详数，而于彼船均以沉毁括之，以致败状胥隐，贵省京宦本有憾于寡人，又见鄙人独从轻罚，于是公愤私仇一齐发出，而鄙人死活不暇顾矣。使此三十九人静坐，举鄙人各疏，平心一阅，未有不哑然自笑者。故闽疏最谬，乃云事前并未筹防、临时意欲乞款、遂问系置身事外三大端，而其他则譬之齐东野语，不足计较耳。但复奏能使之声明，鄙人并未讳败，闻详稿有之。并未叙功请赏,详稿无之。则得矣,鄙且愿。左相密疏令某书闽,尤感耳。

三〇七

光绪十年甲申十一月十七日

萨镇冰为公特荐而未识其人,兹令赴螺江敬谒左右,即望训以韬略,俾整偏师,以补鄙人之过。弢公。佩纶叩上。十一月十七日。

三〇八

昨侍处晓谕,"横海"派人,船政积弊剔除,以免影射,照例关防也。不知何人揭于旁曰:不多,五十两足矣。若止于此,技亦易穷。今遣萨弁到洲,大有令公分谤之意。然我行我素,岂以小儿谰语损吾辈人伦鉴乎!

三〇九

光绪十年甲申十一月二十一日

十九谈深烛尽,归已四更矣。日来阁下作何消遣?闻季渚偕王贞臣赴螺洲,想有高论也。洪青埵诗读一过,精校犹有讹字,黄璞山"载华"见墓志,而篇中标题作"载笔",必有一误。落叶难扫尽,正如俗客难拒绝耳。闻公尚有《大戴礼注》,是在江新刊者。如是孔氏则不必见赐。许叔云乃购之者，倘可分惠一部。鄙人近颇说经，其学尚在古今体诗之上。兵家既不售，退而作博士，诵杜陵"抗疏功名、传经心事"一联，感慨系之矣。敬上弢庵前辈。荟上。二十一日。诸弟均此。

粤柑数十枚奉上，以与女公子，聊谢尊公因我而骂舅舅也。一笑。又及。

吴万敏琐屑已极，渠以丹曾待之尚好，故凡事均属丹曾料理，而彼意甚奢，用工则船厂剔退之工，每日二百五十文，而渠开至数十两。且欲他厂夜作以助之。一厂夜作则费煤甚巨。详细核算，乃铁炮非钢炮，乃小炮非大炮，于海防无裨。而终日搅扰不清，大非鄙人黄老治齐之意。现与丹曾商定，所雇工匠已候数日，即由船政酌予资遣，该职员留厂料理炮位。渠必再至螺洲，即望择而去之，可也。魏令等不与同心，而渠又全无丘壑，有越扶越辞之态。弢公。荟心叩。

荟已请开缺，此件未咨。附片事由提调代拆代行，却未请假，不知能否以就医为名，至公处一谈否。此事不敢冒昧，乞公酌示。又及。

三一〇

光绪十年甲申十一月二十二日

周姓所领地价，尚是沈文肃时因火归官之地。属丹曾查出，狡诈百出，不得不小加惩创，乃鄙人手谕，提讯以遏刁风。李姓亦非好人。本须责释，亦未至倾荡家产也。船政发审委员安有如此大权，今日已有人风鄙人，谓如此必动众怒，何其固结如此。贵旗人，亦故甚其词耳。马尾左近讼棍甚多，连日冒领恤款皆此辈，可恨已极。复颂礼安。名心叩。十一月廿二日。

三一一

光绪十年甲申十一月二十五日

琴师昨过谈，与左相得，似无意解团练，鄙微劝之，笑而不答也。查复之事，闻昨已定详稿。遗失之件，橐谓闲人偷窃，各员谓兵勇偷窃，尚未酌定，实亦无多。果无私意，阑入当不至颠倒是非。此自公力扫蚍蜉之力，而鄙人以素守硁操，终致深源挠败，子由候勘，为辱滋大。俟得确耗，如果复疏无周内语，鄙人歌"逝将去女"，以避贤路耳。有谓潘蔚如求之者，有谓吴惟允求之者，均谋之甚力，不敢信也。然吾本愿去。敬上弢公。蒉叩。廿五午。

蛏甚美，状可怖，几失然明也。

三一二

光绪十年甲申十一月二十五日

上以船政属鄙，而鄙决不能离此，始敢商及。鄙于船利可去则去，殊无留意；果不留，亦不屈仲。仲为人不能随俗，与鄙共事则可,亦不愿其与他人共事。左、杨复尚未定稿,颖老雅意可感,然左之听言,似不以颖为轻重耳。特众口訾訾,而公与一二正绅犹力排邪说,使鄙人死足归于张氏墟垄之间,则感且不朽矣。叕公前辈。蒉叩。廿五夕。

三一三

陈展堂廿九行,未来此。方寸乱矣,兵颇有逃者。详稿已上,论陆军必云初三退,初四复来,不合情事,奈何?公何以策之?叕。蒉叩。

必致康侯来厂,方可与语。叙事言初四乃鄙饬回,定不更好看,然鄙不敢当也。

三一四

示悉。黄、方初三退而复回之说,津电云当属阁下收浮屠合尖之功,但鄙人自觉恶然耳。鄙见如果黄不见诬,黄、方实当湔洗。初四"横海"已被炮见焰,尚是两军救灭;倘初三退,初四安能复来?论人,黄偏裨,方不过贵介弟。论事,蒉究退,黄、方实未退也。黄之勇更胜于方,故鄙疏亦写黄胜于方,两人后均有可议处,初三、四却不无可取处。

王诗正援台,展堂亦去,仅存一刘道矣。左相甚壮,于鄙事亦深合尊旨,惟杨入郭开之谗,颇有推敲,谅无大碍。又及。

三一五

光绪十年甲申十二月初四日

恪靖属以朝鲜文凭事商北洋,合肥不愿借此收场,但法人增兵,不了之局。王德榜败于越,公知否?马江之案何时可以复奏,鄙人鸿鹄之志既为燕雀所误,鹓雏之性岂为腐鼠所吓,当徐作归计,尚须就公酌度耳。敬上弢公前辈。佩纶顿首。十二月初四日。

三一六

光绪十年甲申十二月初七日

昨谈殊不畅,内召之说恐未确,果尔则离闽大幸。拟俟我公见左相后,鄙再酌,或乞病,或候命。乞病乃欲速。省三书来,云兰洲牵掣,兰又云省三畏怯,同处危地而意见不化,亦犹子峨与我日日坐炮路中,而仅仅当面输心也。人情可畏,险于山川。弢公。赍叩。十二月初七日。

三一七

周子玉自省来,知奏稿未定。今日裴樾岑[1]来,未与谈及。鄙意将昭忠祠稿草出,整顿学堂,而声明经费无出,渐作去计。锐意保厂，因子俊说得郑重，决意去厂，于公乡未免寡情，然亦时会所迫也。弢公。蒉叩。

[1] 裴樾岑：裴荫森，字樾岑，江苏阜宁人，同治二年进士，福建按察使，光绪十年十二月廿三日任船政大臣。

三一八 *

日来执讯者仆仆，颇思稍有节制，而"海琛"船至，《申沪报》来，舫仙严议，稍伸正论，又不得不飞书奉闻。鄙人出都本无好怀，造船尤乏佳趣，所聊以解嘲者，就公稍近耳。似此牛女相望，正复何益？投刼决矣。敬弢公前辈。蒉叩。十六日。

诸弟均此。何先生事如何？即罢官，学堂事欲立竿见影也。

三一九

所示当商之望溪，鄙尚欲屈仲为学堂振浮式靡，不知可否。即鄙去亦无碍。鄙见，船政断不留而弊必去之，似报国立身均得。公谓何如？

买船之事，恪靖云，须请示译署，或敝处单衔，或会衔亦可。康侯云可致函于左商会衔，自以会衔为是。已作书与左，惜道远不克一商耳。敬问日安。蒉又顿首。

三二〇

何先生何以不来？病亦与某病同，畏船政病深耶？以鄙人不孚众望，不愿与友耶？公推毂自是妙才，但得乡里推重而年辈稍先者，乃足振浮式靡。愿阁下再为我求何先生，何如？

三二一

竹蛏，谢谢。竹垞咏闽中海错，何以不及此耶。复颂弢庵前辈礼安。名心叩。

三二二

阁下谓柑美，剖而尝之，果然，每饭不忘，钜鹿久不知味矣。《申沪报》送览。敬上弢庵前辈。蒉上。

三二三

十一何时遣舟奉迓。天下无请人谢孝之理，然早晚必有一谢，不如早谢矣。示知。敬上弢公。名心叩。

三二四

昭忠祠疏拟出，文气似不疏宕。此祠非专祠可比，似不至碰，乞鉴定。侍近亦畏葸过甚，岂所谓患得患失耶。十一日如决计过我，仍派船来，较为安速。黑崖波涛甚恶也。弢公。蒉叩。

十一作廿一，当是笔误，廿一则疏必发矣。

三二五

拟购鱼雷艇两艘，约价八万，雷十具，约两万。此□号长百尺，不似南洋所见，并大于威海所见。合肥云，非年余不到，劝蒉不愿久居既无实效，可中止。蒉思不能脱，则以为新政；能脱，则以为去。思与卫厂炮台皆亡羊补牢、痛定思痛之计，但并运脚及设营各事，亦须十二万。并船价。可否决之我公。或云购一大艇、两小艇，不过两万。行则大一点二十买，小十六买。拟以援台攻越双请自效，何如？香雷云攻越，望酌之。密，匆匆拾纸。

乞赐素纸数页。

三二六

遣舟奉迓，深望早来，一切面谈不尽。伯潜前辈。诸弟均此。佩纶顿首。

萨弁请假,似一怒而欲辞差也。鄙人外畏石,内畏冰,冷到心矣。

三二七
光绪十年甲申十二月十四日

晤左相,不知疏[1]已发否。徐、唐案定两人斩候,黄革职,来京候查。不知候闽查,抑到京查,与徐、唐有无私弊,来电省费不详,可笑。公亦严议,左、李、丁议处,李不知何人,合肥未尝保徐、唐也。张、涂、察,张,香翁也。许等宽。许不知何人,殆言官耶。船政简放何人未详,似公早日回螺洲耳。橘老。赟叩。十二月十四日。

[1] 疏:当指左宗棠对张佩纶马江之战的调查奏折。

三二八
光绪十年甲申十二月二十日

香帅电呈阅。误驰誉为宣威,属鄙人自请效力,一若革职尚可奏事者。林文忠自请赴定海,尚是未经革职时,且粤尚近于胜,而马江不胜。奇想天开,苦心孤诣。石[1]电已录旨咨行,即令裴[2]来受代,不必电署。老干无枝,此老何以办此? 敬上叕公。赟叩。廿日。

[1] 石:杨昌濬。

[2]裴:裴荫森,字樾岑,江苏阜宁人。时任福建按察使。马江战败后署任船政大臣。

三二九

光绪十年甲申十二月二十一日

示悉。山谷墨刻三种收到,谢谢。都下均已搜得,《松风阁》[1]最逊,疑是伪迹,否则刻手太劣。公谓何如。援台复越,本我夙怀,死而后已,岂有顾虑,但请缨必不允,徒遭呵斥。林文忠自请赴浙,是其前车。鄙人今日惟当以静制动,藏器待时。张文侯下拜王陵夫人,固知闺中卓识不独在状元上也。合肥及舍侄昨均有电告公降调消息,并嘱道念。裴臬以黎、张旧例,均交提调代办,谓渠候部文而属鄙交提调。渠廿四亦来,并载马江度岁。此是何办法,当复以候文即同候文,不候文即请受篆。鄙人不宜自电,如必省城诸公拘拘于候文,黄即少安毋躁,亦不争此旬日,不值因此转生枝节也。壶公处不必商,即尊电亦未代寄。爱壶爱黄,此时均不可令壶荐黄。铁香以救徐、樊,交部议处。附上电音,乞察入。敬上弢公。黄叩。廿一夕。

俟交卸不交卸,定期后即当走诣一谈。见公降谪,勿使门可张雀罗也,一笑。

[1]松风阁:北宋黄庭坚《松风阁诗帖》。

三三〇

光绪十年甲申十二月二十一日

再同书来,属叩师安。渠日省鄂[1]于狱中,极言狱中之惨淡,令人阅之郁郁,鄂恐远戍也。鄂远戍,徐恐不生矣。又叩。

本可俟明日送去,而此书不发,则夜睡不安,甚矣蒉之燥也。

[1]鄂:唐炯。

三三一

光绪十年甲申十二月二十三日

示悉。石泉廿晚电奏樾岑,定廿四,不则廿七,如不准,候部文。部文约廿五六日始,到须初九十。鄙人都无成见,廿四似不及,轮船廿六开,行海道又不及矣。今日当有准信,拟过廿四诣公一谈,此时琐务填委不能暇,亦不能谈也。铁公劾徐,乃冯子材函托,成败论人两语,大哉王言,但步步生莲辈如贯鱼之序,又岂可拟之荡荡扪天者乎。复颂弢公礼安。蒉叩。廿三。

三三二

刻得京电[1],公降五级调用,藉此闭户息机,事亲学道,姜肱长枕大被[2]。昨见而羡之，但虑时事多艰，服阕后仍有急征耳。敬上弢公前辈。佩纶顿首。

[1] 光绪十年甲申十二月十二日谕旨。
[2] 见《后汉书·姜肱传》。

三三三
光绪十一年乙酉正月初一日

别殊惘惘。竹崎候舆夫，正旦始到水口，罢官风味不可不尝。舟中读《易》，胸次浩然，足以奉慰。明日如不雨，即可舍舟就陆，程途纡折，须十余日始到浦城。公归犹下水船也，然记日徐行，亦可略知行役之劳苦耳。左、杨复奏，日内当有谕旨，而此间寂无消息，已托友山及子玉，公便中寄我一函为幸。入春法事非大战必议和，不知当轴有何良策。公似以养机自晦为是。礼庐不夺，不在贬官也。独吾辈袖手，而时贤亦乏奇谋，坐令宵旰独忧，此杞人之恨耳。草草，敬颂礼安。伯潜前辈大人。侍佩纶顿首。乙酉元日水口。

老伯及诸弟均代为请安致意。颐园两叔均候。

学作小诗，不似净名门下塔江诗，俟他日。

发螺女江
海沤浩荡性初驯，同作蓬莱放逐臣。
坐听钓螺江上雨，梦回栖爵殿前春。

神仙李郭休钩党，将帅乔良傥得人。

夜半荒鸡频蹴起，敢萌归计饱菽尊。

伯潜前辈。雨中送别同宿感怀，即请教正。蒉斋初稿，幸勿示人，诗不佳且免众口。

三三四

光绪十一年乙酉正月初五日

弢公左右：

在清风奉手书，厚意深情，读之感念。颖老请公会办团练，未与左相会奏，恐未必准。正值左迁之后，又恐因此生出波折，万一得允，守礼陈情，转似置身事外，措词似难圆足。鄙见竟以高安素衣治河、湘乡居忧办贼为法，居乡敛迹受事而不受资，任乡间团有名而已。并声明不会衔奏事，或者与近日所处相合。雍、乾间凡陈情者均不准也。乞参之。乞俟奉到明谕，再与壶老商之，何如？然鄙见未准者十之七八耳，谓林请不准也。鄙人以掩饰取巧遣戍军台，圣恩高厚，藉此效力赎愆，不终废弃，惟措置台费殊为棘手，亦惟有委心任运而已。日日谈洪北江[1]、学林文忠，可云具体而微矣。草草不尽欲言，即问礼安。蒉顿首。乙酉正月初五日，延平。

老伯大人安。昨席上一谈，期望过当，忽以林俟邨相拟，岂已微窥其机，不肯遽泄耶？诸弟均此。

---

[1] 洪北江：洪亮吉，字君直，号北江。江苏阳湖人。因上书言事，极论

时弊,触怒嘉庆帝,下狱定死罪,旋流放伊犁。

三三五

光绪十一年乙酉正月初八

　　除夕书人日始到,时次太平驿也。台站远者迄乌里雅苏台,近者即在察哈尔。今昔劳逸稍异,具详龚定庵文稿。废员类携家置宣府而在张口当差,去都四百余里,鄙曾一游,尚无出塞之苦,此实本朝宽大之政也。侍不知军旅,锐意前行,致此蹉跌,咎由自取。承以林、姚慰藉,非所敢比,惟当自省愆尤,益修学业,必使穷则行足孚于乡党,通则功足塞其过失,乃不负公之素爱与鄙人之素志。然臣之壮也不如人,正恐渐成颓放耳。季相爱才之意,有古大臣风,乞见时代为致愧。坡公放废后少作书札,亦养晦之道也。到沪再有书与公相闻,为道自玉,勿以远人为念。殁公坐下。名心叩。谷日瓯宁寄。

　　老伯暨诸弟均此。

　　黄、方如何?张成想如汉法以畏懦诛矣,但愿下鄜将梁肤功早奏耳。

三三六

光绪十一年乙酉正月

　　昨援高安为说,亦是不得已之说。据理论势,此时以晦藏为宜，前辈有托疾者，亦一策也。禀命而行，于世无忤，则孙言之道耳。大要推湘军，推乡党宿望可也。冀不准和靖请，十居八九矣。援台攻越，遂无良谋，甚焦愤。雨途达浙不易，今日仅行四十里，太冲为平子[1]累，甚歉。亦由臣甫《陈陶》[2]下笔过据讹传，遂致营救次律为累。徇众之累耶？徇友之累耶？乞呼诗史问之。

[1] 平子：张衡，字平子，东汉科学家、文学家。

[2] 陈陶：杜甫《悲陈陶》。

三三七
光绪十一年乙酉二月初二日

伯潜前辈阁下：

由延、建逾仙霞，二十日始到清湖。衢、严为父兄宦迹所经，戍客重来，感伤无已，且舟车所费不赀。壶公寄千金未到，拟以此归还船政，而委员等不肯受，殊属无谓。到沪则法船已在崇明，仍由陆道赴都。闻谅山又败，石浦两船传闻自行凿沉，镇海三船张皇悒怯，不值一噱。闻中枢渐有魏绛之意矣。闽中防务，子玉函来，樾岑出驻壶江，黄军亦随去，不知确否。阁下想在乡时多，在城时少，颖老之请未见明文，想是讹言。恪靖当不过拘致，计惟养道礼庐，上承亲欢，下歌翕好，学问非在忧患之时，断无进步也。侍过浙，姊氏病剧，为留五日，止此一姊矣，煮粥疗须，不能与一武人争为弟之道，怅惘可知。沿途作诗不求工丽，但用遣日，颇无怨尤愤懑之意，稍介胸怀,或尚可与入道耶。盈盈一水,不尽所怀,到津当再有书。敬颂礼祺。佩纶顿首上。二月二日。老伯大人前请安,诸弟均候。

初四由沪行,复函寄津。

三三八

光绪十一年乙酉二月

伯潜前辈大人阁下:

在沪所寄一书当已入览。近维上侍安和、动定清适为慰。舍弟及宗载之姊丈均酷耆法书,谓入虞、褚之室,而升欧、薛之堂,各出纸属佩纶请公临池之暇,一挥洒之。惟求勿作涪翁体,以载之及舍弟均不好家鸡也。一笑。过子陵钓台,断碑甃瓦中不可辨识,惟得魏公两截,正学山谷,盖裕陵耆黄,迩时臣工亦效之。鄙人之罪,浮于符离,鄙人之党,少于元祐,要是不祥之人,龙川觥觥,未可下效浅夫,正当各立旗鼓也。另纸详著名字,余少叔面陈。即颂礼安。佩纶顿首。昆山道中。

三三九

光绪十一年乙酉二月十三日

林文忠诗已许筱帆[1]刊行,不可失信。兹寄上洋四十元,即为设法付梓,应须若干,竣工并乞示及,小事亦不值醵资。刊成,附一跋可乎? 今日至袁浦,叶子晋送至此言别,此款即交其带呈,余不多及。敬上伯潜前辈。佩纶手状。二月十三日。淮安舟中。老伯及诸弟均问安问好。

试帖诗似可不必附刊,乞与筱帆酌之。

[1] 筱帆:张曾㪃。

三四〇
光绪十一年乙酉三月初一日

伯潜前辈阁下:

在沪一缄当已入鉴。敬维上侍康强,匡居静定,甚善甚善。佩纶以二十五日至德州,九弟来迓,舍车而舟,到津小住三日,请合肥派员解送也。法事已就讲解,日本使在津立约,他日清卿必有函详布,鄙人不复赘言。宗祠楹帖[1]已请合肥书就寄上,乞察入。佩纶到京作十日留,拟即赴戍。妇仍多病,妾生之子已殇,杜陵所谓"入门闻号咷,幼子饿已卒"[2],想同此怀抱耳。挈眷与否,因润师遣眷先归,已到都下,须酌定再奉布也。达守控公需索棚规交两星使,闻取供不往江西查办,廖曾充学政,想不至作门外语。津中传言如此,想非无因,余再达。敬颂礼安。侍佩纶敬上。三月初一日。

[1] 李鸿章书螺江陈氏宗祠楹联"冠盖今螺渚,诗书古颍川"。李手书原联不存,今重制悬陈氏宗祠。

[2] 杜甫诗《自京赴奉先咏怀五百字》。

三四一

光绪十一年乙酉三月十二日

弢庵前辈阁下：

沪津两书当已入鉴。佩纶于上巳后一日到都，寓愍忠寺，客来不接，妇病可怜。敌国之和战，一身毁誉都不挂口颊。月之下旬，只身赴戍。润民师有西河之痛，而有东洛之迁，眷属先已还都，故累弱赴宣，须候润师进退为定，塞上求医求师均不易得也。台费月四十三两，三年纳镪需一千六百金，此须释归时上纳者。向来特恩，释归者不出台费，近薛侍郎建议须一并缴费。又向例倍缴台费者可免赴戍，谓之赎罪，近示议加五成，岂知鄙人故无益纳赎耶。小人伎俩可笑如此。林文忠诗当已付手民，吴清卿前辈允借六十金助刊，祠联已促合肥矣。敬问礼祺。佩纶顿首。三月十二日愍忠寺。老伯大人前请安，诸弟均此。

此函复来电，不另寄电矣。

三四二

光绪十一年乙酉四月初三日

伯潜前辈阁下：

两电均悉。敬维闭门静居，蓄道修德，深用驰仰。子瞻儋耳[1]、子由[2]雷州，鄙人张口，斯其类欤？春杪首途，月初出塞，读书省过，以副深期。祠联屡促合肥，当已寄达左右。塞上酪佳，材官回津,寄奉乳饼两合,稍助阁下旨甘之献,驿马不能多致也。新居落成,与诸弟联床听雨,岂非中条大隐,令人健羡。林文忠诗集,清卿愿助番钱六十枚助刊,旋有珲春勘界之役,不知刊资已寄尊处否。颖叔先生见时道意,丹曾赙当为致之。敬问孝履不宣。佩纶顿首,四月初三日。堂上安福,仲勉、叔毅、二樵诸弟均候。

[1] 苏轼,字子瞻。儋耳,古地名,今海南儋州。

[2] 子由:苏轼弟苏辙,字子由。

三四三

光绪十一年乙酉四月初六日

今日往市购乳饼,适有蒙古贡差过此,分得贡余饼十包。据云此饼之至佳者,贡系三、八两月,味真而乳净且新。鄙不知此味,附所闻,亦《松漠纪闻》[1]之一则也。潜史。蒉斋塞上寄。四月初六日。

[1]《松漠纪闻》:宋洪皓撰。

三四四

光绪十一年乙酉五月十八日

伯潜前辈阁下:

奉四月廿二日惠书,伏维上侍康强,礼堂闿学,慰企无量。孝达屡以撤兵太速为言,政府恶之,电复颇如公所闻。俄法两役,孝达名实俱到矣,讲解事由赫德、合肥屡争,译署不复。清卿宪副奉命会俄勘界,近尚未行。闽中传言抑何可笑。朝邑乞病,言者劾其取巧,皇遽而出。塞上所传如此,较闽之民讹稍异,孤陋则有之,颠倒则免矣。马江复疏,虽潘词不副乐旨,驰誉不助宣威,而恪靖之心,众皆喻之。公谓恪靖于鄙人始终称服,虽遭申饬而不悔,败挫之后,谗诟之余,能坚定如此,虽谓之神明未衰也可。佩纶自励自勉,不为私谢,待恪靖亦不薄也。陈英传正拟纂稿。铁香[1]言巴特纳[2]于约定后报孤拔已死,实则初三之役为陈英炮击坠,未至长门而死。是日,陈英当孤拔之舟,此言必确。战后德副提督输情于方道,星察理[3]笑之,小邨以巴使惨沮,谓孤必死,电告鄙人。八月间合肥访闻,从法教民家书言孤拔阵殁,法将各官加等议处。与佩纶先后电署,时京僚之劾已传,内疑鄙为止谤计,合肥亦疑信相兼,不便再电。玉溪诗曰:"军令未闻诛马谡,捷书惟是报孙歆。"今马谡未逃而孙歆未报,亦稍免于诗人之刺矣。都下颇传此事,为鄙人不平,知武子少年坎坷,果老而有裨于晋霸,岂以一襄老之尸为轻重,此正可为陈英传料耳。林文忠公诗学何家,乞公撮要见示,或作一跋寄正,但子瞻作潮州韩祠碑[4]则可,鄙非其人,恐以疑似滋谤,稍缓何如。筱帆处乞致意,旧作"辟历梧"诗,望录稿见寄,甚爱此诗也。公服膺曾文正能立能达,不怨不尤之说,举以相勖,足见涵养益深,阅历有得。惟时事艰难,人心浮靡,较之粤捻尤难着手。公于三年伏处时,宜将一生作用扩充基宇,立定墙壁,方不空过此日月,就曾侯所言论之,仍当先从坚定处着力耳。鄙人近亦养心省过,安命甚易,去矜甚难。

公言正中我病痛,每念晋重耳备尝艰苦,何以一见楚王,顿作壮语;诸葛侯街亭败还,何以能使朝无谗言、军无馁志;苏长公谪海南,何以浩然不衰,翛然自得?其所养所学,必有大过人者,胸中时以此数公盘旋,便尔斗室高朗,生气远出。复颂侍祉,不宣。佩纶顿首。五月十八日。堂上万福,诸弟均在念,仲勉、叔毅近作何事遣日,不另启。

[1] 铁香:邓承修。

[2] 巴特纳,亦作巴德诺(Jules Patenotre),法国外交家,驻华公使,与李鸿章签订《中法媾和条约》。

[3] 星察理(Charles A.Sinclair),曾任英国驻福州领事。

[4] 潮州韩祠碑:《潮州韩文公庙碑》,苏轼作。

三四五

光绪十一年乙酉十月十七日

伯潜前辈大人阁下:

十月初九日奉七月廿七日惠书,敬悉上侍康强,起居佳胜,慰颂无已。台北之游,纵观形势,壮哉此行,密迩粤海,竟不乘兴一访孝达,何也?宋五子书惟豪杰可读,公在都尝有此言,鄙人自问实非豪杰,故于五子略一寓目,愧未持循,负谤积詈殆由不学。本朝学派,国初则争朱、王,乾嘉则争汉、宋;中兴名臣,倭文端专守程、朱,而曾文正则汉、宋兼治,二公既殁,支派亦微。孝达为世通儒,惜未著一书,然经术足以致用。公以没作用没胆气自谦,而立诚居敬以承濂洛之坠绪,而绍倭、曾之心源,三年之中养蓄礼庐,振起闽学,固鄙人所深望矣。安命易,去矜难,此鄙人自道所得。阁下谓其用世太急,疾俗太严,两者俱难。十年深交,何作此语?疾俗则有之,急于用世,吾知免矣。过都就成,略有小诗酬答同人。初秋,姊氏殉于杭州,三月来此事都废。左文襄之薨[1],同时闻耗,深为国家惜之。谪居绝庆吊,亦未敢有诗文祭挽也。复颂礼祺。侍佩纶顿首。十月十七日。老伯大人安,两叔及诸弟均吉,眷爱均绥。

[1] 左宗棠逝于光绪十一年七月二十七日(1885年9月5日)。

三四六

光绪十一年乙酉十月十七日

二星入闽,以张成亲供不如颖说,日来谅可揭晓矣。省三中丞之赠,意甚殷肫,但鄙意未敢拜领,已另致一缄由肃毅代寄,较可迅速,省书六月已四阅月矣,故不得不速。并请肃毅代致惓惓,以免省三疑其自疏,望阁下便中婉达。以此项归台,即省三或有后命,务望不必寄来,以致汇兑周折,至要至要。陈弁径到旅顺,果欲来此,鄙当止之。琐琐不尽,再上弢公。橐叩。十七日夜。

三四七

光绪十二年丙午三月三十日

弢庵前辈坐下:

久不奉手书,系念无似。敬维上侍康和,学道日益为颂。黄、顾两先生从祀[1]竟至纷如聚讼，公当一笑置之。近日礼堂有何述作。叔毅手不释卷，亦有论撰否。佩纶谪处一年，学则爱博不专，苦无心得，而意境夷旷，颇复不累于物。惟病妇屡殇，人厄天穷，一时交集，竟不能如蒙庄达语也。沈丹曾及严幼陵均有书来。古人处此，杜门却扫，不敢广通书问，乞公晤及致意，无以不复为疑。幼陵何以南旋，尤所未喻。今是楼想已落成，毕竟让仲勉独居，抑是老前辈高卧？都下传闻公大治园亭，想即指此三间小楼耳，真可哂也。"辟历梧"诗仍望录示，近编诗为三卷，欲补和此诗，与《驿马行》为一类，存元白和答之意耳。别绪万端，非面谈不悉，草草寄讯，敬颂箸安。佩纶顿首，三月三十日。堂上万福，诸弟均候，眷爱和平为颂，颐园两叔并及。

[1] 黄、顾两先生从祀：陈宝琛光绪十年三月上"请以黄宗羲、顾炎武从祀文庙折"，参见《沧趣楼诗文集》第852—853页。

三四八
光绪十二年丙戌六月初三日

伯潜前辈坐下：

奉惠书，三复黯然。客腊书至今未到，不审何处浮沉也。春杪曾致一缄，至四月中始检寄，近想可达英览矣。承示近遁而学禅，鄙意不以为然。宋儒如横渠、横浦，何尝不通内典，即豫章、延平亦未脱然。然攻之者固属吹毛求疵，入之者究属旁门左道。以公绝顶聪明,原不必坠入理障,而内治心,外治世,学问无穷,岂可蹈彼教寂灭之谈,为吾心渣滓之累哉。坡颍喜言释氏,亦是谪居无聊,藉以自遣耳。侍且不学之,况公盛年小挫,清望弥高,指顾祥禪,未必不东山特起。即从此遂初养志,藏器待时,名教中自有乐地,舍孔戒而守释迦戒,何也?佩纶不讲学,亦不辟佛,刍荛之言,幸垂察焉。仲勉就仙游讲席,藉可养静读书。叔毅日事丹黄,讲求实学,视公之忽儒忽释,而周妻何肉[1],结习未除者,当亦不满也。勿邨先生遽归道山[2],闻之泫然。枚老代为致意。萨镇冰以失马为福,此非皮相者所知。船政不甚利,岂真有风水之说耶。两儿已至塞上,坡诗云“便为齐安民”[3],我之谓矣。复颂礼祺。期佩纶顿首。六月三日灯下。堂上万福。前辈大人及诸弟均吉。

[1] 见《南齐书》卷四十一《周颙列传》。

[2] 勿邨:林鸿年,字勿邨,福建侯官人。道光状元,曾任云南按察使、布政使、巡抚等。光绪十一年十二月卒。

[3] 便为齐安民:苏轼被押赴贬所黄州途中,在陈州话别弟苏辙诗《子由自南都来陈三日而别》句。

三四九

光绪十二年丙戌十一月十六日

伯潜前辈大人左右:

久不奉手教,驰系为劳。入冬已届祥琴,敬维上侍康和,起居佳胜，颂仰无量。陆敬舆母丧既除，朝野属望，矧在私交。惟阁下澄鉴审时，堂上冲怀怡志，或出或处，当有超随激之迹，而循忠孝之经者。托契夙深，关怀尤切。月前曾询之实夫，而实夫不知，幸早示我也。谪居粗遣，安圃又以忧去，家计殊不可支。清卿抚粤[1]，孝达得此良友，当可同心。竹坡、漱兰近在咫尺，亦懒于通问。铁香界事未定，据子峨云，使旋颇思引退。都中近事，公处闻见当视迁客为详，不复缕缕。仲勉留讲仙游，抑北来供职，叔毅日事丹黄，当益渊雅，均以为念。塞寒闽燠，气候迥殊，惟此寸心何问南北。岁晚，乞餐卫珍护也。肃问侍祺，并颂吉祉，不宣。诸弟均此。期佩纶顿首。十一月十六日。

[1] 清卿抚粤：吴大澂光绪十二年十一月初十（1886 年 12 月 5 日）任广东巡抚，十三年到任。

三五〇

　　昨奉去冬手书，敬承动定安和，何胜慰颂。堂上偶患臂疾，近虽告愈，尚宜随时珍护，驰系无已。公拟在山养志，闭户读书，非进退消长，深得《易》理，安能静定若此，且羡且佩。鄙人之谪，祸始自招，广莫独游，何必见似人而始喜，安之若命，足慰雅怀。孝穆[1]出狱，旋即物故，荆川文复刊行，局外谓前事已解矣，此泥其迹者也。尊作"辟历梧"甚遒炼，王君和章，学选而廓韵，不患崄而患木，和韵不古，然崄韵亦不当避。勉次一首，不能佳也。初到塞上，学诗颇锐,数月后遁而治经,经义未明而诗笔转退,凡学无两而能精者,此之谓欤。仲勉入都否,叔毅校《尔雅》据何本?公学《易》外,有所撰述否,幸示知。今是楼榜屡书不惬意,拟自都求笔,再图报命。公代书之,岂不直捷耶?子峨书已转交,梦得亲存极可念耳。两儿已来此,知念附及。琐琐奉复,敬颂起居,不宣。佩纶顿首上弢庵前辈坐下。老伯大人安,诸弟暨眷爱均吉。

[1] 孝穆:徐陵,字孝穆,南北朝西果人,此处代指徐延旭。徐延旭,字晓山,山东临清人,咸丰进士。光绪十年任广西巡抚。中法战争时备战不力,判斩监候。光绪十二年十一月十六日,上谕将徐发往新疆效力赎罪,旋死于途中。

三五一

三月间由实夫寄到赐书,敬承上侍康和,慰企无已。亲知劝公出山,以阁下之明,何事不决,而问及数千里外之羁人,何敢模棱两端,以负良友之意。窃谓徐、唐既释[1],公即出亦无害于义。惟时局日艰,出而不言则违心,出而仍言则贾祸,此等处须自定权衡,非局外浅见者所能参画。出而复归,是谓进退失据,殆不可从。西平入都,时曾属其为公密采时论,据云鸿胪不理于口,而执事亦为谗言所中,反复推求,恐非揽辔澄清之会,幸公孰思。鄙人为众毁所归,虽雅知鄙人者,皆从风而靡,原父不惑,殊可感念。南丰进于贵近,亦未敢遽申其说,然归固无家,不归亦复何闷,愿勿注系。敬复,即颂侍祉,并问诸弟及眷爱均吉。弢庵前辈坐下。葊叩。四月廿三日。

[1] 光绪十一年(1885)徐延旭释放新疆军台,未及起行,即卒于狱中。

三五二
光绪十四年戊子三月二十四日

　　三月初三,奉腊月廿六日惠书,敬审侍祉康和,起居佳胜,深慰远念。山居奉亲,与诸弟读书谈道,太邱家风,古灵学派,公殆兼之,健羡何似。诸妹宾婿嫁娶图成,未知娇女已缔姻否,闺中兰征若何。隐者多矣,而独臣盘谷自况,得毋有感于粉白黛黑列屋而居耶?知得书必大噱也。见怀诗似信笔所书,而情味弥厚,依韵奉和,终不如原唱之自然,乃彰来诗之益美耳。塞上诗,三年得二三百首,可存者甚少。其专意在注《管》,间读经史,诗学无所进,书亦终不近,属书一册,未敢率尔也。孝达于去秋寄书两簏,颇资以注《管》书,或一日得其三书,或数月不得一纸,想在粤与在都、在晋不殊耶。郑州河堤可虑,高阳力引子和[1]为枢府,所忘子和实亦非才,豹岑[2]尤狡,甚为豫危。高阳坐困河干,尤可慨耳。佩纶三年塞上,将及归期,故里无一椽之屋、半亩之田,视听水庵、今是楼,真天上矣。肃问侍祺,不宣。佩纶顿首,弢庵前辈坐下。诸弟及眷爱均吉。三月廿四日。

[1] 子和:李鹤年,字子和,号雷樵,奉天义州人。历任闽浙总督、东河总督、河南巡抚、闽浙总督等。

[2] 豹岑:倪文蔚,字豹岑,安徽望江人。咸丰二年进士。时任河南巡抚。

三五三

光绪十四年戊子四月初九日

牛乳贡饼以波罗岠庙者为上品,兹奉上八匣,乞上高堂以当芹献。回忆乙酉四月曾寄此,岁月如流,今三年矣。佩纶已循假放归,即日首途,暂到都下,徐为卜居之计,到都再奉书也。叔毅临试,不免复理举业。弟辈应试者有几人,并望示悉。敬问起居,弢公又鉴。蒉叩,四月初九日。

三五四

光绪十四年戊子九月二十九日

塞上放归,曾以一书奉问起居。忽忽秋尽,未得报章,时用系念。漱兰典闽试[1],撤棘后当相见。叔毅得售否,幸示知。近日我公何以自娱,已得男乎?佩纶不愿居都下,思于里门择佳处,作一第庵,闭户读书,集资粗就。合肥初聘主莲池,旋有婚姻之约[2],遂引嫌辞讲席,行当觅伯通庑,为偕隐计耳。安侰[3]病未大愈,侄孙允言倖捷京兆,足以告慰。子峨南还,其次子寿朋亦举贤书矣。敬颂侍祺,诸弟均此。伯潜前辈坐下。佩纶顿首。九月廿九日。

[1] 黄淑兰光绪十四年(1888)主闽试。

[2] 李鸿章下聘嫁女,张、李光绪十四年戊子(1888)十月成婚。

[3] 安侄:安圃,张人骏。见前。

三五五

光绪十四年戊子十月初八日

今日借《申报》阅之,叔毅三弟已登贤书[1],喜甚,憨公眼力可佩。竹坡之子寿富、孝达之侄检均捷。惟同人散若风萍,不知何时聚语,思之又复怅然。阁下自夏徂秋,竟不寄我一纸,未免过悫,岂禅学已到极地耶! 明年两弟必入都会试,六弟亦须廷试,执事出处若何,深以为念。堂上定掀髯狂喜,亦话及戌所归人否? 率贺,即颂台祺,不具。伯潜前辈坐下。佩纶顿首。十月初八日三鼓。

[1] 光绪十四年(1888)陈宝琛三弟宝璐(叔毅)中戊子科举人。

三五六

光绪十五年己丑三月初五日

诸弟过津一面[1]遽别,回思橘洲夜话,五改岁矣。玩讽来书,深用怅惘，所喜上侍康强，起居佳胜，足释系私也。佩纶塞上放归，家无可居之屋，野无可耕之田。入冬以后，营巢将子，久劳小休。一年中奔驰纷扰，转不如塞上之静坐读书，春初始渐近笔研耳。都门小住，未尝见一要人，清节瓦注之疑，明海未测所自。鄙人踪迹，岂宜取决旭庄，谗人罔极，所祈垂听。夫止谤自修，本为中下人说法，君子自修而已，不问谤不谤，并不问谤之止不止，若因谤而姑修，得毋谤止而修亦止乎。今鄙人所遭之谤，则皆不根之说，底下之谈。老成深识，以为风俗人心之患，其造谣布诼，大抵贵乡人居多，鄙人且不屑辨，更何待公之代辨。吾辈作事，决不能俯循流俗，更何能取容怨家？畏清议可也，畏浮议不可也。若摧折之余，动存畏谤之心，则失独立不惧之道矣。人果卑污，非一二人之誉所能饰；人果清矫，亦非千百人之毁所能诬。但虑实之不存，不虑名之为累也。公得毋笑其倔强犹昔乎？闻阁下近读靖节诗，效石庵书，意在藏锋敛锷，不审有所著述否。以公之才、之识不能用世，亦当有以传世，愿纳鄙言。佩纶在塞上乃得《管子注》廿四卷，又作《庄子古义》十卷。近思辑注《晋书》，粗创体例，所恨藏书不多，同志良少耳。竹坡遁而穷经，欲平郑、朱之隙，恐有举鼎绝膑之虑。孝达冬间尚通一电，近无书问。清卿有一书来，未之复也。余详与诸弟问答中，不一一。敬问道祺。伯潜前辈大人坐下。佩纶顿首。堂上叩问兴居，赐枣糕拜谢。三月初五日。

[1] 光绪十五年二月初八日(1889 年 3 月 9 日)陈宝琛二弟宝瑨、三弟宝璐及六弟宝瑄过津往见张佩纶。

三五七

光绪十五年己丑三月初六日

牛乳饼军班入贡，在塞上须正二月得之，都门所购皆陈陈者。日内候宣府信未来，去冬托宣镇，饼到即买之即寄。距诸弟来又旬余矣，故先寄此函，俟饼到再寄。其价甚廉，即有霉蒸弃之，亦同鸡肋耳。弢公。蒉又及。初六晨。

三五八

光绪十五年己丑三月二十九日

初五日复上一书，当已入览。敬想侍祉安和，德躬平适，当如远祝。牛乳贡饼昨宣镇遣人送来，据云入伏色黄，且易生虫。北方如此，闽中可知，仅寄上五百枚，即请察收，代呈堂上为幸。日前闻前辈夫人归安，不知何时南旋。仲、叔二弟闱作如何？未知都寓何所，无从索观。侍回里修理墓门，欲作求田问舍之计，而苦于无贤，如何如何。秋间思作盘山之游，或云其旁有可居处，但山水饮久生瘿耳。草草敬问起居。佩纶顿首，伯潜前辈大人坐下。堂上叩安。三月廿九日。

三五九

光绪十五年己丑五月十八日

连复两书，当已入察。至今寂无南音，殊疑闷也。仲勉下第出都，又得快谈，询悉侍祉康和，起居佳胜，深慰鄙念。佩纶注《管子》，校《晋书》，日有恒课，夜则评山谷诗一二卷。涪翁诗直是孟郊之流，不足与苏抗，而江西派尊为宗，大可笑。凡事皆有运存乎其间耶？时事近以铁路为一大端，以为是者，孝达、子寿、省三，余皆非之。鄙人居此，有黜陟不知、理乱不闻之意，所谓苟全性命而已，爱我者怨我者均求之过深。仲勉归，自可了然，然亦不足为外人道也。都门近事则介弟自能言之矣。侄孙允言联捷而得主事，年才廿二，诸事不谙，未能与人竞，仕宦之捷也。草草上问，敬颂台安。佩纶顿首，伯潜老前辈大人坐下。堂上叩安，合宅均吉。五月十八日[1]。

[1]《涧于日记》光绪十五年己丑五月十八日记载："仲勉自都来，久谈，复伯潜书。"

三六〇

光绪十五年己丑八月初七日

弢庵前辈大人坐下：

叔毅、墨樵过此，始知三叔之赴[1]，深为惊恻。中元前三日得惠书，敬承一一。堂上痛弟，诚无已时，释烦和颜，在贤昆季。承询《管》、《庄》注体例。塞上三年，精力专于《管》书，其注大要以司马子长详哉其言之，及刘子政合经义为职志。中多古文说，始于张巨山，演于王伯厚。高邮王氏父子本此以成《管子杂志》，沿其流者，如宋于庭暨近人戴望等皆是也。夫使《管子》之书，仅以小学求之，而遂诩诩焉，诋尹氏之陋，此亦五十步而笑百步者耳。鄙见于文字训故不敢从略，而尤以发明其学术为主。王霸杂用，儒道同流，将使孔、老览观，孟子持筹而算之，万不失一，然后已焉。所虑者才力不及，恐头白有期，汗青无日耳。《庄子》则尽去郭注，专以汉人训诂正之，颇有心得。尝作《庄子年表》一通。其尤自憙者，谓庄、屈为友，取两渔父对勘，而知屈之渔父即指庄，庄之渔父即自谓，而以讽屈者，假名于讽孔。阁下以"沧趣"名楼，愿以吾"沧浪"新解质之左右也。《晋书》方事捃摭，要以详尽为主，裴、彭两家是其前导。来示所谓要言不烦矣。千里相思，极思命驾，顾闽中仇嫉竟不能有登堂具酒之日，念及凄然，甚望公之就我而又未可必也，若江湖汗漫之游，则近于传食诸侯，意不欲为，相见竟不知何日。执事所业如不以鄙人为夐陋，使在参证之列，则请示其目，无论如何，必胜竹坡。竹坡学浅而心不虚，喜用其短也。孝达建议请罢津通铁路，用晋铁造卢沟至汉口之路。晋铁须待路成，运机入山，始能炼冶。海署改为芦汉，两头分办，而孝达移鄂矣。子俊同年之子壮孙世讲近时通问，竟未知其有羊角风之疾，闻之邑邑。两儿愚下，亦蓬头霸子之流，深负教勖。仲弟许以读书法见示，岂忘之耶？陶诗似不可学，学之过率似白，学之不率，似苏和陶。夫以白与苏尚不能陶，而公欲以雄直之气强学之乎？后山似不及黄公，殆以宗人扬之耳。闽板武英殿丛书未到，先此申意。即颂著祺。侍佩纶顿首。八月初七日。堂上万福，诸弟均吉，合宅平善为祝。

[1] 三叔:陈宝琛三叔陈承鎏,字孝采,号子和,中书科中书生,光绪十二年丙戌四月病逝。

三六一

光绪十五年己丑九月二十五日

中秋后萨镇冰来,收到武英殿丛书[1]。旋因安圃选广西,入都省叔母,回里匝月,竟未能一游田盘也。前辈夫人闻已出都还闽,比想侍奉百福,合翕和孺,良用祝颂。何文龙大令过津,云竹坡甚瘦,再同亦言其弱衰,鄙人竟未得一见也。铁路议起,憨公请不借洋债,张侍御廷燎[2]请先造黄河铁桥。祈年殿灾,封事无及之者,余风已矣。固知仲舒乃大愚耳。公近何业,堂堂岁月可惜,幸自保千金勿日弛大弨,他时不受檠榜。鄙人塞上留须,体益肥重,使卒然相遇,恐公将不我识。既不知何时相见,寄上西洋照相一纸,虽骯髒摧锻,不舞之鹤,当异群鸡,聊以释故人拳念,并请亦以小像见寄。草草敬颂伯潜前辈侍祉。诸弟均此。佩纶顿首,九月廿五日。

[1]《涧于日记》光绪十五年八月十七日(1889 年 9 月 11 日):"萨镇冰……为伯潜赍《武英殿丛书》两箧至。"

[2] 张廷燎,字光宇,号莲衢,河南舞阳人。曾任工科掌印给事中,云南、广西布政使等。

三六二

弢庵前辈大人阁下：

十九日寄复一书，腊尾能入鉴否。入春伏想兴居嘉畅，眷爱熙和，当如祝颂。侍辞官文字十九日始经庆邸代奏。朱批"毋庸固辞"四字，由晦若电致。亲友纷纷又来劝驾，因仲彭电所亲，以致通国皆知，否则侍无宣理也。较连年雀罗门迹，又换一种苦趣。见拟谢恩后，声明病痊即行北上，姑非宕局。惟未便自递，而庆邸以

（下缺）

三六三

光绪十五年己丑九月二十九日

萨镇冰携到聚珍丛刻，匆匆一见佩纶[1]，即入都省叔母。因安圃得边远一道，全家行止为难，留十日即归里门。田盘之游不果，近始回津也。检闽榜知丹曾获隽，而墨樵昆弟见屈。前辈夫人想亦还闽矣。都下近事谅公处耳目甚详，不复缕缕。惟闻偶斋颇病，愈病愈著书，而洪右臣刻《古文尚书辨惑》[2]载与偶斋辨难书问，无端又增一重毛阁公案。右臣因护古文，复劾廉生创立私学，更可笑也。仲勉回里后当仍就讲席，指顾春风。两弟之来在近，而海天迢递，我二人相见何时？兹寄上小像一纸，聊当晤语。香山自题写真诗云："无嗟貌遽非，且喜身犹在。"忧患余生，公对之当亦抚

然耳。蕴积万端,不能宣尽。敬问兴居。伯潜前辈左右,佩纶顿首,九月廿九日。堂上百福,诸弟均绥,眷爱安吉。

[1]《涧于日记》光绪十五年八月十七日(1889 年 9 月 11 日):朱云甫、吉士锦来见。萨镇冰"威远"管驾,署游击。为伯潜赍武英殿丛书两箧至。

[2]《古文尚书辨惑》:洪良品撰。

三六四
光绪十五年己丑十月初二日

今日复检闽省全录,解首乃仲勉之文郎也[1],不禁狂喜,为堂上贺,为公及仲贺。后来之秀,争露头角,吾辈宜其日老矣。又闻尊夫人昨始坐"海晏"回闽,鄙竟不知,可笑。再颂弢庵前辈起居。佩纶顿首,初二日。

[1]陈宝琛二弟宝瑨(仲勉)子懋鼎光绪己丑恩科解元。

三六五
光绪十五年己丑十一月十五日

弢庵前辈大人左右:

月初奉惠书,敬承一一。许书至今不到,岂其人未返闽中耶?尊体入秋时有清恙,近当平复,甚念甚念。就壶公于鄂,似便于粤,近约盛道[1]在沪论矿政也。报销为部臣所持，铁路因漱兰请不借洋债，不用洋铁，壶请先开矿储铁，而后勘路兴工，不缓自缓。新举人会试例在二月十五，明年节气较晚，恐轮船尚未能北驶，已由合肥商请礼部奏改试期。而闰二月下旬有围差，恐亦不能过缓致碍。直隶补复试之期，如有确音当再奉闻，庶仲勉郎君行期可酌定耳。塞上久居，日与攻皮之工为伍，昨以狐貂数事求售，敝缊犹存，不称华服，而又不忍过拂其远来之意。谨以青犴一领奉寄，明知炎海不寒，为他时相见呼儿换酒之资，何如？幸哂纳。日来安圃回里，过此小住破寂。轮舟将停，草草裁答，不尽欲言，即颂著祺。佩纶顿首，十一月十五日。堂上百福，诸弟均绥，眷爱安吉。

三六六[*]

某[1]在洋，自称与公同宗莫逆，与日使至交。娶一洋妇，老丑而嬖爱之，乃怪事也。所事日使必为乞请，如北洋提勘必为援手，否亦不能为力。此等人、此等事，吾辈何必插手其间，即无罪亦不必吾辈为之申理也。天生公与我两人，不能崇正黜邪，修内攘外，使之穷而在下，若更见一事即发菩提心，是在位者果有权，而吾辈亦向其乞请矣。不如一切置之不闻不见，不独省心，亦以养气。如果天下事属之我听水先生，则水中风潮东向，蛟龙自然助威，虾兵蟹将自然随附，种种龟鱼蛏蛤，定然枯死干沙之中，岂待风伯潮神！

---

*　三六六至三六八信笺当作于光绪十五年至二十一年间。

琐琐料理，若荡而失水，反欲以濡沫为江湖，殊属无益。张耳之责陈余，即此意也，吾身且可受笞，而况身外不甚爱惜之人乎？公性太慈，定自不能学佛也。乡里间不欲受怨，则姑以曾经作书庐下可耳。平生飞动之意，对公不免复发，勿哂其野，再乞鉴察。名心叩。

[1] 某：指陈季同。陈季同，字敬如，福建侯官人。船政学堂毕业，后去法国学习法学、政治学。历任驻法、德、意使馆参赞。因在法国负债，1891年被公使薛福成参奏撤回。归国携两位洋女赖妈懿和芍爽，此信中张佩纶劝陈宝琛不要托关系为陈季同开脱。

三六七

牛乳、贡饼八百枚昨日由宣化专足寄来，安圃在此与舍弟并南行，别绪梦如，本拟缓三五日，详复书，因此须速寄，故草草数行，余当续达耳。许豫生与林君如命强一见，林君分河工，万是同乡，许事与樾岑颇契，又加公属，可破戒即破戒一言。但炮价应给必给，合肥非吝者，正无庸鄙言掠美也。

三六八

奶饼竟成馈岁之例，竟无他物可以将意，止此不腆，聊当千里鹅毛，殊可笑也，乞哂入，代呈堂上。并叩春祺，并问叔毅及合第均绥。期佩纶又上，正月廿二日。

三六九

光绪十六年庚寅闰二月初四日

弢庵前辈左右：

仲勉乔梓过津相见，奉惠书，并审上侍康和，兴居佳邕，深慰远怀。佩纶岁杪因叔母之丧入都一行，春寒意懒，稍以乙部游目，未能研究《管》书。安圃日内长征[1]，马玉山[2]为政操切，道缺本瘠，加以裁汰陋规，所入竟不敷所出。允言须留京观政，两地米薪支持不易，桂林未必宜人也。征宇领解，侍所极喜，曾以书抵大同守，得其复书属为致贺，近调大名矣。题句情韵欲流，是香山得意之作，不类渭南，勉和两章，意在博粲，格调不高，然亦感概系之矣。一羊乃负薪者之服，于野人相宜。公虽小谪，犹得赐绯，岂消受一领青衿不得？笑笑。先人敝庐久已倾圮，去年归理松楸，因筑屋三间为家祠，在故里不在芦台。芦台为滨海重镇，距津百余里，为通永总兵驻扎之所，防军鳞次，水苦市嚣，岂宜隐遁，若为携家安处计，断非草草所能定迁也。要之身世相忘，即在朱门，固如蓬户，何必入山深处，始为真隐哉。且赍军之将，即遁世，亦岂能侪巢许耶！合肥相待决非恒情，实亦未忍言去。挚爱，敢布下怀。叔毅何日成行，甚念。赐橘实枣糕，谢谢。复颂堂上百福，并问箸祺。合宅均此。期佩纶顿首。闰月四日。

[1] 安圃日内长征：张人骏时将赴广西，任桂平梧盐法道。

[2] 马玉山：马丕瑶，字玉山，河南安阳人。同治元年进士。时任广西巡抚。

三七〇

光绪十六年庚寅闰二月十八日

弢庵前辈大人左右：

　　叔毅十五过津，得手书并戊子听水小像[1]，须弥芥子，神采已全，恍如久别重逢也。安圃适挈眷属南行，相与同观，聚散之感顿郁方寸。叔毅学有根底，拙著《管》《庄》，本思求教，但非立谈所能明白，仅与言其凡例。注《庄》，不如注《管》之专，特兴到耳。执事以因利局章程行惠乡里，此亦《管》书绪余，但用此为余事则可，四十以后岁月可惜，询之两弟，似阁下并无专治之书，诗文亦不多作，何也。竹坡久未通书，实畏手迹流播都下，刘向传经不及匡衡抗疏，即改经解为札记，亦不足传，所谓不善用其短也。复颂道祺，堂上百福，合第均绥。期佩纶顿首，闰月十八日。

　　[1]《涧于日记》光绪十六年闰二月十五日（1890年4月4日）：“叔毅过津，得手书并小像。”

三七一

光绪十六年庚寅三月十六日

伯潜前辈大人左右：

　　仲、叔两弟过津，拜枣糕、园橘之惠，敬悉侍祉安和，兴居畅洽，

深慰远念。侍以边外姑杜夫人下世，入都一行，小住七日，匆匆言
返，未知仲、叔两弟寓所，不克诣谈。寿伯甫许仅留一纸，征其先
集，尚未得复。鄙人正月间左耳流汁，饮食锐减，病后劳劳，转尔健
适，益悟宴安之为酖毒。都中见闻未能缕述，介弟辈当必详之矣。
前岁属云楣觅得王兰陔《〈管子·地员〉考证》一种，书颇庞杂，侍节
取入注，而云楣为刊行其原稿，有拙序一篇寄奉，下执视文境稍有
进地否。叔毅似恪守桐城，嫌中有排句，与范肯堂说同。鄙人所以
未改者，西汉文字排句甚多，昌黎振八代之衰，亦未尝有奇无偶。桐
城以不排为古文，阮文达又以骈体为文，散行为笔，均属一偏之论，
主张太过。窃谓散文莫古于周、秦、西汉，骈文莫古于汉、魏，无不散
中有骈，骈中有散，执一为之非，拘挛即薄弱，所谓独阴不生、独阳不
生也。侍于古文用力甚浅，阁下所知。然少习闻李穆堂、钱竹汀之
说，不甚喜桐城，亦并不甚喜阳湖，故其持论如此。愿老前辈有以振
迪之。名心不能化，既不果济世，退而欲与文人争一席，更觉推倒开
拓视去朋党平贼尤难。然鄙人遇事每如不度德、不量力之息侯，如
何如何。敬叩堂上万福，并问道安潭祉，佩纶顿首，三月十六日[1]。

[1] 张志潜《涧于集·书牍后序》：此函作于张作客津门期间。

三七二

光绪十六年庚寅五月六日

伯潜前辈大人左右：

　　叔毅来谈，得手书后曾复一书，并寄去牛乳饼，未知均收到否？

会榜揭晓,而仲勉、叔毅及征宇均高捷[1],为之狂喜。丹曾过此,知复试不利,意征宇或补殿试,而竟同试,且在父与叔之上,令人有"生子当如孙仲谋"之叹。朝考叔毅可入词馆,征宇非部属即中书,仲勉年已四十二,自以在原部为宜。芝兰玉树,生于庭阶,如老伯大人之福,原不待子孙同捷,固已众口交推,而三珠树挺秀高门,非徒德里之荣,直是熙朝之瑞。今年论贵省科名佳话,觉军机章京作状元,尚第二义耳。惟三京官,珠桂不易支,贤父兄将何以为计?近日累于考证,不思作诗,偶尔作,亦无奇气。右手痠痛不能多作字。敬贺大喜,并颂道祺。期佩纶顿首,五月六日。老伯大人前请安叩喜。

[1] 光绪十六年(1890)陈宝琛二弟宝瑨(仲勉)、三弟宝璐(叔毅)、侄懋鼎(征宇)同科中进士。

三七三

光绪十六年庚寅八月十四日

伯潜前辈大人左右:

不奉惠书五阅月矣。昨得七月手教,未满两纸,疏远之感未可尽委诸执讯者。秋爽,伏承侍祉百福,履候双绥,适惬下祝。津门六月淫雨,被灾甚广,永定各河无不漫决,水及都城之外,办振既无善策,截漕请帑亦不能如戊寅、癸未之如数。北人向食黍稷,南米平粜,不足活民,酌禁烧锅,稍有实济。佩纶才力去公甚远,又北方绅士例不与闻公事，遇此奇灾，闭户而已，不能如公之惠及梓桑也。东近无事，外间因会议传讹，朝鲜惑于西人自主之说，时欲携贰，自速其亡，他日恐生枝节。妙在吕臣奉己，自能不了了之，边海之防不患人之抵瑕伺隙，而患我之弛备启戎，公顾窃窃虑俄人之觇国耶。仲勉、叔毅两弟今日过津[1]。仲勉补缺较易，叔毅自是侍从之才，征宇小屈，然其书法甚秀，他日枢曹开生面，正不必红毡白帖，逐伯叔后尘。惟榜下所费已过千金，三京官虽才尽香山，长安居实不易，殊费深筹耳。近状问两介弟自悉。孝达患疟颇重，七月始愈，得寿老相助，当可同心。昨得其书问也。寄上果脯两匣、松花蛋两匣，乞察入。言不尽意。敬颂堂上节釐，并问箸祺，不宣。潭居均吉。期佩纶顿首。八月十四日戌刻。

[1]《涧于日记》光绪十六年庚寅八月十四日（1890 年 9 月 27 日）："午后陈仲勉、叔毅、征宇来。"

三七四

光绪十六年庚寅九月初二日

伯潜前辈大人坐下：

贵族来津，始得六月廿三日惠书并寄赐橘叶膏、藕粉，感谢无似。避嚣畏客，贵族遂未延见。迟日，合肥询及，云来时公方有疾，乃急令人至其寓所问之，云所患是时证，尚未霍然。廿六日驰电奉询，今已四日未得复，焦闷何似。或者公已有书见复，而

日来殊悬悬南望也。仲勉、叔毅及征宇南归,当已抵橘洲矣。手
教询东省铁路,系合肥人都时与枢译会议,邸意如此,现尚未派
出何人督办。鄙人在此,以庑下为霸陵,与合肥虽日必两见,却
不愿参画公事,况洋务乎!罗稷臣谓使鄙人相佐,必有更张,今
仍旧知,果不预闻,公之知我,乃不如罗乎?闻罗与叔毅联姻,确
否?余两弟代白,不缕缕。肃颂堂上侍祺,并祝痊安,合第均吉。
侍期佩纶顿首[1]。

[1]《涧于日记》光绪十六年九月初二日(1890年10月15日):"寄伯潜
书,晚得其复电,知病已愈,仲勉等已归矣。"

三七五

光绪十七年辛卯正月二十六日

弢庵前辈坐下:

十月廿五日奉惠书,并赐秋橘谏果,感谢何似。忽忽改岁,伏
想侍祉安和,兴居清谧为颂。

侍九月间回里,兼旬感受风寒,十月还津即病,至腊尾始健壮
如常。阁下早衰之叹,彼此同之。然公尚如运甓之习劳,侍则如弛
弓之难彀,如何如何。来诗神似中晚,非鄙人所能到。相约之地,
适中无如沪渎,地主无如武昌,但恐苏子美欲游丹阳,有不欲其来
者,所谓沙鸥猜我不肯傍青纶也。要之,我辈会合,纵不上动星文,
亦自稍系人事,绝非泛泛尊酒论文者,造物亦甚尼之耳。竹坡下

世[1]，侍欲与再同理其遗文。而寿丈又殁于任所，再同久病，近尚咯血盈升，都中知好书来均称可虑。日来拟扶病挈眷入都。此二事皆侍怫郁不如意者。至于内忧外侮相乘而至，肉食群公方熙熙如登春台，虽作贾太傅痛哭流涕何益。假我两人仍在起居，亦止可投劾而去耳，言之慨然。故侍今日所往来于心者止有两端，一则卜居无所，一则娱老无书也。梁大令书于岁杪始来，人亦未至，想知鄙人拒客之故。奶饼乃堂上所好，乐山赴边时，属预谋之，与奶皮均于腊月寄来。奶皮太少，都统酸齿甚于旧台员。益以果脯、蘑菇，并祈哂入。兹特奉上，非敢作玉盘之报也。琐琐上复。敬颂侍祺，并问韶祉，不宣。潭第均绥。侍佩纶顿首，正月廿六日[2]。

[1]竹坡：宝廷。卒于光绪十六年庚寅十一月十一日（1890年12月22日）。

[2]张志潜《涧于集·书牍后序》：此函作于张作客津门期间。

三七六

光绪十七年辛卯二月十四日

弢庵前辈大人左右：

前肃一书，并寄食物数种，当已入察。近维侍祺妥圉也。前以无事不克航海，乃月初再同过津，见其久病支离，哀毁骨立，乍见竟不相识矣，可叹可叹。甚为可虑。因送之来沪，本思到沪后省舍弟于濮院,即约公或来沪上,或至西湖,作数日之聚,乃舍弟正于日内交卸厘差,手忙脚乱,电请折回,沪上竟不能待,大为扫兴。前言乃成谶,竟不知何时能动星辰也。再同十四由沪赴汉,已电香翁派弁来接,昨已到,否则真难为别,侍又不便至鄂也。病在肺经,恐非和缓不能奏效。年来同志凋零,如再同者,甚望其有良医救之也。留之在津不可,津惟洋医,亦不敢信,现切属香翁设法矣。竹坡身后遗文遗孤两事,拟俟仲叔入都料理,其诗稿虽诚斋诗格较滑,然其人其诗究有真性情不可磨灭者在。侍作"哭子寿丈"五律五首,"哭竹坡"五律四首,尤觉感恸。回津录呈。此间苦不能韬名敛迹,遂致不克久留,十五亦拟北返矣。咫尺不能相见,怅惘何似。敬颂箸安。佩纶顿首,二月十四日。堂上以次均绥。

三七七

光绪十七年辛卯四月初七日

弢庵前辈大人左右:

征宇世讲来,奉惠书,敬审侍祉康和,兴居佳胜,深慰远念。再同在沪已延费绳武诊视,据云肺经已损,疾不可为,勉立猪肤汤而去。到鄂六日,因毁增剧,竟至不起,殊堪痛惜。其殁日乃二月廿四,何公处尚未知之?竹坡家事,相隔二百余里,亦竟茫然。昔恃再同略知都下消息,今则知交日少,耳目日孤,询侄孙辈尚未得复。意欲援圭公例,先刊其诗,惟必待仲、叔两弟入都,始能集手抄撮,由公选定交侍付刊。再同子幼,遗文未能收拾,其学行并过人，乃竟一无所成，较竹坡尤命薄耳。拙作祭寿丈诗文及竹坡挽诗，因回津未久即闻再同之耗[1]，心绪恶劣，竟忘寄上。第二首与公作意同韵亦同，千里应声，似亦未让元、白。侍近顾一书手写书，暇拟将塞上诗录出，惟和霹雳琴一首遗去，公处如尚存此稿，望属侍姬录还，否则乞示原韵，记押尾韵，不能全诵。当补和入稿中耳。拙诗苦不专力，亦未能如竹坡之纯用性灵，此事想由夙慧耶。湖上之游，须舍弟他出方可，否则当道光施，未能过拒，转觉无谓。清湖乃戌北归路，不愿重行，思公自是实情，不能浪游亦是实情。我两人定不寐寐以死，天生两龙剑，会合当有时，正亦无庸过急也。枣糕谢谢。复颂堂上万福，即问道安，舍弟均绥。佩纶顿首，四月初七日[2]。

[1] 再同：黄国瑾。黄卒于光绪十七年辛卯二月二十四日（1891年4月2日）。

[2] 张志潜《涧于集·书牍后序》：此函作于张作客津门期间。

三七八

光绪十七年辛卯五月初一日

征宇过津后曾复一书，当已入察。近惟动止百福。寿伯弗[1]昨有书来，云其弟仲弗[2]之病已愈，堪以告慰。鄙意欲先刻其诗，而伯弗则以所著经说为重，且待仲、叔二弟入都，始能酌定，或佩纶秋间入都一决之。然国门咫尺，意实畏嚣，去否亦不敢预定。拙作诗文未得古人门径,止可听其弃置,而塞上一编为生平艰苦之境,必当录存敝箧示子孙,以毋忘束缚。因而类集都门所作及少日笔墨,虽遗失过半,尚得数百首,随时改定亦暇中自遣之一事。骈体一册为孝达遗失,内惟《许君画像记》可存。《苇湾游记》不佳,因经公手写便亦增价,丹曾处有稿,暇乞索之。寿序止可删削,好在不多。惟尊处一篇似宜存之,亦请命小史录寄。雕虫小技岂足示人,聊以自娱自欺云尔。漱兰竟引疾归,初欲建言而去,殆为亲友所阻,身在朝列,见闻较确,必有不能不去之故。漱公可敬,而时局则弥可忧耳。有范秀才当世者,近为合肥延课其子,据云其弟钟尝在公学幕,而其友邹君在闽深得公说士之力。范为古文有名,本漱兰客,其人学力、行谊若何,侍近实不敢轻交人,待公言而决之,幸详示。乐山处又寄来贡饼八匣,确是贡余佳品,但时已近暑,到闽储庋甚难,然此间存之,亦恐色味稍失,谨寄献备堂上分赠同人,颁赐童幼,俟冬间再觅新者奉上。公近何所作,甚念。台湾易人,番情商务若何,矿事部驳固有意为难,而原议亦全无条理,利弊殊不了之,林为公戚,当悉其情。再同乔梓枢眷于四月初回湘乡,得其弟秦生书,一切似无条绪。孝达函电均云续有详书,逾月未到,殆又为案牍所困,未暇作书也。琐琐以当面谈。敬颂道安,并贺午禧,不宣。佩纶顿首,伯潜前辈大人坐下。堂上万福,诸弟在念,合第均绥。五月朔日。

按:张志潜《涧于集·书牍后序》:此函作于张作客津门期间。光绪十七年四月初七日函中有"征宇世讲来,奉惠书"语,此函云"征宇过津后曾复一书，当已入察"。此函当作于光绪十七年(1891)。

[1] 寿伯茀：寿富，字伯茀，爱新觉罗氏，满洲镶蓝旗人。宝廷之子。

[2] 仲茀：寿蕃，字仲茀。宝廷之子，寿富之弟。

三七九

光绪十七年辛卯六月初六日

伯潜前辈大人阁下：

昨奉复缄，敬悉因时纳祜，甚善甚善。侍学诗之力甚于文，公乃称其文而不甚许其诗，殆由性不近诗。日来点勘《临川集》，似一二月后如有进境，当再奉寄元、白、皮、陆之约[1]，何不由公主盟挑战乎。寿序闻属叔毅代录，此琐琐何足劳贤弟，愿改命侍书且俟秋爽。暑天挥汗作书，乃大苦事，侍处觅一书手，三伏亦令辍抄也。再同眷属已于二月间同舟回鄂，近已回湘乡，尚未得其来书。寿伯茀当是克家之子，有复书附寄，阅之恻然。丹曾寄《苇湾游记》，本有两篇，止存其一，文不足存而其迹不可不存，有无限感慨在一文中。丹曾询出洋事，侍茫然不知。昨为询之合肥，据云闽书意略沉重，吴现拟令严宗光近已更名为严复。与沈同去，可转告其详，仍未细考，当已见公牍矣。懒残有言：那有工夫为俗人拭涕。丹曾吾所爱，略一拭之，不可为常耳。最好会试中式，何苦以此进身乎！专复，即颂堂上万福，并问箸安，合宅均吉。佩纶顿首，六月初六日[2]。

［1］元白皮陆之约：唐朝诗人元稹、白居易、皮日休、陆龟蒙约会酬唱。

［2］张志潜《涧于集·书牍后序》：此函作于张作客津门期间。

三八〇

光绪十七年辛卯六月三十日

伯潜前辈大人坐下：

丹曾以事来津，询悉侍祺安吉，道体嘉和，深慰注仰。佩纶前上两书当已次第入察，亟望复书，至今不至，驰系良深。近状如旧，山谷云"日历如山不到诗"，鄙亦为《管》注所困，诗竟少作，欲哭再同，思久不属，定可知也。阁下不应束书不观，即如东坡黄州，不专观一书，然《书传》《论语说》实成于此时。闽中岁月可惜，公才十倍鄙人，岂竟无意于此！诗之理微，可以遣闷，不足传世耳。仲、叔两弟入都约在何时，征宇未补缺，不及考试差，然试差亦断非无因可得者，都中知旧日少，二三亲友书问亦简，故耳目孤陋，却是养心之法。丹曾归，便寄一纸。即颂箸安，佩纶顿首，六月三十日。堂上万福，合第均绥[1]。

［1］张志潜《涧于集·书牍后序》：此函作于张作客津门期间。

三八一

光绪十八年壬辰正月二十四日

伯潜前辈大人左右：

周子玉[1]到津，奉惠书，知去秋道体违和，入冬始愈，甚为驰念。佩纶虽身留东阁，而心远地偏，久忘世事。南北教案纷起，当道以睦邻为主，渐就安帖，积薪火上，隐患自不待言。台湾偏隅，消息更不易达。今沈应奎[2]已死于道路，唐超擢藩司，一如尊意。孝达近有书来，因再同家事颇烦商榷，国政、洋情视为禁体矣。拙著《庄子》专主故训，与老前辈以南华遣闷之旨不同。用以遣闷，则向郭之注已足，鄙说转为多事。承示鄙诗气太直，意太尽，良友箴规，敢不拜受！十年前子俊即有此说，更历患难，于诗事颇费磋磨，乃依然吴下阿蒙，并无进地，良以自愧。荆公诗已阅竟，尊说谓其晚年深婉不迫，语本石林，鄙见未以为当。大抵一人之诗文、事业，有与年俱进者，学为之；有与年俱退者，气为之。荆公中年视天下事无不可为，故其气有一往无前之概，事业、文章均有坚劲气象。晚年则悔心已生，委靡不振。其诗亦信手写去，不免老境颓唐，而学力精深，亦自有天成之趣。此种火候出于自然，不能强学。侍今年四十五，究是中年而非晚年，岂能便到此地步乎？质之大雅，以为然否。范君课读不能时接，且熟读老前辈书，似与仲林相知甚深，其兄之人品、学术想久在药笼，无烦月旦。此次手教处处以不直不尽示下走，论事、论文、论人均于言外见意，乃愈形鄙人之率易。公自得乾初九之潜，然鄙人自号绳叔，其绳则直，亦各适其适也。一笑而已，非不受教也。贡饼附呈。即颂台安。侍佩纶顿首，正月廿四日。堂上万福，诸弟及合潭均绥。

前书墨沈未干，手教适至，奇甚。竹坡折似宜全辑，留中者向不刊行，至曾、胡集出，此例亦已不遵。但不宜如黄文襄之孙于折尾分别发抄、留中,转予人以柄耳。今例刊折后朱批即如此,又何疑焉。舍侄暂署桂臬,循分供职而已。铁政费多效少,自不待言,鄙人虽偶通书问,亦不及时事,更不敢有所献替,今日那能直尽乎! 傺民在津时见,赴台时与之约不复通问,以省心省事。再颂著祺。佩纶又叩[3]。

　　子玉到津,轮舟已停,故未即复。此公乱甚,近病股大于身,恐不能久矣。又及。

　　[1]周子玉:周懋琦,字子玉,安徽绩溪人。曾任台湾知府、福建船政提调,海军留学生监督,湖北荆宜施道等。

　　[2]沈应奎,字小筠,号吉田,浙江平湖人。光绪十五年(1889)任台湾首任布政使。

　　[3]张志潜《涧于集·书牍后序》曰:此函作于张作客津门期间。《涧于日记》光绪十八年正月二十四日(1892年2月22日)记载:"作伯潜书,未封,又得其十二月十二日书,并复之。"

三八二

光绪十八年壬辰四月二十八日

伯潜前辈大人阁下:

　　前月曾上一书,当已入览。近惟侍祉安和,兴居佳胜,当如远颂。叔毅散馆在二等,此瞿子玖留馆之地,而在贵省已列第五,殊为闷之,今日当可见明文矣。阁下近日何以自娱,颇望书来,以释饥渴。佩纶日以欧、曾[1]文集为课,益觉桐城派之不足为法,因拟

沿流溯源，上穷六经秦汉。此等事似当自出手眼，力追古人，无取
为归、方[2]所囿耳。鄙人即力不足办此，其说要自可存也。再同
之弟秦生过此，谈及再同家事，作恶数日，比已回鄂。合肥及孝达
前辈各予一差，聊支日用，廉吏不可为，令人气短。闻丹曾言竹坡
之诗亦寄至公处，确否？余不一一，即颂箸安。侍佩纶顿首，四月
廿八日。堂上万福，闺中双绥，舍弟均此[3]。

　　[1] 欧、曾：欧阳修、曾巩，宋朝文学家。

　　[2] 归、方：归有光、方苞，清朝文学家。

　　[3] 张志潜《涧于集·书牍后序》：此函作于张作客津门期间。《涧于日记》
光绪十八年四月二十八日（1892 年 5 月 24 日）记："沈丹曾来。寄伯潜书。"

三八三

光绪十八年壬辰六月二十八日

伯潜前辈大人左右：

　　廿七日奉五月廿八日手答，敬审侍祺康胜，动定咸宜，深慰远
念。叔毅已归，过此谈四刻许，近当可到嬴洲。刑部以有家训，须
请命于堂上，然六部中惟秋曹尚能以律学自见。叔毅虽未习此，而
以校经之法读律，傅古亭疑，儒法会通甚易，似较求一讲席暂图目
前者，为长计。有贤父兄，自无待鄙人之代画也。来教以拙作视十
年前一变。语云，三日不见，便当刮目相待，况三千六百日乎？惜忧
患之余，困于虫鱼，独学孤陋，十年所进，不过如此，乃孔子所谓斯亦

不足畏者。策论阅历既深,出试大谬不敢纵笔,记事又苦无可记,仅得史论若干首,亦不愿遽以示人。北宋古文家欧、曾似不如临川[1],欲自成面目,非深求先秦、西汉不可,桐城[2]为众所摹拟,已成滥腔浮调,即为避熟就生计,亦不能不自辟町畦。国朝事事以汉儒为宗,而说经诸先辈古文直是义疏,此是六朝经生,非汉也。近时龚、魏之流非不纵横驰骤,然嚣且尘上,有意生波,细按之,去老泉、东坡尚远耳。未知阁下以为何如。霸州师戊子年得一子,鄙人名之曰怡棠,其后复得一女,今年并未再索,次棠在霸州坐上三见之,其弟均殇,屋亦焚如。陈冠生云,欲卖都中之宅为回山东计。闻孝达欲招之赴鄂主两湖书院,辞不愿往。此一节乃霸州所说。合肥之夫人近亦去世。霸州、合肥相次悼亡,互相慰藉,以鄙人故释吕、范之憾,而成元、白之交矣。时局日非,叔毅到里必能言之,无烦缕缕。专复,即颂道祺。佩纶顿首,六月廿八日。堂上万福,舍第均绥,叔毅并为道念[3]。

[1] 临川:王安石。

[2] 桐城:以方苞、刘大櫆、姚鼐为代表的清代古文流派。

[3] 张志潜《涧于集·书牍后序》:此函作于张作客津门。光绪十八年六月十六日(1892年7月9日),宝璐散馆属刑部,归返过津访张。

三八四

光绪十八年壬辰九月初五日

弢庵老前辈大人左右:

昨奉复书,敬审上侍康健,动定咸宜,深慰驰仰。侍于古文功候甚浅，焉有心得，特吾辈人品学问虽不能望见古人，而较之江湖乡曲两等，自当在百尺楼上。持其说以希古贤，终恐望道未见，持其说以破俗解，或者游刃有余，自信者如此而已。史论甚杂，不能一一具目。其最自喜者，《汉党锢表》、《唐牛李党表》、《宋荆温得失论》、《元祐党人表》数篇，稍有折衷之见。近阅《东林列传》，去取亦不实，有意厘定之，惜东林榜及七录不全，尚须从容物色。聚书不易，岁月蹉跎，亦如办事之无人才等耳。损惠《左海全集》，纸板精良，足以消遣数日，其《五经异义疏证》之类，均久已研究，采入《管注》者不少。今但阅其诗文，故云数日，否则须穷年矣。但箧中仅此一部，而割以见畀，未免受之伤廉，谢谢。仲勉病状，此间无所闻，当属允言辈询之。叔毅年内想必入都矣。邗上侍旧游，其俗轻扬，素不憙之。合肥距扬甚近，尝买一别墅于扬，意欲借侍居之，此亦诸葛身后节度耳，否则借此南行矣。为偕隐之计，侍不愿也。议已久辍，不知丹曾何所闻。侍但云他日居都、居里均不可，当卜居于白门、苏台间耳。然此愿何日能偿，侍亦不能自决。合肥父女之情难以远离，又在其丧耦之后，侍更难以言去。孝达亦电询鄙人，所闻与阁下同，今日定藩镇之局，可以自召留后者乎！心绪虽不佳，精力则尚健也。而欲为南徙之策，故里松楸亦须稍有布置，或舍弟倦游，或儿辈成立，足以料理，侍始可决意择居，徜徉云水。若使家事可传，俗缘不扰，则扁舟竟去，韩退之所谓"如今便可尔，何用毕婚嫁"也。未知阁下以为何如。铁香已化去，殊可痛惜。闻玉双流寓在扬，亦未得其消息。戴子辉客沈仲复处，乞合肥荐为尊经山长，已经南洋报允，而翟给事竟不出山，无从改易，亦可慨也。琐琐，复颂箸祺。侍佩纶顿首，九月初五日。堂上叩安。得孙之喜前已谨贺矣，取何卦名，便中示知。合弟均此[1]。

[1] 张志潜《涧于集·书牍后序》：此函作于张作客津门。

三八五

光绪十九年癸巳正月二十一日

伯潜前辈大人阁下：

去岁复书后曾以仲勉病愈电慰，当可察入。春来伏想上侍康和，兴居佳婺，定如远祝。侍因仲冬之杪，八舍弟在富阳病故，心绪如梦，海冻不克南行，九舍弟赴浙料量，挈眷赴粤，近始稍有收束。中年遇此，何以为怀，知我如公，定为颦蹙也。忽忽已过上元，勉自排遣，绝无兴趣，诗文均未动笔。闻公刻竹坡遗集已将告成，序当自构，万勿如八家四六注序之，借材捉刀，英雄定是伪造，非事实，且天下安有孔璋而倩人者！序成乞赐一部。专颂春祺，统祈亮察，不宣。期佩纶顿首，正月廿一日[1]。

王镇[2]寄来奶饼，即转献堂上，敬乞察入，自知数见不鲜，鉴其诚而原其菲，可也。骈体中大有等级，少日所为细阅之都不惬意，惜精力已颓，不能复从事于此。八家四六以选政为应酬，直是可笑。阁下以为何如。侄孙辈书来，似仲勉尚未能健适，到署甚希。其世兄已痊可否，念念。再颂侍安。佩纶又上。

陈文祺到京见过。仲勉已出来应酬，特尚弱耳。袁爽秋云亦见之，不知前书提及陈学生语否。

[1]光绪十九年癸巳二月二十三日函："正月间曾上一笺,续又奉到惠书。"

[2]王镇:王可陞,字枫臣。湘军将领。曾任宣化镇总兵。

三八六

光绪十九年癸巳二月二十三日

弢庵前辈大人阁下:

正月间曾上一笺,续又奉到惠书,敬审侍祺康泰,潭祉和平,深洽颂仰。贤郎命名"复"之时义大矣哉,未听啼声,已知英物,闻之欢喜无量。南游时萌此念,彼时八舍弟在浙,大可放棹西湖,兼重寻会稽山水之胜,而所虑者在当道之强来酬应,未免败兴。今则湖山犹是梦杳春池,亦不忍为剡中之行矣。安圃迁官,亦未必能得吴越佳处,茫茫云水,相见何时,追念昔游,良多感叹。一切怀抱中事,能宣诸诗文者十之二三,不能宣诸诗文者且十之七八耳。后世得其书而悦之,岂非唐肆之求马哉。高岑诗得善本校过。近日心绪郁盘,尚无定业,虽手不释卷,而此心非坐忘即坐驰,皆理学家所忌。叔毅能早来否? 琐复,敬颂箸安。合第均此。期佩纶顿首。二月廿三日。

三八七

光绪十九年癸巳十月初八

伯潜前辈大人左右:

秋季奉惠书,意兴亦甚萧飒。沧儿入都应试,见仲勉,询悉侍

奉万福,深释系念。旋阅闽榜,知墨樵登贤书[1],差强人意。明春
殆与叔毅同来乎？旧侣久暌隔,所恃书问,而公书近务简絜,读之
徒增怅惘而已。佩纶夏秋之交,因亡弟葬事久在里门,经画两儿入
学后,令其治经史,不求速成,陈儿并未令其就试。课子之责,既复
自宽,考证亦因而懈惰。稍稍收国朝诸家诗文聚观之,赏奇摘
误,以代朋友之乐。承询近日诗境若何,颇思手抄十数篇寄正,
而感时之作,不免萧骚,未愿传播。闲适小诗,又无足娱目者,姑
俟异日相见何如。子辉[2]去年尚通一书,仙蘅[3]忽来告,渠竟
以疾回里而殁,未免慨惋,半生牢落,复不永年,命也夫。昨致书
仙公,询其身后若何,尚无复信。文卿[4]以帕米尔事屡被纠弹,
旋即西逝,何苦刻意媚俄哉。闻清卿漏证亦剧。昨伯平[5]前辈
来津,剪烛西窗,话及旧游,相与感慨系之也。手复,不尽百一。
即颂道祺,并问潭福。期佩纶顿首,十月初八日。

伯平属道念。再同之弟国瑄亦在津候补,每相见转触思再同
之念。

[1]墨樵登贤书:陈宝琛六弟宝瑄光绪十九年癸巳(1894)入京会试。

[2]子辉:戴恒,字子辉,江苏丹徒人。同治七年进士。曾参与筹办上海
机器织布局。

[3]仙蘅:联元,字仙蘅,崔佳氏,满洲镶红旗人。同治七年进士。官至
礼部侍郎衔总理衙门大臣。义和团运动兴起后,在御前会议上反对围攻使馆
而被杀。

[4] 文卿:洪钧,字文卿,江苏吴县人。同治七年状元。是清末著名外交家。

[5] 伯平:陈启泰,字伯平,湖南长沙人。同治七年进士,历任江苏布政使、江苏巡抚等。

三八八

光绪十九年癸巳十月二十六日

弢庵前辈大人阁下:

午间奉惠书,如亲言笑,敬审侍奉安和,兴居佳鬯,深慰注仰。损惠园橘,剖之甘香,不必自种木奴,已如侯封千户,所恨远隔重溟,不能如对枰二叟,转增怅惘。《庄子》注久思寄正,因循实未写定。询及所据何本,则年来搜辑,颇费心力,别纸奉览。《宋纂图互注庄子》。《元纂图互注庄子》,孙渊如家藏本。《明纂图互注庄子》。北宋刊成玄英《庄子疏》,非《古逸丛书》本。世德堂《庄子》,姚惜抱据宋、元本校过。中都四子本《庄子》,音义不全。林希逸《庄子口义》,明刻本。明焦竑《庄子翼》,明原刻本。陆西星《南华副墨》,明邹之崃郭注本,未见,唐生有之,正商借抄。吴勉学二十子无注本《庄子》。司马彪《庄子注》,问经堂及茆泮林两辑本。姚惜抱《庄子章义》。其他如本朝人校《庄》及《读书杂志》各条,不能一一。俞荫甫浅陋,不足取。其他若存目所载,朱得之辈十余种,或有或无,均不足取。通行之《十子全书》,《庄子》尤劣。以及流俗之《庄子》,因诸书均在删擯之列。《庄子》世乏佳本,拟校刊一佳本而鄙注从之,但亦苦无刊书之资耳[1]。然愚虑所在,则以发明庄生之道术为主,而以训诂、校勘辅之。向、郭之说尽从芟削,故凡唐、宋间似是而非之注庄者,不登一字。所见之本虽多,所取之义至约也。阁下得毋谓其胶滞乎? 余语均详前书,凡来教所询,皆前所已告,一若豫为此书作答者。

两儿长名志沧,次名志潜,潜以公字为名,沧则本名苍,乃无意改之,遂与沧趣相合。沧字之伯苍,潜字之仲黯,潜之小名则陈儿也。沧试而未售,潜亦入学而未令应试,与贤侄同,贤侄年几何? 前书但知墨樵登贤书,故未贺及。陈令文琪归时,因无事属其致声,当已相见。陈尚依依,严复则谬妄而有耆好,不在延接之列,渠所述鄙状恐不足据。闻合肥言,许守云阁下年来生计甚绌,甚以为念,不知其言确否。侍未见许也。河已冻,轮舟将停。草草上复,敬颂道祺。期佩纶顿首,十月廿六日申刻[2]。堂上百福,潭居均吉,叔毅道贺,复郎想茁壮也。

[1] 此书目原录于另纸,今移录于此。

[2] 张志潜《涧于集·书牍后序》:此函作于张作客津门。《涧于日记》光绪十九年癸巳十月二十六日(1893 年 12 月 3 日):"伯潜寄福橘。……复伯潜书。"

三八九
光绪二十年甲午正月二十六日

弢庵前辈大人阁下:

岁月不居,又逢春令,身无双翼,不能与候雁而南,侧望螺洲,能无驰系! 伏唯兴居佳卲,上侍康和,当如远颂。前书寄后,接见闽士二人,曰甘大令泽宣,曰林太守昌虞,询问近体,则皆以不知对,殊失问意。陈莼友回里,或侍寂静之况转得稍稍闻于【有阙文】其入都也。

可庄同年竟尔不禄殊乖所期,旭庄过津,张氏昆仲见之云,将改外为养亲计,然至今未见邸报,想尚未决。闻其有逋负,而两房食指亦繁,何以为策,想老前辈又费筹度。近其枢眷归里否,念念。专布,即颂春祺,并问侍福,合谭均平善,复郎想更茁壮。佩纶顿首,正月廿六日。

三九〇

光绪二十年甲午二月初五

伯潜前辈大人阁下:

前书甫寄。墨樵月初过津,奉手教并赐园橘,拜嘉增感。墨樵因不习北音,倾谈未能畅洽,小坐即去。而腊尾惠复,今日始至,三复十读,如侍麈谈,即审侍祉康和,因时介福,以慰积忱。鄙人于庄书搜辑各本,止以校正文字,详其训诂,发明漆园大义。诸家注疏无非玄谈,与鄙见如枘凿不相入,所采甚少,其用力亦不如《管子》之深,恐无足观。他时如写定,自当寄正,窃恐画饼不足充饥耳。闻叔毅治《淮南》,其中可以证管、庄者不少,故侍亦尝校勘一过,其注许、高杂糅,苏魏公集分别最明。诸本以庄刻为佳,然与明本亦互有得失,非一一爬梳不可。兄弟共墨,研究古书,此乐诚南面王不易。前书劝叔毅入都,未免尘心未净矣。补殿之说,想阁下必审量而出。侍当日书法甚劣,有劝其补殿者,毅然入试,何官不可做。今之词林,人愈多,品亦愈杂,似亦无足重轻。复郎已聪壮学语,爱女亦得婿名门,均征清福过人。沧儿婚事年来议者甚多,侍均不惬意,去冬

一律辞之,以省纠缠。迟一二年,俟其学成未晚也。琐琐奉复,即颂
道安。堂上百福,潭第均绥。侍佩纶顿首。二月初五日[1]。

[1] 张志潜《涧于集·书牍后序》:此函作于张作客津门。《涧于日记》光
绪二十年二月初二日(1894年3月8日):墨樵过津访张,复郎学语。

三九一

光绪二十年甲午四月二十日

伯潜前辈大人阁下:

墨樵下第南归过此,留都匝月,稍改土音,居然畅谈至一时许。
询悉谭第均绥。征宇既补舍人考试之差,爱婿亦捷春官,贺贺。时
局见闻,墨弟知之较详,归时夜雨联床,必可一新耳目。侍入春无
恒课,仍以从事乙部为主,诗文竟未有可存之作。二毛微见,目亦
渐花矣。伯平以母老不愿久滞大名,见乞假来津,晨夕过从,藉破
岑寂。仙蘅时通问,其诗不甚工而好寄诗,侍书最劣而专索其书,
然亦真挚可敬。偶斋二子均为其婿,赖以存活,可谓古交,作吏不
近名而皖中推治行第一,士诚不可貌取与!叔毅治《淮南》有札记
否?公治生无策,心以为虑,婚嫁之累,烦于鄙人,如何如何。侍幸
用度甚俭,人口不多,惟卜居无定向耳。余墨弟能代及之。即问道
祺。佩纶顿首。堂上百福,叔毅均此,合谭佳胜。四月廿日。

墨樵云,闽中旧书较廉,如有售者能否代致。侍意不求宋、元,
但得明初及抄本亦自佳妙。外附一单,乃文澜访求之目,亦即侍所

无之目也。闲中物色一二种,彼此可以互借。近日心力专注于此,且购且读,但能多读数卷书,了此一生,便算不负岁月,所谓求其在我者也。实则古人著述已汗牛充栋,即能著作等身,亦无所用,况未能学过时人,安望出古人上?但手不能把锄犁田,智不能造器运算,无卅六炉横财之福,无十五国游说之才,除却故纸堆中作蠹鱼,竟无他法,自笑亦自慨也。阁下尚能怡情山水,而侍则性懒交寡,屡欲作田盘之游,而苦无雅人作伴,为之惘然,亦可见其人之狷静寡欲,即山灵亦无缘法,盖自塞上三年,无在非作空虚观,特又不喜禅学耳。琐琐,又以代面谈也。冀叩[1]。

[1] 张志潜《涧于集·书牍后序》:此函作于张作客津门。《涧于日记》光绪二十年四月二十日(1894 年 5 月 24 日):"陈墨樵下第南归。寄陈伯潜书。"

三九二
光绪二十七年辛丑九月十五日

复缄已至,距前书已逾月矣。时事直可不谈,俄约闻已开议,公约如此,未必俄独情让,英不敢犯俄,据津为公地,坐扼喉咽,回跸即入围中,直是晋、楚争郑局面,而江、鄂疏陈时政,一味纷更,尊论以为饰观,犹未深探其隐耳。侍疾已止,乞病后偶然持螯,略近姜酒,而下血又作,颇似为鄙人圆谎者。戊戌一见,不可无诗,至今未就。到都,铭鼎臣[1]师以别业图属题,勉作五古一篇应之。铭赞其书而不爱其诗,生硬可想。俟园居当陆续了此诗债,必将寄正。耳目隘陋,无一可入诗料者。若悲天悯人,学老杜每饭不忘之慨，亦落套也。孙大令筼长于英文，便是投时利器，知鄙人不出，恐亦未必愿见。如仍愿来谒，重以尊属，敢不破例延之。率复，即颂道祺。佩纶顿首，九月十五日。

[1] 铭鼎臣：铭安，字鼎臣，叶赫那拉氏，内务府满洲镶黄旗人。咸丰六年进士。累迁内阁学士，历泰陵总兵、仓场侍郎等。

三九三

光绪二十七年辛丑十一月初八日

弢庵前辈大人阁下：

前寄一书当已入鉴。昨孙大令筼来，询悉公秋暮患疟，冬初始愈，甚念也。侍秋仲乞病销差，并闻公约画押后，有择优保奖之谕，即呈书力辞。旋因文忠师骑箕，电询于晦若，则乞病辞奖，均已奏达宸听，冀可无事。乃庆邸意在公溥，仍为叙劳，殊乖素志，好在病状沥辞，均有前案可凭。俟行知到后，仍请收回成命，并陈病体未痊，谅不嫌于慢伪耳。文忠食少事烦，鞠躬尽瘁，鄙人尤切知己之感，怆恸弥深。平生敬爱不衰，如文正、文忠两师之相待，求之古人不可多得，况于今之士大夫。事后自思，实为惭负。故币月以来，心绪更形郁勃，气体亦更颓唐也。回銮有期，新政纷起，不知果能自强否。闻阁下在闽，亦设东文学堂，确乎？顺天乡试乃借豫闱，成何气象！陈儿于中国政治得失尚可敷衍成篇，西艺学则非得其精微，难以发挥透辟，亦非年余即能到岸。究须如何，祈开示书名，及如何向学之法,俾可遵循,想不吝教益也。日内又须迁居,复书祈寄侯府街翰林张宅为要。手此,即颂道祺。佩纶顿首。十一月初八日。

孙蒉蔼初见即求栽培,侍实无力,渠云闻恩中丞相识,恩于今春始来见,亦不能及私。且孙初见,岂能为之破例耶? 知念附及。

三九四

光绪二十七年辛丑十二月十八日

弢庵前辈左右:

连奉三书,知气体已痊,尚未大健,甚念甚念。新政以江、鄂为主[1],而江本无意随鄂而行。公以为搬演,而此唱彼和,势已融成一片。此间学堂房捐即已扰扰异常,他处可想。闻有枢电令江、鄂更迭入觐,上方倚此自强也。侍沥辞之呈寄庆邸已将一月,而杳无消息,即亦听之。移居发端于十月,至月之十日始移新宅,迂缓可笑。即此一节,昔须佩韦,今须佩弦,无非衰疲之象。来教谓今之破格者亦是北张南陈,籍籍京尹,自当出众。夫己氏则不敢引以为同乡,何论同姓,令人齿冷而已。人才如此,可为浩叹。诗二首勉和呈教。侍近年久不作,益觉手生荆棘也。诗孙来,属为致谢。以竹孙事告之。渠亦得有家书,似亏累之外,家事亦不甚顺。子俊夫人赴粤,诗孙送之至沪,近始归耳。手复,即颂道祺岁禧。佩纶顿首。嘉平十八日。

诗孙在此时相过从，以生公故，彼此均有旧情，不同俗世应酬。昨知其弟竹孙大令在归化病故，竹孙无子承继，一嫡堂侄为子，距省甚远，音问不通。诗孙恐其有官亏，无从打听，求公晤周藩司[2]时，为之一托。竹孙闻阁下待之甚好，益祈示其省中至交为何人，开示一一，官名地名，以便函询底里，幸为垂意。诗孙友于甚笃，憔悴可怜，谅公笃念世好，亦必为之援手也。再求谅鉴，涧于又启。

此纸万祈速复详复，为感。

[1] 湖广总督张之洞、两江总督刘坤一光绪二十七年（1901）上《江楚回奏变法三折》。

[2] 周藩司：周恒祺，字子维、致福陔，号福皆，湖北省黄陂县人。咸丰二年进士。光绪三年至四年任福建布政使、署福建巡抚。

三九五

光绪二十八年壬寅正月初七日

弢庵前辈大人阁下：

十四日奉初五手教，敬审道体康和，深慰远念。佩纶考核商务，深知泰西商战之术害我甚深，入一文字，料不能纳，即于后三日具呈请代奏销差，而婉复滋轩则以病躯弱累为辞，扰扰至八月杪始静。近日复以料量竹木为移居计，甚属琐屑。书未发而慈眷尚殷殷，未便再渎岘庄处，懒与酬接慰廷后生小子，欲属安圃浼之代达，然亦时流倖进者，尚未得沛复耳。伯平到京候缺，书来言南皮又有启事，人数甚多,公及益吾皆在其内,不知中旨若何。阁下亦有所闻否,祈示悉。南皮此举虽属塞责,然新政求才,而竟无一人相举,世论殊为不平,都中议其夹新夹杂,乃南皮旧病,前次四十九人即夹新,惟前为有本之学,今则无聊之作耳。得此即当道以私嫌厄抑,究不能逃公议也。安圃为德领事争路,扰扰无已。文武无才,口舌如何能济耶!公春来作何消遣,甚念。肃颂韶祺,即祈鉴察,不宣。侍佩纶顿首。壬寅人日。

孙蒉蔼已得译书局差,近日能说洋话译洋文,即是人才,自然脱颖而出也。知念附及。

辞赏大意谓以战败获咎,而以议和受赏,即有劳亦深耻之,况因人成事何敢觍就。余则叙事前之已经力辞,日下之未能病愈,庶辞不碍于同保诸公。殆近日意气已平之效欤?私冀夔公[1]在内,或能邀允,则免得拖泥带水。都中无处探消息,以仲彭[2]诸人均不以辞为然,即求退亦苦无同志也。公避何讲席,是否即东文学堂?仲勉想仍在都。竹坡有四孙,仲符之子承嗣,宝森境况略好,伯符妻子则窘甚,侍赠以五十余金,年下当仍号寒也。又及。

[1] 夔公:王文韶,字夔石,浙江仁和人。咸丰进士,曾任户部尚书、军机大臣等。

[2] 仲彭:李经述,字仲彭,号澹园,安徽合肥人。李鸿章次子,亦为嫡长子。光绪十二年举人,官四品京堂。

三九六

光绪二十八年壬寅二月二十八日

弢庵前辈左右：

二月初十日得手书，敬审兴居佳畅为慰。侍正月来一劳辄喘，月杪感风热作咳，痰气上泛而不宣，初六痰中又兼血丝血点。其时春令过暄，此间又苦无医，自以苏子、杏仁意为消息，气平痰畅，血亦渐止，然气体则日疲怠矣。乞病之疏，二月十四得于晦若[1]电，已可入告。都中均知其托病，昨伯平复简滇东，过此一宿，尚有劝行之说，乃传都中要人之说，非伯平。顾康氏代致庆邸之意，亦属病痊速入。如菲材不合时宜何？伯平言南皮所荐共十四人，公及益吾[2]外，尚有介轩。内多朝贵，或侍郎或三品京堂，故子久告之，止能留中，未便明诏存记，此亦托词耳。正月间左子异[3]因文忠荐，送部引见。其眷留此，屡次晤谈，以文襄廿九小像索题，此像册公在闽当见过。尔时忧居，不能作诗，兹录文襄原唱八律奉寄，如有兴，可作一章另纸寄来。侍亦尚未构成耳。册长七寸宽九寸，纸可略小。许贞干有诗和原韵，所谓"何充佞佛全无用，张浚视师亦大难"，乃用文襄《燕台杂感》原韵，非题象之韵。用以讥讽鄙人，平心而论，诗亦不佳也。阁下萧然溪墅，与世无求，自得天伦之乐，健羡奚似。征宇闻随节赴英吉利，学当日进。惠亭近如何？叔毅如仍理许郑之学，便是蠹鱼，若兼治西书，便是时鱼。旧乎？新乎？侍年来竟无常课，学日荒陋，智虑亦日枯竭，求作一文人，亦恐名不副实，如何如何。好春倏已两月，近策杖盘桓，花事半已零落，意兴殊无聊也。手复，即颂道祺，统祈鉴察，不宣。佩纶顿首，清明。

[1] 晦若：于式枚，字晦若，广西贺县人。曾多年为李鸿章幕僚。

[2] 益吾：王先谦，字益吾，因宅名葵园，又称葵园先生，湖南长沙人。同治四年进士。曾任国子监祭酒、江苏学政。先后为城南书院、岳麓书院山长。

[3] 子异：左孝同，字子异、子祀，号逸叟、遁叟，湖南湘阴人。左宗棠季子。

三九七

光绪二十八年九月廿日

弢庵前辈大人左右：

入夏后以病懒，久不奉书。昨得手教，极慰饥渴。小园颇有竹木，甚盼公践约一来。昔既不能践诺，今则决不可来。一则孝达移节江南，若从者翩然下翔，群不以为诗旧，而以为谒督府，悠悠之口，虑生猜拟；二则孝达与侍无论其同乡旧交，抑凶终隙末，途分吏隐，浅宜应以简疏，公来则过从必数，牵率老夫，殊嫌烦扰。权其缓急，与其公来而门多长者之车，不如公不来而山回俗士之驾也。志潜两试京兆不售，今年借闱开封，勉令一战，额多人少，倖而得之，容舫侄之子允鼇、安圃侄之子允恺，亦厕榜末[1]。今科虽系新学，尚是西法皮毛，是以尚堪充数。如废科举，则儿辈终身门外汉矣。公对儿孙应科举之人，而嫌科举为无用，岂老前辈及陶梓芳[2]当日经学堂起家耶？未免过重洋文，忘却本来面目耳。至科举、学堂各有利弊，如侍得政，自有一番设施，稍异夫今之从康、梁拾唾余者。既已翛然物外，何必纵谈！世兄辈无人可以为师，公及叔毅可自课之，稍长则如时贤之游日本而转泰西。以公负海内盛名，所见乃与报馆诸公无异，岂不大可惜哉！文忠师嫡子仲彭袭侯，以毁殇于京师[3]，其眷属在宁，即在侍宅之后；庶子季皋[4]及其母盖在扬州，乃卞颂臣[5]之婿。福建专祠一节，闻许云庵不以为然。以立功省分言之，文忠在苏，奏遣郭松林、杨鼎勋两军由海道克复漳州，见于《方略》及左文襄奏议，与助克浙之嘉、湖仿佛。以责备言之，台湾割畀日本，终是一生遗憾，此固不必为亲者贤者讳。侍从未向我公谈及此事，公亦何必向侍剖辨，抑亦浅矣。润师身后萧条，记辛丑曾告左右，内弟怡棠以昭信票奖叙郎中，见仍在霸州，恐乡曲无通儒，读书亦无裨时用，极以为念，而无策援之。尚有一妹未得婿也。仲勉在户部，为崇礼作司官，似无意味，何时可以截取改外。惠亭颇为颂阁所赏，今年不得轺车，境况若何。侍有胜情而无胜具，终日静坐，大可充道学先生，惜乎太旧耳。相见无期，放笔纵写，恃公不以为侮。即颂道祺。佩纶顿首，九月廿日。

[1] 张志潜光绪二十八年（1902）与张允靐、张允恺同科中举。此函当作于光绪二十八年（1902 年 7、8 月）间。

[2] 陶梓芳：陶模，字方之，子方，浙江秀水人。曾官新疆、陕西巡抚，两广总督。

〔3〕李经述(仲彭),李鸿章次子,光绪二十八年(1902)卒。

〔4〕季皋:李经迈,字季皋,即季高,别号澄园,安徽合肥人,李鸿章幼子。历任江苏、河南、浙江按察使等。

〔5〕卞颂臣:卞宝第,字颂臣,江苏仪征人。咸丰举人,历任福建巡抚、闽浙总督等。

附录·陈宝琛致其他友朋、家人

（八九通）

致王仁堪、王仁东（三五通）

一

光绪八年壬午九月十六日

旭弟足下：

屡得手书，深情款款，令我心结。兄寄闽之札，谅能入览。伯双书来，谓九月间当偕行北上，但又云葬地有湿未定，八月初书及之，望后来未云。然则足下不虚此行耶。兄因此悬系累日，盖吾乡择地最难，地师簧鼓，山主居奇，往往旷日持久，今此地果不可用，则年内改择，恐尚未能得，当劳费固不足计，而可弟独留办此，种种为难。两月来未得家书，并未得可弟八月后书。七月书尚未提及，甚用疑虑也。汝翼竟殂，直谅多闻，足下亦失一益友，未知身后部署何似。昨伯双信来，言及立嗣诸事，鄙意不惬，已作信复之，并致季辉。足下可展阅，再封口送去。兄赙以百金，此间僻左，无便可寄，俟回省再说。前由仲勉寄交汝翼百金以践宿诺。此函到京，计汝翼已游，不得见矣。仲勉自四月后未来一字，拙懒是其本性，兄虑其有病耳。友朋中或有信交仲处，亦未得见，前嘱其寄同年同乡单，皆杳然不至。兄今岁为债主所窘，年内能否酬应，尚未可知。

腊底到省,再与西估商之。足下传询黄溥,如仲勉未寄,可亟寄一分来。同乡同年团拜项,似即是喜金,并乞查数目,同乡戊辰、甲子各一分,甲子断不能应酬。可弟前岁亦送过也。李慎甫到京,有转致东阳件,祈为妥交,近亦有信致东阳,由折弁。想能递到。贾丈之秦,未知何事,何时当还,越事此间更无确信。兄前上一书,徒取谤讥,恐亦无益于事也。荟生已到京否,《十三经客难》、《七家后汉书》各一部存仲勉处,已送去否。伯双来询所存木器家火,兄亦茫然,须问令姊,计足下当略知之。江西丙子即用亦有数人,汝翼事如能托同年直年加函寄讬来,或不无小补,姑以备酌。慎甫带京书箱中有《明通鉴》二部,其书视《明纪》远胜,已嘱仲勉以一部分赠足下,得之否。手此,即问侍安。兄琛顿首。九月十六日。

二

光绪九年癸未三月十一日

旭弟足下:

日前得手书,知仲妇之耗,嗣可弟来函,知贵寓于廿六日移千张胡同。可弟、四姊均于初二起行,此时计已过沪。兄初五日在南康舟次接奉部文[1],除授阁学,初八到九江,即具折谢恩。但此间学署数十年来未曾自差一弁,凡有折件俱附抚辕带赍。兄此次由浔专差晋京承差,更涉外行。因遣刘玉由轮北行,渠是本京人,人较灵便,如何递法,何时领回,提塘处应费若干,谅山西时常办过,情形相似,祈指示之。渠五日内当南旋,有信付之。仲弟移居何处，闱艺自不能工，心境能否自遣，甚以为忧。簀丈知贡举，当夙夜在公。新人如何，体气壮、癖气好则善矣。欧公到京否，都门有何近事，随时示我为荷。敬问礼安。兄琛顿首。三月十一日。

[1]陈宝琛光绪九年三月在江西学政任上。光绪九年二月十九日补授内阁学士兼礼部侍郎衔(《德宗实录》卷一六〇)

三

光绪九年癸未四月初七日

旭弟足下：

前作答后，复得初旬一书，内有荟生书。顷复由省邮来十七日手札。时局纷纭，边事孔棘，弟之忧愤固宜。昨见邸抄，伯希诸君交章所论，仰见慈圣苦心，似不宜再有继起。兄于越事，思续论之而不果，此外更无从置喙，弟固知我深也。方今外侮方亟，上下内外宜壹心并力，持以坚定，乃各逞意气，互持是非，巢幕处堂，此之谓矣。兄去腊论海防，据事直书，并无成见。兄以黉事虽曾论张，与之实无纤芥。有此间盛传某某经营粤防，事事掣肘，宜饬督抚，济以和衷之语，不意杯中蛇影，所谓泚泚之声音颜色拒人千里之外者，谗诋之至，不亦宜乎。乃于足下发之。黉之褊衷，是其本性，至其□之无理取闹，更在又何难焉之列。足下先将此一节置之不论不议，何如？贱体近甚疲惫，可来救我多多。望后拟将北行，未识能再留否。南皮内召，谟议如何，朝邑[1]秉钧，苦哉此老。此间阅《申报》所登邸抄，皆不出三日，想仍电线之功。顷试瑞州已半[2]，望后还省，再赴抚、建。诋林文忠为不知洋务者，乃蔼人[3]之言，仆尝讯之，吾弟何误以为仆言耶？此复，即问侍安。琛顿首。四月初七日申刻。

河阳今得家书，知被人论劾，遣使按问，当是确信。可弟前谓我择尤稍尽采风之职，早经拟就，候临去时发之。今彼有此事，又费斟酌矣。

　　[1] 朝邑：阎敬铭。

　　[2] 据《闽县陈公宝琛年谱》：瑞州试应在光绪八年（1882）十一月。疑函中瑞州乃笔误，应为袁州。

　　[3] 蔼人：龚易图。

四

光绪九年癸未五月初十日

旭弟如晤：

　　刘玉归，得可弟书，知月底当南归，此时想已起行矣。仲弟迁居何处，近状何似？有信一函，祈饬之，内有幼丈、竹坡书，如仲弟南归，则足下为拆开，分致可也。越事如何，此间传闻辄不可信。《申报》外府亦不易阅，便中时惠数行，兼及近事为望。令姊到署甚安帖，可释慈厪。省城寄书亦较易也。手此，即问侍安。兄琛顿首。五月初十日。

五

光绪九年癸未六月二十四日

可弟足下：

四月得书时，以足下行当有期，遂未作复，比闻五月十八日始出国门，心系北堂，身随丹旐，炎天大海，何以为情。顷当安抵里间，孤庐受吊，佳城既得，卜吉何时。宝琛廿载相依，病榻敛帷，已悭一袂，又不获引绋临穴，稍致其哀，负恩实多，疚心何极！暑中负土，惟望足下抑情就礼，毋危其身耳。闽俗近颇凌夷，丧葬动辄逾制，足下大孝，岂俭其亲者，当能准古酌今，以正末流之失也。手此，敬讯孝思，不宣。宝琛顿首。六月廿四日抚河舟中。

交广经略之议，又自足下发之，虽非守经，尚未悖礼，以所言关军国至计，奏记异于封章也。身辞魏阙，于中外军情遂不与闻，偶有流传，已后于事，遥度臆断，更恐不合机宜，致此举又累足下，非敢自等于秦越也。日来未得黄公书，据洋报所述情形，非范腹中甲兵，直不能窥测。黑旗颇能揩柱，乃逍遥河上，坐待敌援之来。若非司铎羁身，便当自请长缨，率偏师以与唐、徐相犄角矣。行之不得，言亦不能，真令人闷死。足下出京时如有所闻，幸速示之。此间试事粗平，自知于士习文风无大裨补，盖本原不治，无所措手。所缺学额，非万不得已，仍皆笔滥，抚州一府仅缺十五名，建昌则数名耳。以仆之性情，乃肯自屈以阿世，亦可见积习之难回也。如有见教之处,乞于暇时随手录示,何如。再上忍盦足下。弢顿。

六

光绪九年癸未十一月初一日

旭庄足下:

得过沪信,计此时早抵都矣。连寄数信想皆入览。七月杪边中丞[1]仆入都,有信件存安圃处,八月初李慎甫亦有带件,九月途次又发一函。仲勉迄未来书,不知其近状何如。兄试赣垂竣,不日赴吉,腊月初旬可以还省。闻可庄来,喜可知也。亲朋馈岁,须还省再议。府间年底缺需,可向西贾先拨以一纸示知,可也。竹坡家居益窘,恐其迫不及待,祈足下代向票号先取百金赠之。如其年内稍宽,即先送五十,留其半,明岁春夏再送,盖渠无岁无月无日不窘也。汝翼之戚未忘,禹伯之讣又至。挽对二份,乞为分送禹老处,并乞先手二十金为奠。此老既论,恐心既不胜夫众将引退也。会馆事益不可问,兄喜金拟稍迟再交。团拜费是否三十,希酌之。幕中洪生乃北江先生[2]元孙,有一折略托查,应托何人,俟酌。匆匆奉讯近履。宝琛顿首。十一月朔。

[1] 边中丞:边宝泉。
[2] 北江先生:洪亮吉,号北江。

七

光绪九年癸未十一月二十三日

旭弟足下：

前在赣州奉寄一函，附以汝翼、禹老挽联，想已到京。数月来驰驱僻左，无片刻之暇，地界闽粤，寒燠不常。劳疾侵寻，大有欲罢不能之势。目下赶考吉安[1]。腊月冀可早归，调摄月余，且计可弟亦将至矣。法既开衅，此事断难中止，未知庙谟如何，朝议如何。黄归曾晤否，何积久不与我书也。汝翼事，同人之赙如何。季辉几时可归。禹老既游，馆事更不可问。团拜项一节，弟为我酌之。沈师想时晤，寄李慎甫件想已代交。回省后当修函薄致将意。荟生已到京否。前书当已交，其所属寿联已托人寄湘。书亭惨极矣，而周溪又死，琯樵眷属又将何依，天下苦人多，常患力之不给，奈何。竹坡件已致之否。匆匆草此，即讯近履，不宣。兄宝琛拜手，十一月廿三日。

[1] 目下赶考吉安：陈宝琛光绪九年八月出省，试宁都、南安、赣州、吉安。

八

光绪九年癸未十二月二十日

旭弟如晤：

兄已归署。可庄未来，闻将取道崇安，到此殆逾元夕。越事益坏，然尚可图。所虑庙算弗坚，将成画虎，亟将不可中止之。故详晰疏陈，不独不可息战，而且不可轻和。黄丈得参规画，未知所论何如。责难于君，自同局外，于义不可，故附片及之。不知者得毋识其跃冶耶。仲弟书仍未至。顷已来矣。今年度岁如何，戚友酬应拟俟明冬，当先寄团拜费以将意，乞与仲弟酌之。沈函统由票号寄京，到京恐在灯节后矣。仲须《纪事本末》，足下亦须之，容汇寄。《中西纪事》须再刷印，《七家后汉书》板不在此，稍迟报命。日来幕友李少棠兰卿先生犹子。病甚，殆烦闷无似，夏秋以来破耗照命，损己不利人，思之可笑。幸自奉仍极节缩，但仆辈坐食者多耳。会馆穷极必变，亦为势之所趋，惺远、肖雅晤时可以语之。汝翼立嗣，仆意不欲从其乱命，大家谓何。晤衍翁，催其早归，二月初盐局将换人也。此问侍安。兄琛顿首。二十日。

九

光绪十年甲申正月二十五日

旭弟足下：

望可弟来，昨日到矣[1]，夜话不忍寐。日间客多，可厌也。兄本拟廿四日出考，因可来，展至廿七始行。数年之别，三日不能解瘾，坚请其同舟赴饶、广，俟三月回省后再放其还京[2]。可弟近体甚适，兄因其有痰湿旧病，欲其在此调治除根。徐雯青司马用药灵活，兄请其随棚，可以朝夕体验，亦一机会。来书谓嬷大人慈体康吉，合寓均安，想可弟在兄处小住一两月亦无异在京，四月海船最平稳。嬷当可放心也。如欲趣之早归,尽可函知。此间航海不过半个月耳。年内舍间由可弟拨兑四百金。共兑一千六百金。前曾托吾弟代挪二百两,兹均兑还,外二百两,百两佐寓间日用,六十两供嬷大人甘旨,十两呈老姨太,余三十两四姊以分赠两弟妇及老妹,所谓秀才人情也。同乡同年炭敬勉强筹出,交仲弟并分托东甫兄分送。不知苦况者,或且疑其出纳之吝,观实孚之信,可以想见此间矣。沈信乞饬送,并代送菲敬二十两。晤时并请代问存件可用至何时,免致接济不及也。同乡同年团拜项,是否五十?前函已及,想已与仲弟酌送。越事近有何信,兄言恐不中肯,隔膜之故,不独心杂词芜也。草草布臆,即问侍安。宝琛顿首。廿五日。

令姊甚安善,足慰慈厪。

[1] 王仁堪到江西日期为光绪十年正月二十四日。

[2] 请其同舟赴饶、广:《闽县陈公宝琛年谱》:"正月,按试饶州、广信两府。"

一〇

光绪十年甲申二月初八日

旭弟足下:

月前在省寄书并还兑款,当已察及。可弟偕兄到饶,气体甚适,眠食亦好。徐雯青谓其脉气视兄强甚,但开调卫之品,可以常服。兄月之中旬可以试毕饶州[1],顺往广信,强留可弟偕往,不过多住二十余日。中年兄弟会面不易,回舟同过省垣,可弟再买棹九江。四月内海波不扬,舟行最稳,望为代禀嬷大人,免致远厪。可弟在兄处,与在家无异也。越事如何,此间苦无闻见,来函务缕及之。匆匆奉布,即问侍安。小兄宝琛顿首,二月八日。

叔毅将归应岁试。可弟暂留可以救兄,故恳留至再四也。

[1] 试毕饶州。陈宝琛光绪十年二月试饶州。

一一

光绪十年甲申三月二十六日

旭弟足下:

月来边报纷纭,得累次手书,始知败坏至此,忧愤欲死,又不敢以遥度之词渎渎当局。唯祷祝庙谟坚定,勿为恫喝陵胁所摇耳。顷见枢院全盘调动[1],且骇且疑。译署亦尽易生人,或者别有作用。多难之际,忽有此举,利害得失未由悬揣,想此半月中人心益惶惶,比清明前更甚矣。甚盼足下续有书来,得略参个中消息也。木[2]之客气,无怪吾弟忿瞋,然其失处在平日之不能下人,此时操心亦良苦楚。吾弟无失为故,且息心静气,以观其后。兄限于才识,凡事不敢矜尚权奇。往者激于忧时,不自韬匿,未尝不时时以名实不副、言行不顾为惧。摘示语录,深合鄙怀。迩来劳疾侵寻,惟恐有志未逮,寸心千里,冀与贤兄弟共勉之。如回京后仍厕闲曹,则天之厚我也。可弟在此心境闲适,晤聚复欢,本欲于日内北行,昨得弟书,知是非场中不易插脚,可藉此避嚣,兄亦得以遣寂,稍迟一半月再理归棹矣。祈禀达慈侍,请释远厪。令姊亦安善。兄试广信,有弋阳武生藉端闹考一事,已附片及之。此问侍安,兄毁顿首,三月廿六,三鼓。

作水勿作湍,作石勿作磐。湍急每多激,磐介宁终完。君子玩易理,慎微求所安。黄河泻千里,中有鱼龙幡。太行亦崭绝,松柏常丸丸。道高勿疾俗,行危自当官。珠玉必被褐,斯言良不刊。

[1] 顷见枢院全盘调动:光绪十年三月十三日(1884 年 4 月 8 日)恭亲王奕䜣、宝鋆、李鸿藻等均离职,礼亲王世铎、阎敬铭、孙毓汶等任军机大臣,庆郡王奕劻主持总理衙门。史称"甲申易枢"。

[2] 木:张佩纶。

一二

光绪十年甲申三月二十七日

旭弟足下:

昨读东朝诏书[1],终夕不寐。今晨舟已解维,而手札适至,略知大概。目下朝局已更,边事方亟,当急筹御侮,勿但纵游谈,若河北之贼未平,朝中之党纷起,尚复成何景象! 南皮内召[2],固在意中。仓卒之间,借箸补牢,讵易为力。二张[3]皆非吾辈所深满,然才难如此,舍而他求,又将谁任? 无怪桂林一枝,遂邀采撷也。总之,近今人才足撄世变者实乏其选。左、李如许,何论大枢?木君急于见功,既不能尽行其志,去岁书来,谓屡有所陈,均不见用力争,始有去秋之局。犹思以一蒉障江河,乃蹈亢龙之悔。此何时而入译署,有不败者乎?足下为谋至忠,使自占地步,以谢人言。彼不之悟,乃盛气作复,殊负苦心。至此时边警倥偬,安危眴息,既蒙任使,乃藉自劾而逍遥事外,于义亦所未安。兄所虑者,此后又无所补救,无益于国而益损于己。然兄此一念,亦是为木君谋,非为大局谋也。足下谓其有所希冀,则诚有之;有所系恋,当不其然。去冬致兄书已有此身视越事为进退之语,且徐观其后何如。兄之待木与木之待兄,均吾弟所深悉,然平心论事,常病其轻于绝人,未尝不服其毅于自任。身居局外,不忍执成败以相绳,亦见于古来任事者断无暇于自全也。诏书所云,但察其心,不责其迹,或亦指此。足下因其拒谏饰非,遂致忿恨,未免因爱成仇。兄生平常谓宁人负我,勿我负人,于自厚薄责之旨颇合,足下能受此一言否?足下将来正色立朝,遇此等处,仍当勿忘兄言。盖稍涉愤激,若其人为君子,则因旁观不谅,而遂尔灰颓;如为半山一流,则以吾辈激成,恣其坚僻。北宋诸君子犹不免此悔,吁,可惧也!十戒为吾曹通病,伯希尤深蹈之,弟以自箴者箴人,兄亦以共勉者自勉,寸心千里,久要不忘。手此布复,尚祈时寄数行,幸甚。宝琛顿首,三月廿七日舟中。

[1]见《德宗景皇帝实录(三)》卷一七九"光绪十年三月戊子"条。

[2]南皮内调:张之万,字子青,号銮坡,河北南皮人。张之洞堂兄。光绪十年三月内召军机大臣。

[3]二张:指张之万、张荫桓。

一三

光绪十年甲申四月二十八日

旭弟足下：

可于十九北行，此时计将抵都，初旬来书已接到。弟犹教以韬默，而兄事已到头，奈何！江海袤延，无险可扼；疆帅新易，部署纷纭。南洋本属难题，戎事未更，洋务不习[1]，鄙人又是生手，明知仓猝着手，有过无功，然处此主忧臣辱之时，岂可畏难巧避？可弟临行，苦以量而后入为劝，此举竟不能自主矣，弟何以教之？昨甫见《申报》，谅数日内廷寄亦必到，自必趣赴海上，不能候新任来。顷方按建昌试，初十日方能赶竣，驰归省城，草草交卸，即赴金陵，再议一切。无论内中主和主战，外间总极力求为可战，百闻不如一见，到彼方知底蕴，成败利钝非所逆睹也。兄近体甚惫，可弟知之，然不敢以病辞，此身不足惜，但恐无补于国，惟有求贤以自辅。已作书请子辉贤兄弟务来一人助我。可弟留此三月，悔不再留数日，又须往返劳顿。祈禀商可否速示。南皮计已到，未作函，乞致意，此后须时通问。有无谟议？黄处兄照常通函，一如尊恉。兄此时一面料理考试，又须作行计，忙乱已甚，家眷暂不能行。如是长局，则随后来，或回闽或到京；如战事开，则数月内分晓矣。兄故望吾弟来也。其为我酌其可带可不带，此时总不带，尚未知定居何所。会办是何局面，可调随员设文案否。兄意严宗光、罗丰禄均可资策力，均须奏调。郑陶斋[2]亦可用，弟然之否？可弟当偕爱苍到京，爱苍肯来否，能代劝驾数人否？有嘉谋见示否，乞代询，恕未作函。信到，吾弟务逐条见复，并匡其思虑所不及。窃意足下必已有信见教，尚未接着耳。如来信未及，祈先将摘出数条传电见复，一面作信详示，如有紧要信，亦可附电速示。已与可弟约用千字文。南皮当已晤，兄随后必致函。匆匆草布，即询侍履，不一。兄弢顿首。四月廿八日。拟电另纸书之。

兄在此两年，于士风颇有整顿。替人为湘南[3]同年，人极朴诚，但恐不能候其交替。湘南初到，势必诸事生疏，兄拟留二幕友、二家人备其询访一切，未知渠意如何。如尚未出京，吾弟可为一询，速为电示。并非为荐人起见，实求有益于伊，初次到此，欲求不受胥役愚弄，难矣。

第一条　昆玉能来否？来，不来。

第二条　家眷可携否？可携，勿携。

第三条　可奏调随员否？可调，勿调。

第四条　后任肯收幕友、家丁否？肯，不肯。

[1]陈宝琛光绪十年甲申四月充会办南洋。

[2]郑陶斋：郑观应，字正翔，号陶斋，别号杞忧生，广东香山人。历任上海电报局总办，轮船招商局帮办、总办等。

[3]湘南：梁仲衡，字湘南，河北安肃人。光绪十年四月继陈宝琛任江西学政。

一四

光绪十年甲申五月十四日

旭、可弟足下：

闻命后，贤兄弟各来一书，教我备至，书绅不忘。子辉、玉农、雨生三君皆鄙人意中语，何不谋而合耶。炎卿当访延之，部文初六日到建昌[1]棚次，立将抚州停考回省，而和议已成，又不能不候新任交替。管见此举出于十四日和局未定以前，殆为虚张声势起见。此时情事一变，而成命又难猝收，然海壖江介增一枝官，不假事权，徒縻帑项，区区何足惜，如损朝廷之重何！足下谓当先陈其难，兄谓仓猝赴战，固一无可恃，拼得一死，尚无所难，今则进退维谷矣。谢札已附片自陈，顷得可弟书，改为请觐矣。先叩任用大恉，如果奋然为求艾补牢之计，则任专责重，敢不勉竭驽钝，逐事讲求；否则贵而无位，高而无民，岂可一日尸其禄哉。丹公已晤否？彼久在外台，应深知任事之不可无权，无权即不可自任也。可弟盍为我言之，速示速示。如认真作长局打算，则此间部署宜预，如调人延宾诸事，否则起灭自由，太无谓矣。壶公督粤不如居中，此次新约不过未赔费耳，余皆浑含牵混，隐患方长，何举朝全不觉察？深冀定细款付时有所补救，已于谢便附及，下月初方可上达也。读旭弟书中语，知贤兄弟皆不肯手援，前信所商竟尔绝望。爱苍[2]爱我甚至，连得数函，今日忽碌，未及草复，乞先致谢。行略已分致，未知能及兄手了之否。黄已出京否？有何把握，苦哉苦哉。衍泗已归借款，兄总代担眷属，何往尚未定局，即使兄久在外，亦可送四姊归宁。一水往来，十日可达，孅勿过虑，祈据实禀慰。新任如由驿来此，须闰月中旬始到，则兄行期侭宽，足下可常以书来也。草草即问侍安。兄琛顿首。十四日。

[1] 光绪十年甲申五月初六日建昌试竣，接四月十四日谕旨"内阁学士

陈宝琛着会办南洋事宜"。

　　〔2〕爱苍:沈瑜庆,字爱苍,号涛园,福建侯官人。沈葆桢四子。曾任江
南水师会办。官至江西、贵州巡抚。

<h1 style="text-align:center">一五</h1>

光绪十年甲申闰五月初三日

可、旭弟均鉴:

　　连寄三缄,想均收入。久未得复,殊深悬盼。安喜到江,知可弟望日始北驶,计廿二三日当到京。兄因替人未来,不能不候批折。来京与否,须待新任与否,日内当已奉批。吾弟能传电早示,则行期较可预定,若守待新任,恐须月底始能启行矣。身居江湖,君门万里,庙谟廷议迄不得闻。官非常员,事皆创局,不似督抚、学政皆有敕书可按,职掌可稽,故必请宸训为遵循,定规模之广狭。最好专办筹防之事,一切交涉事件均可不闻,即可省与彼族往来。不独于南洋济以和衷,且当与北洋、闽、粤联为一气,未知策遣本意与下怀有合否。现拟将四姊先送还家,兄行时带眷卸装金陵,俟查看海口,询采舆论,再定驻扎之所。此间随员带玉农及郭小岩,幕友带仲木,仆人带曾庸、胡麟、许升、朱存、仲儿,以老魏照护家眷,余均拟遣散。松云、载卿留荐新任,荫之子言亦已外荐。到江南后,子辉如不肯就,便拟延请炎卿。如系任重道远之事,则所资于群策群力者多,随时延揽,不拘一格矣。目下犹不免有惜费之见,不敢以艰难帑项养一冗员也。南皮丰阁咸集津门,自必胸有成竹。赍

半载未来一书,未必因旭弟故而迁怒,昨有信到沪询之,或可得复也。替人迟迟未来,兄纵得奉先行交卸之谕,亦须望后动身。东阳前交还之件,恐仍须用一次,印尚未卸,关防未刊。但增一新衔耳。当否,祈往商之,嗣后可否仍托照旧,并乞代询,便中见复。仲弟近何为,兄久不得其书矣。毂老命购《宋元通鉴》、《明鉴》,其板皆不在此间,此间但有《明通鉴》也。敬请侍安。兄弢叩。闰月初三。

一六

光绪十年甲申闰五月初十日

旭弟如握:

傍晚得五月二十日惠书,喜慰之极。"不必太大"四语深合拙见,堂堂乎张,鄙人早退避三舍矣。此时局面较可从容布置,而亦因循不得。赍有请设兵轮水师一疏,已下南、北洋会议,昨从河阳署中得读一过。兄他日次第兴办,不能出其个中,但巨款未识能否应手耳。目下不唯南洋宜处以和衷,即北洋、闽、粤亦当联为一气。赍处半年未来一札,未审何故。香涛、清卿迟日亦当通问。最好诏许入觐,则可面商合肥,否则恐其以论约事相钼铻也。替人珊珊不来,行期迄不能定。在江只咨调两员赴宁,过丹老可言之,带二人实为耳目也。一为玉农,一郭小岩,取其勤朴。不足充大席。文案最紧要,子辉不至,则延顾炎卿,到南京时再物色官场中人充之。吴、严、罗三人前已函商合肥,望其见让,不久当可得复。区区夹袋乃尽为明眼人所窥破,亦私喜所赏之不谬。郑陶斋乃闻诸蔼青,谓其沈毅廉正。近见《申报》载其送炮朱邸，是方极力高攀，断非吾辈之所能用，得书益恍然。兄求洋务人才，宁于学生，不于刚把度[1]也。倪子新极肯究求时事，而迂陋自是，胸无主见，文字亦陋。病在囿于乡曲。因其于民间疾苦尚能言之，去腊荐之边中丞，束修五百。迄未得边书，未知能得其力否。兄幕中无能治官书者，平日草一疏、批一牍，皆必己出。唯洪引之北江[2]元孙。颇聪悟，渐能分劳，然其人少孤失学，言语不择，为同人所憎，可弟屡以为言，故宁弃之而带仲木，不过略司书记，尚须为之笔削，瑞安赏之甚至，故独带之。我劳如何？俟到彼局面稍拓，当可分任于人也。兄规模素狭，初次任事，益不欲铺张泛滥。故用人必求实际，不敢以艰难帑项酬应知交，但愿用一人即能得一人之用，则费半而功倍矣。献墀万万勿来，此事非其所长，兄处账房陈子言且已外荐，询之可弟，当知其人。不必问地方事一语，是否对足下言属达鄙人者？鄙意专办防务，交涉之事亦不与闻，未知是否。安仁被劾，乌孙眴将渡江，窃谓其在此年余，尚无大不了之事，但见解卑浅，畏势徇情，不能使属寮严惮耳。此外料无彰著之劣迹，未知言者何所指也。可弟到京当备言之。计廿四五当到。前可弟言吾弟秋间当归省墓，兄现拟令四姊先归。他日与弟同到江南小住数月，兄即得韦弦之益，足下旁观亦资阅历。兄此时即恨从前于公事、戎事从未一更，致莅事之先茫无头绪。深欲贤昆玉枉过一游，或内顾增罣，则迟速久暂唯命，令姊或即偕行宁省，尤所便也。

此信作于初十日，现情形又异矣。

初十日作书未寄,十一日奉寄谕毋庸来京,仲云内中不欲令调人,兄已以李、郭入告,无手足耳目,岂能办事,弟见前途可为定之。又闻法人违约,因定十六起行,与家眷同住南京。顷又闻有旨,令赴津与李会商条约,拟到宁后即行。贤昆玉可否来津助我,为我即为国也。此身已许国,劳苦艰难皆本分。六月栖栖,但恐无益于事耳。来电以千文为记可也。寄百金于新泰历,以五十赠竹坡,余留存为张嬷养老之资。

[1] 刚把度:compradore,买办。

[2] 北江:洪亮吉。

一七

光绪十年甲申闰五月二十九日

可、旭两弟:

琛廿六赴津过沪,闻局又中变,巴使不北。正欲电商行止,家书适至,骇闻家祖凶问[1],五内崩裂,欲归不得,当电请照例赏假,并具折驰陈[2],即于是日廿七午后电达执事。因奏折安折油纸、黄纸、绿绳均用罄,冀可交江西折弁带回。目下公私两亏,进退维谷。索偿之议,赫德请派南洋就议,而译署惧,未遽许,已允饬曾八日内到沪,此复成何局面。北洋以邻为壑,但顾自免訾议,不惜隳国体而长戎心。琛方持服,不能争之于朝,疚心何极,且恐并以此事牵连及我,则假内尚须与闻洋务,以督乱之方寸,有何策可以酬知耶?

吾兄当有以尼之。望极盼极，唯鉴不宣。兄琛顿首。

　　仲勉一书请即饬送。

　　[1] 陈宝琛祖父陈景亮卒于光绪十年闰五月十四日（1884 年 7 月 6 日）。此前，闰五月初四谕旨：会同李鸿章妥议与法国订立和约事。

　　[2] 光绪十年闰五月二十七日（1884 年 7 月 19 日）陈宝琛上《乞假持祖父期服折》。

一八

光绪十年甲申六月初十日

可、旭弟如面：

　　得维扬书，知可弟初旬犹在邗上，望前方可北发，想此时不过裁到京，早知如此，悔不坚留数日，为兄一运筹也。回省旬日，因未奉寄谕，不能不俟替人，顷阅《申报》，梁于初八请训，出京当在月半，如由驿来，须下月底矣。目下防务仍未解严，迟迟吾行，则迹近于规避。谢折既经声明，和局既成，臣又未奉寄谕，自应俟新任交卸迎折北上。似又应静候批折，计折到在初二三日，吾弟可即为代探是否来见，有"毋庸待新任"字样否，急电示知，兄便可预定行期，部署一切，盖折弁回江，至速已令航海。亦须十余日也。可弟晤丹老否？前函所言，当能详及。仲勉自春至今无一字来，懒耶？拙耶？令人不解。近作何状，示之。衍泗款已代追，先还其半，余由兄代肩。此问侍安，弢顿首。

佑卿已行，六月半后方可到京。

陛见能得请否，急请探明电示。来，不来。新任下月半始可到也。另篇驳约，未审有当否，便中示及。公定、刚侯昆玉。弢叩，初十。

一九

光绪十年甲申六月十八日

希杜到沪，连接数函，颇知时局。兄哀戚之余，冒昧任事，初意议约犹可勉竭心力，稍资补救，及至，则索赔兵费再议详约，总署电意在于了事。九帅本未办过交涉，又衰疾暗懦，豪无主宰，辩论因应无一得宜。初七日议尚可敷衍，初八日忽出一节略，即初七日大家辩驳意，但出之外行，且多谅山以前语。巴遂拂衣忿去。兄意此岛人常态，不足怪，而曾忧惶特甚，晚复自属赫德往转圜，旋遣人邀兄等同去。兄劝其别择一地约巴，曾坚不肯，欲独去。兄与许商，曾独去近赔礼，且已气夺，恐受胁，遂偕许[1]与俱。而曾心惶言跲，果示弱矣。兄拟一纸问答语，曾临时不能道只字。洋例本重全权，巴因其可欺，遂专向其理论，兄与许急设词解之，遂归。下午巴来，邵因曾早晨已答以有不如爽决，兄意筹互恤法，曾不听。以示镇静，却亦是。遂本总署电意，径告以唯大衍可请旨，此次系邵预书告巴之语授曾，曾照纸念诵，然词气尚多不对，巴嫌其太少。此初九日情形也。此事彼族势成骑虎，不过冀得二三百万，而窥曾熟，遂凌轹之、恫喝之。次日我遂不往，而彼果授意领事以诵诗之数。兄意内旨果决战，则一文不可许。如为了事计，则呼与蹴与，以免决裂，亦不为失体，且须正其名目，并可减其数，索其酬抵，此局亦非全吃亏。即于五条想法。次日忽奉申饬，九帅遂颓然不复振矣。七八日中，内外隔阂，事急机室，几至宕无可宕。曾则委天任运，邵则痛痒不关，每拟一电，必轻描淡写，恐拂中旨。兄与穆臣[2]、仲容踯躅彷徨，但多方设法羁縻，以候方略。兄屡独电沥陈，冀中旨示一定见，乃二三日来一电，则专意恃美国调处。此事八九分不成，宕极而变，且夕间耳。沪上人心惶乱，匪徒觊觎。兄与曾一离此，则乘机而发，祸不可言。此时进退维谷，惟有镇定处之。独忧之苦，唯罗、董为知我。兄自上月廿一到宁，三日即行，防务全未与闻。廿六抵沪，见兵力太单，尝一电商拨营，与曾意合。初四曾到，与商拨船援闽，则坚不可，辩论数日亦无如何。兄于会办不独不能尽其责，且全无尺寸之权。而董语上闻，乃谓曾事事问兄，致本周密者反为纷扰。曾持廷寄见示，并示以复电，谓"战守事宜荃独力任之，余事与琛商"，然则兄所会办者为何事耶！此非曾先发制人，即其属员为此以图惑听。事定后兄岂能一日居此哉，请弟为我策之。平生大隐朝市，不知与人共事之难。曾之偏暗自信，又无肩膀，初见专以虚词敷衍，鄙人犹冀曲意周旋，资其勋望，补其罅漏，或有裨于时局。此次议款，底蕴毕呈。兄不肯诿过于人，徒椎心自恨而已。事定再当自劾，以谢吾党，然时事已不堪设想矣。黄守船厂甚危，有才如此而不能自善其用，兄亦不忍责备之，但归之于气数耳。仲弟来电问帖底尚未接到，此间不开吊，京中可开，帖可遍发，但须俟事定。可、旭二弟为我代酌，并以此函示仲弟。兄此时焦灼欲死，面目黧黑，甚于在江右时。四姊在宁谅无恙，十数日未通信矣。十八辰刻。

前函发去，而船未开。顷巴来照会，则彼已取基隆炮台、煤厂作押，索费约一千万两，稍缓不应，则取船政。连日焦灼，即恐其一溃难收，今虽小试其端，然更成骑虎之势矣，奈何！十八戌刻。

[1] 许：许景澄，字竹筼，浙江嘉兴人。同治进士，历任吏部侍郎、总理衙门大臣等。

[2] 稷臣：罗丰禄，字稷臣，生于福建闽县。福州船政学堂毕业，后赴英国留学。回国后入李鸿章幕。曾出任驻英兼意、比三国公使。

二〇

光绪十年甲申六月二十六日

望后一函已达否？基隆炮台全碎，煤矿自轰，敌以百余人登山，报四百人。被我邀击，擒一人，毙伤之数殊不确，有德国船为我运军火，往亲见开仗，云仅有数人。淮军浮报以见功耳。现基隆已停战，开一船窥闽，日内恐有战事。近日闽防甚振作，远胜此间，然船之众寡、器之利钝则不敌也。船厂危甚，但冀黄不与难。闽尚有恃，江、鄂援军缓不济急，直是画饼。闻江右已运米济邻，谅免呼癸。闽中亟盼南洋援船，琛月初即与曾力争不得，此时则非二三艘所能济。然曾亦太险诈，廿三日闽拨"开济"船，琛以商曾，不知其已奉旨也，曾匿旨不告，但属琛复黄而已，则以陈某、张某争论入告。及廿五日又有旨"无庸拨"，始并持两旨[1]示琛。似此举动，岂正人所为？琛若据实电奏，当此危急之时，徒使九重动气。且曾又因前日有廷寄，疑其每事必问琛，致多推诿，遂昌言战守皆吾事，防务本不必会商。琛在此虽欲竭其尺寸，而无所施。目下敌变在即，若必覼缕渎陈，非争权即卸责，不敢出亦不忍出，但誓以一死塞责耳。旭弟乃谓此老易于共事，不知何所见而云然。所恨其于僚友则盛气坚愎，遇洋人则心慌言跲，和不能和，战无可战，东南半壁，付托失人，痛哭而已。此次议和若是左侯，尚不至是。巴使[2]对人言，曾宫保甚可怜，我不忍太逼胁他。昨赫德述巴言，亦谓始以曾为重名宿将，必气壮性高，及与接议，乃老实人，我甚怜之云云。琛前累次电奏，曾不能了此事，不如改归北洋，盖有难言之隐也。本拟此局早定，自劾辱命，以谢吾党，今且兵连祸结，未知了局何时，进退失据，上负殊知，疚心何极，吾弟何以策之？自罗稷臣持福禄诺勾抹字据示巴后，日盼巴黎回音，今日丹崖来电，则外部仍指中国为背约，且谓中国与他国不同，惟据地始可商量，据基隆不过索偿，尚非启衅，必须续据地挟制，以操必胜，议院允之。盖彼之窥我熟矣。目下台无船以济军火，闽无船以为后援，胜负皆不足据，了结不早，则糜烂更多。厦门、澎湖、定海、宁波将无完土，此皆无兵轮水师之效验。经此次创巨痛深，或者知所变计耶。但元气益伤，深恐一蹶难振，奈何！都门友人有何议论，乞时时以告。爱苍处屡欲致函未果，最歉。仲容、稷臣亦甚念之，祈以此函相示，并约仲弟同观，不及另函矣。丹老已销假否？主持大计，必须有人，晤时乞致意。此上可、旭弟均鉴。弢白。六月廿六日申刻。

江宁今日遣魏仆来,均安善,乞禀慰。

传电当用新编加五码。曾耳目甚长,项自言与黄所以不合,因黄去岁曾疏劾渠,其于鄙可知矣。弟为我策之。

[1]指光绪十年六月二十三日、二十四日两谕旨,分别见《德宗景皇帝实录》卷一八八"光绪十年六月廿三日"、"光绪十年六月廿四日"条。

[2]法国公使巴德诺。

二一

光绪十年甲申六月二十八日

公定鉴:

半月来以电报为公事,直是南洋一幕府,今日饬罢议四宁,此却是一条鞭事。昨电已悉。九老不以行期示我,屡询辄遁其辞,午后往吴淞看炮台[1],至今不回,窥其室空如也,殆从此逝矣。项传电来,谓明早再电。鄙拟明午乘轮入江,明白出吴淞,未必遽遭敌炮。此间防务,九老无一与鄙商办,即与商亦不办,且谓朝旨疑我推诿,我已一力肩承,无庸商办。鄙当此际,纵不与较,如大局何?一月来除事后一咨文外,别无会办与闻之事。左病喜事而九病废事,一向偞和,此时全委心任运,既不明事理,又作烂好人。不谈公事,但与虚与委蛇,此老亦似近情,所以人谓其和平也。此席固不能胜,情面甚重。此局立见其坏,奈何!鄙未练戎机,岂求自见?然浮沉坐视,则辜恩辱命,何以自安,欲具疏自陈,则后此痕迹更重,冰炭更深,且徒使九重为难,故隐忍不果。弟能为我筹一善策,俾得自效否? 其筹防之折,无一列鄙衔,此其明证。又电奏战守事宜,一力任之,其余事件,与陈某会商,又其证。此老险诈,又广布耳目,足下心识之,勿对等闲人代鸣不平也。陈湜[2]声名最劣,来沪后日在妓楼,大为人所诟病,近已赴江阴。此即九所最信任者,总统水陆,权则专矣。鄙不敢临阵易将,且虑一击不中,益为将吏所轻。都下独无所闻耶? 吴淞炮台只打一面,敌船横其左,连举数炮则齑粉矣。台不足惜,炮足惜,昨往勘,无可补救,但令取数炮置台上得横击,或者敌船亦受小创,然不敢必。淞直无可守,但恃为通商码头,冀不肆扰。长江有险而无人,但一李成谋忠勇可靠耳。至于将狃故智,兵鲜宿练,平时粉饰,此际周章,远近同慨。贾在马尾犹能攘臂一呼,鄙来此间竟自操手不得,甚矣,人之不可无才也。九老昨日犹嘱筹防局搬运旧式土炮,谓其开花较大,众皆匿笑,而不能不承颜希旨,概可知矣。拉杂书此,以抵面谈,并乞示仲弟为荷。敬颂侍安,不宣。期叕肃。廿八夕。

　　刚侯均此,告爱苍,希杜前数日已归。

　　读《潜邱札记》否,念念。

[1]陈宝琛光绪十年六月二十九日致电总署"曾昨阅炮台未回,顷来电,已由吴淞行。"见《中国第一历史档案馆藏·综合类·电报档 2-02-12-010-0389》。《报回抵江宁顺勘防务折》:"曾国荃于六月二十八日由沪出勘炮台,二十九日早,得报知已顺途回宁设防。臣自应遵旨偕回,以赴事机而

筹战守。"见《沧趣楼诗文集》。

[2]陈湜，时曾国荃荐统水师诸军，兼治海防，驻军吴淞。因私行游冶被劾免官。

二二

光绪十年甲申七月二十日

久不通书，但凭电语究不如书之详。半月以来忍辱负重，每欲补救一事，辄费笔舌。目下炮台方试演炮尺，轮船已退守江阴，而蚊船二只犹置吴淞口，言之再四，不肯收回，一则以敷衍淞防，一则陈湜在吴淞，留以自卫。其实法领馆已大张告示，不犯上海，苏松门户仍以长江为重，吴淞炮台但击一面，而左面、背面皆受敌炮，其不可恃明甚，断非二蚊船、二兵舰所能护。南洋台炮，船炮无逾蚊船之大者，如置诸众轮船中，犹可犄角以伤铁甲，株守黄浦则成无用。且虑为敌所掳，则还以攻我，势不可当。自卫之与资敌，利害固相悬也。前以商北洋，亦有电来告，沅老至今未改调，此即足下前信所及者，仆目击之，益知其利病如此。至陈湜在此，几于人人恨之，亦其太不自检所致。近有人言其昼在吴淞，夜宿上海，日日以轮船迎送，未审确否。梁檀老[1]则谓其赴沪前一夜犹沉酣于秦淮河上也。沅老任之如此，殊不可解。刘连捷[2]则朴诚可恃，非陈湜比矣。仆在此殊无谓，暗中之补救本属无多，局外之责望更增自疚。欲与之分疆画界，则此老方自任战守之权；欲思为善刀之藏，则鄙人先自乖致身之义。故日昨疏请[3]自募五六营，为策应后劲之师,不效则甘治罪。如允行,犹有可以尽心尽力之处,否则尸位素餐,坐观成败,辱命更甚。如此断不可一日居此,而又不便自请回京,足下然之否? 但兵端既开,后顾惟饷源为可虑,仆前陈加盐厘、借民债两条有窒碍否? 想中外必多硕画嘉谟,足为持久之策也。吴雨生[4]忽弹丹老,此时再纷纷易置执政,大局更将谁任。周、吴固非好人,然译署全换生手[5],于外情既多隔膜,于旧案更不接头。我与法决裂,与他国依然和好,而如俄、如倭,阳为旁观,阴思伺便,交际稍不得当,则在彼为有辞,而我再树一敌,其何以堪! 杞忧之私,足下然之否? 迄不得黄电,昨来一电六字,则谓"叔毅来舍间安"也。可告仲弟。顷得子峨复电云,厂十伤二三,署存。恐未确,子峨守厂者也。外口法船仍三号珂乡安云云。前日电诏饬杨昌濬援闽,并有令鲍超前往之语。窃恐两人皆远水难救近火。昨致小帅电,请其仍备长门一带塞港之船,庶可阻其再入,然亦必须口内有守,否则水雷可轰开石船也。小村来电谓法领事李梅授越南全权,廿四五将往顺化,告人云,中国如有下台办法,可不索赔费等语。此语谁复理之,然法之不欲战亦可见矣。仆揣其来势,必须彼国添兵来,方敢北犯,即长江亦非闽比,此时惟台湾可虑。南洋战事当在今冬,北洋则在明春矣。漕运、饷项各节,中朝必应豫筹及之。贱体近甚适,近出风疹,尽蠲宿疴,眷口均善。自编电书一本,寄到日可照码往来。私家发电费颇巨,仆当认出,少间寄呈。此上公定、刚侯两弟足下。韬白,七月二十日。并乞示仲弟。

白折、黄折、油纸、黄纸、丝绦、夹板、包袱请寄四五分来,不用匣。

[1]梁檀老:梁肇煌,号檀浦,广东番禺人。咸丰进士,历任云南学政、顺天府尹、福建布政使等。

[2]刘连捷,字南云,湖南湘乡人。湘军将领。

[3]光绪十年七月十六日(1884年9月5日),陈宝琛上《请募勇参用西法教练折》。

[4]吴雨生:吴峋,字雨生、庾生,山东海丰人。同治四年进士。时任湖广道监察御史。

[5]译署全换生手:光绪十年七月十四日总理衙门大臣周家楣、吴廷芬罢值,陈兰彬同日罢值。此前三月,总理衙门大臣奕訢开缺,宝鋆、李鸿藻、景廉等或休致,或降调,或毋庸行走。五月,麟书亦被免。醇亲王奕譞、孙毓汶当政。

二三

光绪十年甲申七月二十七日

公定、刚侯[1]均鉴:

　　昨得中元书,今日"镇平"到,折书均收入。连电想均入览。江防如此,陆军新募尚未足数,敌若猝至,诚恐难支。九老[2]日对僚属谓祸在旦夕,而不思补救绸缪之方,真令人急死。前折恐未必准,无权无力,除静耐外有何策,惟坐视陆沉,殊不甘耳。闻法领事在津有欲捉黄甘心之语,其攻闽殆为黄故。顷仆复驳租基隆、认铁路之说,德、巴[3]知为鄙人所阻,必又构衅于南洋,长江祸不远矣。此行虽议约无成,筹战无具,而于夷情之变幻,官场、武营之习气,均略窥大概，幸而早为结束，此后补牢求艾，朝廷若假以尺柄，必当尽十年之心力，雪耻赎咎，而环顾中外，同心寥寥，诵净名"大厦倘相寄，一力宁能任之"语，又深惜刚与木[4]之轻于绝交也。竹坡今日有书，读之涕出，摘录以呈，不知刚事后果悔否。前得赍书，则谓公忙疏阔，故人不谅。竹筼[5]述壶公言，则以大局更易，归过于刚。兄觉竹坡言尚为持平。漱丈[6]近有书来，深以大衍事病仆，辞严义正，亦无庸辨。此间官电不须解囊，都中电资不轻，计前后已费数十元，兹寄上京纹二百两，请留存备用，有要语即由电来。《暗码榷轮电法》一本已到否，到后即用此电知。惟照，不宣。铁顿，廿七日。

爱苍乞致意，罗已去，仲容暂留。

大阮临行有言，欲弟代白左右。其实两边皆同气至交，弟毫无偏袒，平心论之，皆有不是，而皆非本心。石激有声，水激生波，事后当各深悔。此不徒吾党之不幸，亦时局之不幸。每一思之，未尝不太息也。尝得句曰："李牛遂恐终分党，洛蜀须知共一碑。"足下得暇，当思善为解纷，幸勿轻视，所关良大且远也。

[1] 王仁堪，号公定；王仁东，号刚侯。

[2] 九老：曾国荃。

[3] 德、巴：德璀琳，见前；巴德诺。

[4] "刚与木"：即王仁东与张佩纶。

[5] 竹筼：许景澄，字竹篔、竹筼，浙江嘉兴人。曾出使法、德、奥、荷、俄

等国。光绪十六年(1900)因反对慈禧等攻打外国使馆、对外宣战,被处死。"庚子五忠"之一。

[6] 漱丈:黄体芳,字漱兰,号莼隐,浙江瑞安人。历任兵部左侍郎、左都御史等。

二四

光绪十年甲申八月二十四日

忍、刚弟足下:

欲言之事,多入电中。得初旬书,教我备至。此间事病在泛滥泄沓,粉饰一时。弢以黄故,深自韬退,不求上人,然见之闻之,岂忍坐视。炮台成十余年,近又纷纷移改,而皆不知有炮表。应用卅磅药之炮,仅装十余磅之药,而又不以炮尺测量,欲命中及远,得乎?轮船聚赌,勇营缺额,总统荒淫,敌纵不来,而军心日弛,饷项愈糜,何以持久?主帅惯惯,视为故常。弢欲出巡,则阻之,谓其多事。归两晤面,而不问沿途情形。与言轮船赌状,曰此不足怪。请申饬,曰无庸,而谋管驾者犹纷纷也。吾乡叶鹤舫、陈慕梧,皆恐为他人所攫,故弢折中论袁九皋之非才,而言管驾之宜慎选也。目下台事最亟,私揣江南当无战事,盖敌力所不及,然不敢存倖心。巴屡询鄙人住址,惜不调到海疆决一雌雄,如待黄者,以此揣其不入江也。法欲俟恪靖到闽再拼一血战,谓此数人乃中国战党。鄙已遣间说巴,谓闽布地雷,巴信之,竟电孤。瑞安劝我早与决裂。此次批折归,如责以认真校阅,惟有不避嫌怨,厘剔诸弊。如此虽不分不合,而所益亦多。足下恐匿怨而处,建议必违,然两月来鄙人已极意推诚相下,而不能化其猜忌,引为同心,且其左右群思先发制人,不如早为揭开,俾有所忌惮。此于身不利,而于国则忠,如得藉手补救以收薄效,断不敢遽求乞身。如上意专向绛、灌,听其市惠旧人,委心任运,则臣心已尽,始敢以无可补救,自请避贤。鄙见如此,未审有合否。㸌本无急于用世之心,但以时会多艰,感激知遇,不能不思所报。两月来周谘所及,不敢谓尽无所得,可见阅历之不可少。刚若谋归省墓,迂途白下,小住数旬,相与涸泏江海,讲求船炮,当不无裨益。鄙近来万事但问心,心安则行之,往往毁誉利害不及计。即如在沪议约,明知不辞此差,必至受诟。至论黄之于闽,亦知有疑其左袒者,盖当局情形既不尽为远道所知,而鄙处所得乡信,所见乡人,皆极言黄竭力布置之劳,而归咎于前此武备太弛之疆吏,即是日临战情事,亦复异词。㸌平日论人偏于原心,况与黄为友,既知其心断无责备之理。然平心自问,即使上书讼之,亦不过为少陵之救房琯,尚异于迁史之论李陵。公义私情,鄙愧古人多矣。来示云云,㸌亦意足下必无此坠渊之心、下石之举,衅终隙末余耳,乃千古笑柄。足下于黄,本因积怒于相轻,遂致绝交于责善,此岂不共戴天之仇。《传》曰:"故者无失其为故。"外舅在天,必以琛言为不谬。此一席话,与他人则不必言,与足下则不能不言,即足下不欲闻之,而亦不能不言者,凡以为足下也。如又疑其袒黄,则见太左矣。刚三月来书,即以读书养气相劝,近日所得何似?天步如此,不知所届,愿乘蠖屈之日,储养干济以救时艰。爱苍卓荦之材,何不请缨南来,匡我不逮,累欲致书辄不果,知我当不罪之。雨花台石子近得一囊，选其精者以遗忍盦，西江所收，不可并视矣。小帆远寄一书，欲弢分电各处，鄙不能任之，以致足下，可示同人，不负其苦心耳。此问动定。弢顿，八月廿四日。

原稿不及抄，他日可寄回。

二五

光绪十年甲申十月二十七日

可、旭弟均鉴：

宝琛负罪南奔，与令姊先后抵家，当经电慰堂上。仲弟十七日航海先至，远劳手札垂唁，凄感无似。自维通籍授室，十有七年，而晨昏阙如，反以尸饔贻累吾母，昊天罔极，欲报无期，呜呼痛哉！本月十二日家严卜吉葬先祖之灵，命不孝等奉先妣柩祔焉。速葬速虞，虽不戾古，而元堂永閟，哀恋何穷。目下未及卒哭之期，朝夕奠酹，仍如常礼。贱躯素善病，近益患咳嗽，令姊尚粗适耐劳也。讣闻哀启日来已刊成，当觅妥便寄京，托足下代为分送。仲出京匆遽，书箱均寄迪臣[1]处，祈足下暇日为一检点，督善成堂可也。开一单寄下，有数种书须取回也。仲有结局五十金及应分去岁旅费若干，如已便，祈吾弟代收寄闽。前仲弟托订失票，未知下文。前交朱存手松竹斋奏折各件，想已退还。电资及杂用，存款恐不敷，示知当补还。归装本涩，宿债未偿，卒岁且不知何具，无力再赐玉矣。李、郭在金陵，豪无事事，曾九迁怒，无赖已甚，未知漕帅查复如何。如代为洗刷，则琛可得一奏事不实处分，并保徐晓山[2]一处分，当有降革之望。从此匿迹销声，不入是非场中，免至如幼樵之世皆欲杀，何幸如之。归来后始知公疏劾黄，尽属虚诬,不知足下何所据,殆上鹿泉当耳[3]。亦有逃状可气之电,可见恶知其美,自古已难。仲归虽力言昆仲之不与谋,黄亦屡言足下之不至于是,然省垣万口喧腾,皆谓有四人公函致省绅,串通构陷,勿令死灰复然。四人者,昆玉即居其二也。勿老[4]、颖翁[5]咸为诧怪,叹为交道之衰,悠悠洵可畏哉。宝琛此时惟愿黄早离船政,黄一日不去,则闽人之牒我谋差使者,一日不休。先造黄谣,必继造弢谣也。茕茕在疚,恶能堪之。草草手谢,伏惟□鉴。棘人陈宝琛稽颡,十月廿七日。

河冻书稀,幸勿念,乞代禀。

[1] 林启,字迪臣,福建侯官人。曾任陕西学政。甲午中日战败后,被贬官外放浙江,兴办实业和教育。创办"求是书院"为浙江大学前身。

[2] 徐延旭,字晓山,山东临清人。广西巡抚。

[3] 鹿泉:郭溶,字鹿泉,福建侯官人。同治四年举人。其父为藏书家郭柏苍。

[4] 勿老:林鸿年,字勿村,福建侯官人。官至云南巡抚。时回福州任正谊书院山长。

[5] 颖翁:林寿图,字颖叔。

二六

光绪十年甲申十二月三十日除夕

可、旭弟足下:

河冻船稀,久未通问,两电计均入览,已由允丈递一复电来矣。

岁余多暇，足下杜门养志，开迳观摩，其乐可知。时局未平，文事当尚有待。大考未必即举，考差又届，可弟及锋而试，乘韶自在意中。旭恙想已平复，气体未充，亦不宜过自刻苦。法氛如此，安得一归省墓，藉以稍罄积悰耶。宝琛本月中旬进城谢吊，为数日之留，见洛泉，未见小舟，出城拜十一舅，亦值出门。令姊春间入省垣，当同诣墓门，一伸祭扫之诚也。南洋五船逗留不进，现甫到浙而法援已至，分七船来闽，狙伏东冲一带，福宁界。意在邀击。廿七日，左、杨二公均出驻长门，炮台迎送，震声隆隆，城中人以为开战也。且谣言电灯之光烛天，五厂练丁咸谋登埤，人心皇皇，复计迁避，逼岁市景大为萧索。廿九日，左、杨均归省，讹言当稍止矣。蜗居偪仄，归来几无容膝之地，现于屋后添营数椽，其上为楼，以安笔研，使橐如洗，债主雁行，而待以举火者犹日骆驿，非足下不知此况也。日前颖老以团练事欲拉我分谤，鹿泉又欲立异于颖老，说我出治水军，左、杨二公则欲委我以船政，均以才绌事艰，坚辞谢之。庐居息影，庶保天年，近复被议，当可韬匿。日前佑卿来书，以曾九[1]劻我挟私参达春布[2]，又曾在学政任内延候补阅卷，盖彼间传闻如此。此种无赖之态，亦不敢断其必无。谚曰"心苟无瑕，何恤无家"，听之而已。前寄讣底谅已早到，当荷清神，为之料理，感泐无既。同乡中有赐唁寄觌者，谢信当陆续缮寄，晤时先道及。芸敏来螺，谓不进京考差，忽附轮行，其朋旧皆不测也。令姊近体较好，可禀慰高堂。即问侍履，唯鉴不宣。制宝琛稽首，除夕。贾于廿七由建溪行，船政易人，官电不能借用，以后电音亦难达矣。

[1] 曾九：曾国荃。曾国藩九弟。

[2] 达春布，字客山，蒙古旗人。

二七

光绪十一年乙酉正月十五日

自年内封口至今，沪无来船，前书迄不得寄，而南洋五船遇寇，浙洋竟毁其二[1]。吴安康电报两至，全是饰词。吴本一庸鄙之徒，在沪专善奉承陈湜，《申报》载"孙星使讯妓"所供吴征三者是也。平日花酒，逢迎总统、统领，营务处皆摊派各船出资。九不撤袁又重用吴[2]，五船中惟蒋一学生。鄙早知其不能放洋，无论遇敌。前日"澄"船水手炮勇纷纷回闽，咸谓五船并出遇法，三船先逃而悬旗令"澄"护"驭"，遂致为敌所乘，迫入小港。周子玉闻而相告，故特急电奉闻。近闻蒋入金陵，告吴先逃不援，而吴则扬言"澄""驭"不听调度，且自凿沉其舟。恐蒋亦未为得，马江殉节之多，亦会逢其适耳。故吾闽官场传闻即已不一，以九帅素日之喜怒，窃恐蒋必吃亏。吾闽新船下水，名以"横海"，调萨镇冰为管驾，盖黄闻诸鄙者。而杨石老[3]憎其面削年轻，又以学生皆未经行阵，欲改章派湘军偏裨为船将，以学生为船幕，黄持不可。近裴[4]已行之。萨生来舍，以事权岐出，章程变易，欲洁身而退，亦良是也。目下闽局所虑陆军太多，饷项日绌，闻洋价四百万借成，未知确否。海口既封，米价腾贵。左日昏愦，杨无主张，至法船在马祖澳，特为传电，汲井计耳，意不在再入闽，可揣而知也。而台地寇援日至，我军仅渡陈鸿志、王诗正所部千余人。已到台否,尚无耗。省三技穷,又与兰洲鉏铻,台所恃者,刘小彭、林荫堂辈团勇可用,然军械接济维艰,何以为继?年内欲运数炮而不得,盖民船偷渡,多被残害。杨厚帅计已到厦,窃恐东渡亦难,闻所议论,亦甚隔膜。时局如此,人才如此,谓之何哉!顷闻省垣传说,关外之军大挫。果尔,则寇台者益无狼顾之虑,势必逆力攻据,其何以支!区区所虑,彼如攻台有余力,必先扰粤以窘我,四月以前必有大战。有戚友新自粤归,据云防务亦未可恃。此时直无收局之法,未审当轴有何成见。窃意法兵如不大增,尚不敢邃然北犯,即北犯,而津防视他处较完密。但俄、倭虎视,如其合力谋我,多难实所不堪,杞忧何时已耶!朝旨罪赍及戮力举唐、徐,亦以一发难收之故,如马邑之诛王恢也。至赍之在闽是非,足下久久必知之,鄙与之同罪,如再为剖冤,益入党锢之传矣。年内煦万来,自白无造谣,寄京并代白,缄之不与闻。谚所谓此处无银三十两者,证之来书,所云岂不可笑。孔子谓:"公任寮其如命何?"孟子谓:"臧仓焉能使予不遇。"此等理鄙知之,赍亦知之。至贤兄弟之不与赍,时对人言之,鄙年内进城亦逢人辄说,足下谅亦有所闻,不至为姜菲所动。令姊因京中久无信来,疑君等怒赍并怒我,鄙人固知其不然也。鄙与赍数年来危冠自喜,世皆欲杀,本在意中。赍掌台而鄙在外,故怨毒有浅深。足下与我亲故,谗间无由入,而人之倾轧我者亦不得闻。十月间有人贻书于我,谓彼辈议论倾赍必倾鄙云云,今果获如其愿。鄙前屡为足下言者,盖以直道所在,吾辈不宜随俗波靡,且恐足下为浮说所惑,致托于以直报怨之说,而贻后来之悔。且窃冀足下信我污不至阿其所好也。近得仲容书,始知其为平心之论,辄为都下乡人所訾诟,是不惜颠倒白黑,以自实其前言,虽宣圣复生,亦不能以谁毁谁誉自白矣。姚石甫[5]台湾之狱,本由吾闽人证成,此事竟后先一辙。鄙前为黄冤、为闽惜,今亦无可言者,不过欲足下了然于心耳。顷又闻自城中来者,谓黄有遗戍之说,沪船不至,无邸抄可阅。果尔,则赤贫如黄,台费安出?鄙既无以资之,而上有严亲,又不能为张亨甫[6]。净师戏谓我为北江后身,自维事君交友之谊无一仿佛,愧恨何似。附草数行,以当面谈,勿以语人,再增我一重罪案。煦万谓缄斋来书云,羧致书都不常多黄,鄙于乡人赐唁者尚未一函谢,更无一札论黄事,殆致足下书中语外泄耶?惟鉴不宣。羧叩,望日。

[1] 光绪甲申十年十二月初(1885 年 1 月 18 日),由提督衔总兵吴安康率领南洋 5 艘援台舰船自上海启航南行。法远东舰队司令孤拔亲率七舰北上拦截。十二月二十九日(1885 年 2 月 13 日)双方舰队相遇于浙江石浦海域,南洋五艘兵舰受阻而退,澄庆、驭远两舰在浙江石浦港被法舰击沉。

[2] 九:曾国荃。袁:袁九皋,时任南洋水师"南琛"号管带、总兵。吴:吴安康,时任南洋水师提督衔总兵。

[3] 杨石老:杨昌濬。

[4] 裴:裴荫森。

[5] 姚石甫:姚莹,字石甫,号明叔,安徽桐城人。嘉庆进士,台湾道,广西、湖南按察使。

[6] 张亨甫:张际亮,榜名亨甫,福建建宁人。道光举人。

二八

光绪十一年乙酉二月二十八日

可、旭弟均鉴：

正月半孟芳病殂，二月初旬始偕令姊入城谒墓。俯仰松楸，百端交集。时方雨后，土花石绣，紫翠相错，地脉之好可知。乡僻乏便，轮船复稀，加以心绪恶劣，家务冗繁，两得手书，久久未报。

欧[1]前不知我谪官，思援以自重，团练之请，幸得不报。船政推与维允[2]，乐得自洁其身。省垣人熏心腐鼠，固应疑其顺受也。方今是非淆乱，机械杂出，身当其局，自不能计祸福，既不在官，岂有不望望然去之理。近闻人言，去岁何督之于黄，直与九帅之于我，猜忌齮龁，正复相同。特曾犷莽，而何阴险，故受其指使者亦不之觉耳。近日黄事渐已水落石出，但非数言可罄。异时有与足下见面之日，或可一谈。足下但知欧之险而以觳为长者，误矣。左、杨到后，觳遣其弟纠合绅宦具呈，而无从者，且屡在杨前谮黄。欧之祖宋，致书轧黄，叔毅曾函及之，鄙语黄而黄不信，鄙见欧亦疑谣传之不确，得来书始恍然。盖其时六月初七八事。何、穆请撤黄、方兵回守城，并请黄入城，黄电驳之。人人皆知吾闽无备由何所致，而此时何以甘言饴省绅，谓黄不顾省城，省绅多受何惠者，遂迁怒于黄。将军败由连江归，欧扬言其胜法，半以安民，半以报穆，省垣遂谓穆真胜，香案（即团局诸人）近之，及见其仓皇之状，始知其亦败退也。穆既入，不肯复出，故与何同请促黄入城。中旨因黄电而责穆再出，故穆亦憾之。中旨责何、穆，何因激绅怒而欧助之,此事官场人人知之,即鄙前请蒉守城,亦是为省中舆论所误。彼时蒉则责我助何说话,朝议又疑我党蒉,均是梦话。何督谓厂已烬,实则但坏一烟筒,鄙前电有厂烬船毁之语,亦为所误。总之,蒉之被参被谴则冤,而所以致之者,则皆气盛之为害。气盛则欲行其志,而人必隮其志而后已;欲成其名,而人必败其名而后已。彼虽不自惜,如人心世道何!然鄙虽见及此,而受曾谣诼,几丧其所守,特欠蒉一败耳。不知足下当官时又将何以自处,以为免祸之道也。

闻刘叔涛[3]物故,望可补浙学,自救其贫,兼可救我。可不得学则春可归,如得学则宜稍缓,彼时再商。旭书将改教,恐不决耳。寒乡闲屋甚多,或千金或数百金即可典一所,甚思为君等营之。如果可视学、旭改教,则决意为卜邻之计。乡居僻陋,较胜于城市嚣陵也。

关外军败,潘、王获谴,闻复有大胜之电,未知确否?湘淮军胜仗多虚报,去岁观音桥之役,我军毙法兵实不多,而伤亡颇夥。议款时,鄙曾拟彼时互抚恤,嗣探彼伤亡之数不及我十分之二。基隆之役,我兵擒其上山竖旗之人一名,枪毙数人,而报斩百数十,获炮四尊,实即我物,而廷议视为大捷,战意始决。鄙前电谓其小胜不足恃,盖据"威利"轮船目击者所言也。省三为台民所诉甚于蒉,然为枢府所喜,又善酬应,故虽丢师失地而获全,且得破格之用。平心而论,有何公道?近日暖暖庄又败,澎湖旋陷,台南亦挫,杨宫保亦束手,且湘军尚有驻澎湖未渡台者,定遭法夷荼毒矣。中兴将帅,经此一番,具见大概。左、彭均赤心浩气,而左耄彭疏,守旧而无所通变,杨宫保久居林下,于时务更茫然,只身渡台,勇则勇矣。在省来拜,适仆在乡。闻有人询其方略,则曰"朝廷促我渡台则渡台耳";问有炮否,则曰"无";问需炮否,则曰"可"。台氛早靖,不至断送,则幸也。刘、鲍本皆功狗,岂足独当一面。曾则巧滑异常,全不以国事为重。沈致李缄不尽悉底里,此时亦可不用。鄙前因两弟书来,皆赞张成虽败犹荣,故疏保张成并及蒋。顷闻闽官言,则黄以任张成为误,而闽绅亦嗾管驾难眷指控张成,并以张成之罪为黄罪。究竟孰是孰非,弟前函闻诸何人,便中示之。

闻锡彤事可无碍,九帅欲实其言,谓拨船非其志,早料必如此,殊不思迟回不进者两月余,驯致寇来拦截,果谁咎耶?此种伎俩,只好欺朝廷,沪报中议之屡矣。近闻中枢复有议款之举,与来示适合。去岁到宁、到沪,目击外间设防情形,并受当局议抚方略,因知战之断不能持久,故欲因其机而为了事,不图内外不应,首尾不顾,一身丛谤,而于国事无裨。目下急而求成,深恐彼更要挟,但使津约细款多占便宜;或基隆暂归收管,其吃亏更甚于数千万金,未知当局诸公所操何道。

堇腴[4]亦外简,铁香新受谴,想伯希必托于言孙之义矣。鄙有疏草一本,由黄交还,可前为奏记曾检阅,来信曾及之。而令姊未携到江。前在江西时,可弟曾言存京寓,鄙前电索寄还,未蒙复,乞早为检寄。中有与黄联疏之稿,即所谓力举唐、徐堪任军事者。仲留下书箱,知蒙检点,乞为觅便寄回。既有欲检之书,且虑星轺远出,无可寄存也。如乏便,陆续寄回亦可。维允如归,亦可寄,但闻渠不甘小就也。费心费心。讣文均蒙饬送,衔感无既。年世谊外所放何人,有录底否?堇腴、东甫[5]均无信来,旧仆黄溥踽踽无依,能为觅一枝栖否?荐东甫亦可。再同[6]之粗莽,鄙向比之石徂徕。旭前谓贵筑害贵竹,其言果验,未知伊亦自悔否。渠无信来,故亦置之。令姊归后尚习惯,可禀堂上勿系念。爱苍、缄斋、肖雅、伯双诸君复函,乞分致之。琐琐聊当面谈,阅毕付丙。维鉴,不宣。制弢稽首,二月廿八日。

[1] 欧斋:林寿图别号。

[2] 维允:吴维允,字伯翔,福建福州人。曾任船政提调等职。

[3] 刘叔涛:刘廷枚,字叔涛,江苏吴县人。光绪十年任浙江学政。

[4] 堇腴:黄正玮,字善长,号敬如,堇腴,晚号澹叟,湖南安化人。曾任江南乡试副考官,河南道、陕西道监察御史。

[5] 东甫:徐会沣,字东甫,山东诸城人。同治七年进士。历任礼部、工部、吏部侍郎,兵部尚书等。

[6] 再同:黄国瑾,字再同。

二九

光绪十一年乙酉三月十一日

可、旭弟均鉴:

积久不得手书,令姊疑虑滋甚,故传电奉询。得复电后数日,旭函亦来,而所谓厚封一信,至今未到也。闻和局已决成,但不知果否。于五条外别无要求。关外退师,而基、澎犹运炮筑台,深恐有久踞之意。去岁德璀琳到沪[1],巴使出两条要和,即谓暂租基隆,认造铁路。鄙时抉其弊,电署止之。此次不同,时退兵已输一着。去夏沪议不成,亦病在退兵太速也。又闻详约改派赫德就巴黎议定,西人中如赫德皆善揣摩中土人情,以为可以朝三暮四,而其伎俩又不足使法降心从我。去岁在沪,一味抑中以求和,已见大概。然当时请关外撤兵,请派九帅就沪,中枢皆从其议,而且欲自充全权,对稷臣说,并恩加侍郎衔。欲罢蒉斋,规我年少未碰钉。今日竟皆践其言,何其见信于当轴如此。夫以简约[2]五条之疏,尽人所知。责北洋补救犹恐不及,况任诸痛痒不关之人,而望其有胡越一家之谊,不亦难哉!未知日下诸公近日又作何议论也。台、厦人言恨李彤恩,欲食其肉。而省三反庇护之,财可通神,信哉。李一海关书吏,与柯玉栋同。中枢袒刘而外左,未免成见太深。平心而论,左有昏耄处,而赤心不改,几于三呼渡河。刘则一味倖和,不独与台南水火,即林维源、林维栋各乡团义勇皆龄龁之,不使见功。其弃基隆之故,则众口确凿,鄙虽不敢尽信,而揆诸情理,容或有之。因有人在津,家书至台,有云合肥谓和议不成,误于基隆之报收复,李彤恩以告省三,故弃基以为和地。都下所闻何如?日来正将考差,试后必更多热闹。所存书籍有无妥便可寄,幸为留意。前托配《唐书》,望早寄下。令姊体尚耐烦,但水饮入春更甚。鄙夙患痰饮,日来亦剧。顷同入城就医,小住已将浃旬,明日当还乡。闻有轮便,草此布臆,即问侍安,请为禀慰。弢白,三月十一日。

呢幛不必寄回,信先寄下。席卿、廉孙谢函乞致。阅毕付丙。

[1] 陈宝琛光绪十年七月二十八日(1884 年 9 月 17 日)电军机处,“可否

饬赫德改派札德璀琳司沪关,庶运械侦敌均有益"。

[2]简约:《中法简明条约》,1884年5月11日(光绪十年)法国海军中校福禄诺在天津签订,又称《李福协定》,承认法国占领越南,并允许法国商品从云南和广西进入中国。

三〇

光绪十一年乙酉六月二十九日

勘弟如面:

得可濒行一书,后音尘渺然。省城谣传甚谬,令姊至为悬系。闻闽山巷得近书,始稍慰。堂上关心行役,自所不免,随事宽解,半年亦易过也。足下近日当必与考军机,得失如何。同乡望差者实繁有徒,近三省外尚有学政,余地甚宽,吃梦更添几局。小兄于此中滋味尝之惯矣,时髦但眼热。伯双之得蜀学,遂以一击不中为介介,殊可不必。兄前月下旬因闻法兵新退,思渡台一览基、沪形势[1],兼考彼族布置陈迹,遂由厦东渡作数日游,既得周历战场,并与降卒问答,则此次法兵亦乌合,饷又奇绌,疫死基隆者将及千人。春末如不受盟,实有不可终日之势。惜我不敢攻坚,不能持久,遂舍和无他策也。法兵扎营亦无他奇,所筑黄土炮台成功更易,惟所据山巅甚得要害,三尊巨炮遂使我师不敢出雷池一步。省三之弃基隆,别有深意,与李彤恩绝不相涉。刘兰洲误信朱守谟之说,函牍告示时有不平之词,遂致结成不可解之仇,而省三之修怨罗织,亦太霸道。平心察之,台之绅民不唯不怨兰洲,而且德之。

官场则仇视之。其傲上苛下，实自取尤悔。然去岁至今，台南晏然无风鹤之惊，其才略究不可及。省三谓可弟对伊历指兰洲劣迹，无乃为传闻所误。百闻不如一见，兄渡台后虽日闻妇孺之訾詈省帅，而设身处地，亦不敢尽议其非。至李彤恩则直在无罪之列。前此随声言之，自知其失，不敢护前，惟省三之齮龁兰洲，有县丞上书言兰短，立署澎湖厅，现系林文鸾（荫堂叔），诬以他罪，使言兰洲阴事始得脱。大非正办，无怪台民之不服也。省三不愿回省，虽因湘淮见重，然台事亦必须久驻振兴。闻左侯亦有疏请移驻巡抚，未知准行否。席卿奉使，不知所指。肖雅书来，谓惺远不得意，岂堂眷衰耶？抑皮之不存耶？然如开源节流一疏，司麓经济亦略可睹，各省惟浙江奉行。友三、小希交代，均不得了矣。省城讹言日出不穷，兄游台、厦不愈月，外间议论蜂起，揣测百端，想京僚信中又添一话柄。

前寄啽挽一单，除呢幛暂留不必寄回外，其信件统乞寄回，缘须一一函复也。或有信，或无信而有幛。在厦识林时甫[2]，其人竟坦白倜傥，闻近已补阁读学，年内殆可进京。船政一节，兄自去冬即已辞断，乃蔼仁[3]谋之不得，忽于家书中谓某亦有此意，请以让之，可谓私意揣测出卖风云矣。然坐是省垣又盛传兄将典船，可厌之极，或谓左举之，或谓张荐之。而颖老又对人言，李、左均意在荐伊，热官肺肠，别是一种，言之可博老弟一笑。令姊无恙，可述禀慈侍。拉杂书此，即问文祉。兄制琛顿首，六月廿九日。阅后付丙。

[1]陈宝琛于光绪十一年(1885)五、六月,应刘铭传邀,作台湾游。

[2]林时甫:林维源,字时甫,号阆卿。台北板桥人。陈宝琛妹丈。光绪十年(1884)避战火迁厦门。曾授内阁学士、太常寺少卿。中法战争后任台湾铁路大臣。

[3]蔼仁:龚易图,字蔼仁,号含晶,福建闽县人。曾任湖南布政使。

三一

光绪十一年乙酉七月二十一日

旭弟如面:

少莪眷归,送到手书并木箱杂物种种。顷进城,蔚长厚始送来二月手书及京中师友唁函,相隔盖五阅月,其不落洪乔幸矣。日内即当作复,奉托转致。月来天气炎歊异常,城中疫沴盛行,乡间稍愈。十五、六两日风飑大作,而病证仍不减。咏樵殂于南台;馨秋自江西归应乡试,十八日以暑疾亡,其家奇窘,肖颜来告,仅尽绵力赙之,渠甚属望于可弟也。省城造谣不经,无非娟嫉。六月中,令姊以不得京信,疑虑百端,兄自台归,遍询亲友,咸知其为讹言而终不能释然,得书后始大慰。近日士林又纷传卫中丞[1]来闽作监临,咫尺之地,变白为黑,大率类此。去冬戚友有见仆生计之拙者,请援沈文肃例卖字授徒,信口应之,而省中遂不问其事之成否,哄然一时。其实至今未卖一联扇,未收一门徒,非不为也,亦难于发端耳。足下来信尚是二月所作,顷得佑卿六月书,犹有教育英才之语,盖江西较僻,流播较迟。至盛恒山之说,此间尚无,亦知我与盛素未谋面,不知又是何人家信颊上添三毫矣。平生好事,月前忽作台、厦之游,俗眼惊疑,至于百出其说,此时都下又当各据家信,言人人殊。足下有闻,可略示之,以为笑谈。日前寄礼耘粉干等件已收到否,如有所需,示来当觅寄。可途次常来信否,鄙见以可试黔学差[2]必有望,能在南数省最佳。前书来商,有假旋游台之议,如果如此,省墓而行可也,台、厦恐无济于贫,至形势则仆得之矣。左侯假准,月内殆可成行,其孤忠耿耿,真有老骥伏枥之感,无如昏耄已甚,左右无人,得归亦福分也。去岁万寿恩典有无请封一条,乞查示,如有,尚可补领诰轴,幸留意,奉托奉托。军机处考章京,约在何时,得失均示之。手此,敬请侍安。制陈宝琛顿首。七月廿一日。

　　[1] 卫中丞:卫荣光,字静澜,河南新乡人。咸丰二年进士。曾任山西巡抚、浙江巡抚等。
　　[2] 王仁堪光绪十一年(1885)任贵州乡试副考官。

三二

光绪十一年乙酉八月初十日

旭弟足下:

　　可不得学,为悒悒数日,丰约有定,幸宽譬慈闱,苦耐待时。军机已否考过,足下必可入选。长安居别一天地,所谓得过且过也。鄙人得脱是非之场,虽债累如山,亦不暇计,但恐明岁一过,菽水所逼,不能不垂踏软红,且看如何再说耳。迪臣究竟何省,或云陕西,或云云南。尚未深悉,穷极而通,亦见天道。闽闱诸弊丛出,外海二十五个。早闻乡间盛传,题为"骥不称其力"一章及"和而不流",有"孺子歌曰"云云,盖初九晨城中已传遍矣。似此明目张胆,窃恐酿成大案。监临既系学政代办,提调监试又无熟手,百事废弛,意中事也。乡居僻左,此时尚未知京闱典试为何人,想同乡分校,必又不少。台东使星杳无消息。左侯恤典[1],望后当有电音,其四公子已到闽矣。草布,即问侍祉。兄制宝琛顿首,八月初十日。

[1] 左宗棠卒于光绪十一年七月二十七日(1885年9月5日)。

三三
光绪十一年乙酉八月十七日

旭弟足下:

奉到七月下旬手书,领悉一切。令姊闻弟夫人抵里,喜出意外,顷已进城,急欲叩慈侍起居也。欧家姐事又系堇腴[1]作伐,原属合宜,惟仲既以忧归,服阕后宦京与否,尚在未定,故去岁临行已托堇腴致辞。目下兄之出处亦难预决,舍间素况久在鉴中,愚兄弟既无准定到京之期,断无强人送闽,累人久待之理。经与家严再三详酌,只得请足下代为婉辞。堇腴一片热肠,心感之极,并乞代谢。可不留学,徐图吃苦之道,来函所论甚是。兄前有书寄黔,亦如此说,未审能接到否。军机不考亦得,幸闭户三冬以养精锐也。此请侍安。制宝琛顿首,八月十七日。

[1] 堇腴:黄正玮,号堇腴。

三四

光绪十一年乙酉九月初八日

旭弟足下：

前奉书辞欧婚，计已入览。顷得二书，由赞臣来。各省题目多有知者，而贵州尚未见《申报》。此间场弊已甚，若中者太多，便恐发觉，又兴大狱。两星使治台事月余，始以人证未齐，继以众供无据，昨方到闽，即在马尾办折，一到即封门谢客矣。近来毁誉全出恩怨，倾险构陷，可以颠倒是非，此诚世道人心之变，即时局亦人心所为，诚如尊恉，伊于胡底。撤勇增饷，以养无用之兵，不过取其积习之深耳。事事敷衍，虽海军、铁路，亦徒多一漏卮。左侯赤心耿耿，鞠躬尽瘁，竟是完人，后死者何以为地耶！兄庐居倏已小祥[1]，岁月不居，倍益凄痛。可弟不归亦得，但会面又难期必，思之惘然。黑妞留住乡园甚适，近回城旬日，今日拟再接下乡。弟夫人起居亦平安，勿念。昨夜得手书二封，并此奉复，即问侍安。久名心叩，九月初八黎明。

[1] 小祥：亲丧一周年。陈宝琛母卒于光绪十年八月（1884 年 10 月）。

三五

光绪十一年乙酉十二月十九日

旭弟足下：

得冬月书，敬悉慈侍增绥，学业弥劭，慰甚。可弟此时计当抵都，喜更可知。鄙人块然病躯，困于家事，时以轻舠拍浮江中，蠲痾写忧，晨出暮反，与野人渔子相习者，数月于兹，往事前尘都如梦里，黄、顾二先生[1]且冥然若忘，更无问红与黑矣。炎凉之态，古今所同。足下日处软尘，交游贵显，故觉见见闻闻，可欣可厌，又乌知荒江老屋中固别有天地耶。令姊无恙，但米盐甚劳，望前弟夫人来为三日聚，北行以前或尚可一面。前寄食品均收到，谢谢。邵赞臣信件近亦交来矣。苏葊已否进京，闽士实无与俦，望其取法乎上，而日就于平实。手复，即问侍祺。制宝琛顿首，十二月十九日。

[1] 黄、顾二先生：黄宗羲、顾炎武。

致张志潜（二四通）

一

仲黼二兄年大人大孝：

弟一冬臂痛，得尊公九月手复后，久未修问，方以为念，而讣电猝至，肝肠崩裂。屡驱畏寒苦，未即能奔哭。兼旬迷罔，形槁心灰，回思沪上会合，匆匆连岁，复因循未践名园下榻之约，及今都成悔恨，菀结不能成语，勉书一联，先以寄哀。归葬想尚需时，少俟终当诣前，执手一恸，兼叩一切。草草奉唁孝思，不尽所言。年五弟陈宝琛顿首。

此函当作于光绪二十九年（1903），张佩纶卒。

二

仲昭[1]仁弟年大人：

两辱手书，凄感不忍卒读。委件义无可辞，而浅薄益以荒落，举鼎绝膑者数矣。月内必当缴卷，塞责而已，殊愧负也。足下到沪,寓于何处,祈示知,以便邮寄。比来玉体如何,无地效忠,守身为孝,况家督耶。切望珍重,为祷。宝琛顿首,十七日[2]。

[1] 张志潜,字仲昭。张佩纶次子。

[2] 此函当作于光绪二十九年(1903)四月。

三

光绪二十九年癸卯四月十七日

仲昭仁弟年大人足下:

先德疏稿正思邮寄,以旬来风鹤,时虞道梗。顷得手书,喜有秦君可托,已以疏稿并围炉图卷、圭丈信札先交带津,函札六册容再续寄。都下尚自安谧,但不知张将军来后如何。京津咫尺,报纸传闻,辄有异辞,远道致烦垂厪,专此复慰。即请道安。圣躬极安,上直如恒。琛顿首。四月十七日。

四 *

仲昭仁弟年大人足下:

北来忽忽,不尽所怀,下直走送已望尘不及,至今怅歉。得手书并三跋,鄙见用其二,据事直书,删节以归简当。至蛰语之

---

* 四至七信函当作于宣统元年至三年之间。

诬，不值细剖。常熟、济宁[1]固一丘之貉，亦不必挟而发之，亦思如嘱咐缀数语，既念墓志已尽言无隐，此两札又经手购得以上闻，无须再为证明，近于骈赘。且鄙亦党籍中人，固不以为轻重，足下当鉴其非偷懒也。原稿奉缴，幸详酌之。令弟近体如何，咳痰一事，戒瘾又一事，并治固善，否则两害去重，医者当能权其缓急也。草草手复，即颂箸祉，不尽。宝琛顿首。十月廿五日。

[1] 常熟、济宁：翁同龢，江苏常熟人；孙毓汶，山东济宁人。此函似作于宣统元年(1909)。

五

节复一纸奉览，照相已布置矣，阆公[1]处可电辞之。仲昭老弟年大人。琛顿首。

[1] 阆公：丁传靖，字秀甫、岱思，号湘舲、阆公，江苏丹徒人。

六

玉老[1]来函呈览，盖已去其泰甚者，足下酌之。即请仲昭仁弟年大人箸安。琛顿首。

[1]玉老:劳乃宣,字季瑄,号玉初、韧叟,浙江嘉兴人。光绪末年曾授江宁提学使。宣统三年任京师大学堂总监督。

七

仲昭二弟足下:

昨承惠函慰唁,中为鄙人计者,皆吾意之所欲言,非挚爱深知,乌能有此。现拟于二十日[1]假满入谢,亲自陈请,当可邀准。但冀届时政局无甚风波,庶不至中沮。惟沪闽船期必须探准,廿三后何日有驶闽之船,费神豫为查明,先行示知,以便筹画。彼时如无改期,此间即可首涂。奉托奉托,感谢不尽,敬请道安。年小兄期宝琛顿首。

[1]此函似作于宣统元年己酉十二月。

八

仲昭仁弟年大人足下:

昨奉立夏手书,殷殷以先稿格式下询,具见敬慎之盛心,无任悦服。鄙见只求当可,不在古雅,缪朱分年,朱称折皆是也。雪澄所谓上谕必须刊载,两折不必连接,曾文正已有先例,似无可疑,商之节庵,亦复意合。邮局保险之件,尚未寄到,先行奉复,以慰远盼。三疏恐不易查,《实录》稿本成后[1],档册均已缴还,积尘盈寸,无人为检。既从另页之式,随到随补,早晚不拘,容徐图之。佳什寄闽,尚未得读。本不敢当,留志永好,不独辉生蓬荜也。事变不知所届,沪上想仍静谧。吴侍御图卷久经题就,专待节庵落墨,亦时催之。匆匆,即颂箸祺。宝琛顿首。廿六日。

[1]《德宗景皇帝实录》稿本成于 1922 年初(辛酉十二月)。此函当作于 1921—1922 年间。

九

民国十一年壬戌正月十九日(1922 年 2 月 15 日)

仲昭二弟足下:

承电知"新济"停修,"飞鲸"须廿九、三十开,鄙急欲南旋[1],俟假内料理就绪即回。以时局云谲波诡,不知胡底,目下尚可暂离,过此恐风鹤日甚,难于抽身。故昨电请代查招商之外尚有何轮先开,冀可早行。无已,亦只可守候"飞鲸"矣。费神已深铭感,万勿纡驾浦口相候,无任盼祷。即颂时祉。年小兄宝琛顿首。正月十九日。

[1] 1922 年 1 月 24 日(辛酉十二月二十七日),陈宝琛得家书知王夫人疾终,准备返乡治丧。

一〇

民国十一年壬戌五月廿六日（1922 年 6 月 21 日）

仲昭二弟年大人足下：

别未兼旬，忽遘危疾[1]，累承函问，关爱之深，直同骨肉，感极而涕。此行劳顿尚不自觉，而久客北土，南中卑湿，益以弥月之阴雨，固自知必病，不料如是之剧耳。就医德院，二十九日出院，又涉旬精神渐复，腰脚浸健，数日内当销假入直。旷职日久，寝食难安，惟来日益难，衰朽余生，有何裨补，竭吾心力而已。季皋[2]何日北来，日用延竚。久旱直逼夏至，二麦无收，大秋亦正可虑，吾民何辜，亦降之厉耶。复儿过沪上谒。草草附陈，敬颂道祺。宝琛顿首。五月廿六日。

[1] 1922 年 2 月陈宝琛告假回闽治丧。归来大病，经德医治愈。

[2] 季皋：李经迈，字季皋。李鸿章三子。袁世凯内阁署邮传部副大臣。

一一

民国十二年癸亥二月二十五日（1923 年 4 月 10 日）

仲昭二弟年大人足下：

中旬得书，备承爱注，极感挚情。半年来医药纠缠，明知无济,此去得大解脱,洵可作六如观。惟童幼满前,侗儿夫妇去秋已来京,不能不资其照料矣。衰朽余生,丁此时局,可忧可怖之事有百倍于此者,不敢为此邑邑,以重友朋之忧也。春寒特甚,以阴雨时多,日来始暄晴。贱躯恦适,前月以事请假两日,上直初无间断,政客作用报纸煽谣,往往以毫无风影之事流播远近,固知不足以惑智者,而巢燕涸鱼,危窘日甚,亦不能无将压之惧耳。复儿亟欲来省,以叔毅葬期[1]少俟,若乘"宁兴"北来,日内当过沪奉谒矣。廷重弟月前来晤,匆匆返津,次日往谢不及,为歉。草草奉复,即颂时祉,惟照不具。宝琛顿首。二月廿五日。

[1] 叔毅葬期:陈宝璐卒于 1913 年 1 月 13 日(壬子十二月初七日),1923 年 3 月 20 日(癸亥二月初四日)下葬。

一二*

仲昭二弟年大人足下:

日前陀庵得书,承致津局一函,极感关垂,当经遣人先投,顷知"新铭"轮船明日开驶,儿辈附之而南,到沪诣谢。缘途优待,受赐已多,运价断无累及公司之理,交侗儿呈缴百圆,祈为核收入帐,俾安鄙怀,无任心感。手此致谢,即颂道祺,不尽所言。宝琛顿首。七月二十一日。

---

* 一二至一七信函作于 1924—1926 年间。

一三

仲昭二弟足下：

久不奉问，书来极慰渴念。此变酝酿有年，初但报馆、议员藉为敲诈，不意赤化所传，遽即首试其贪狠之手。主之者且即名父之子[1]，尤为痛心。鄙日侍左右，不能先事防维，一死不足以塞责，犹幸圣躬无恙，不得不支疲忍辱，以为善后之谋。园居之不可复论，深合下怀。两陵不知如何，旧邸恐亦难自主耳。上见几颇早，前岁澄园[2]、海藏[3]连名一函，心焉识之，故有特简健之宣召澄园之举，而皆格不行。年来情势益迫，冬春始骤用海藏，责效又太锐，贵近度不能夺，则藉外力以倾之。本至求解少府，始已上所愿望，仍成泡影，慢藏怀璧，稍有人心，固无日不以为危也。来书参列四照会议及藉外力以示报复云云，全无影响。不知闻诸何人，久久当自明耳。政局又新，凶锋稍戢，日来仍趋侍行在。草草手复，即颂时祉，不尽所言。宝琛顿首。十月廿九日[4]。

[1] 名父之子：李煜瀛，字石曾，李鸿藻三子。为驱逐溥仪出宫的重要人物。

[2] 澄园：李经迈。

[3] 海藏：郑孝胥。

[4] 驱逐溥仪出宫事在 1924 年 11 月 5 日。故此函当书于甲子十月二十九日（1924 年 11 月 25 日）。

一四

仲昭仁弟年大人足下：

腊尾得书，并惠福橘，以画松未就，因循稽答，疢歉极矣。昨复枉函，随即呈览，并进奉银币千员，上嘉其忱悃，而以笔耕所入，刻苦节缩，以为上供，深怀不安。因询及求题。先墨久未寄至，欲手书"有父风矩"四字以赐，命觅旧绢或旧笺，故略有待耳。远伯数数来津，座客必夥，未敢造访。叔威、季才略传风指，或当不负荩怀，惟此局虽定，能支几时，亦难豫测。爰居避风，何心钟鼓，鄙见与所论炉火云云，正相合也。先著《管注》虽为未完之书，而中年心力毕萃于此，但以原稿印行后，必有补之者，尔时曾有手札致鄙，自标宗旨，即可援为广告之资，幸检刊本摘用之，何如。足下诞降之辰，记在子月，日已加申，确与茶陵事同时，但系鄙就商，非尊公枉过也。巷尾去横街裁数十武，日常三四往还，情景宛然在目。衰朽余生，犹及操双管而追旧梦，况重以谆谆之嘱，遑计丑拙耶，彼外人乌足以知之。贱体眠食如旧，时患腰痛，年为之耳。令兄长我两龄，目光脚力更遽，尚常相见。手此复谢，顺请道安，不尽所言。宝琛顿首。四月廿七日。

一五

仲焰老弟□鉴：

前函草就未发，而惠书又至，枇杷甘篓立即代进，上甚嘉悦。

以觅绢未得，尚趣传也。都下无政府者数月，吴、张相持又月余，近始入都，能否协谋决议，犹未敢知，而赤焰复炽矣。时局不知所届，但能苟安目前，则亦得过且过。沪上所闻如何，屡承损惠佳果，尽室饱啖，感谢无以为报。手此，再颂暑祺。琛顿首。五月十八日。

一六

仲焀年老弟足下：

月前寄函计已早达，御书因欲觅库绢，迟迟月余，顷始发下，仍用库蜡笺，即托麦君转寄，由轮船帐房赍送，当较稳慎，到时见复数行，即代奏谢。手肃，顺颂暑安，不备。宝琛顿首，六月初八日。

一七

仲昭仁弟年大人足下：

前月以小极就医都门，月余始回津，得读惠函，并先德奏议印本，随即检呈乙览，并及书牍，赞叹久之。病后腰痛不耐久坐，日来略愈，急于践诺，不计工拙。署款时百端交集，率成七言一篇，以期迫不及付裱，由邮寄呈。自知芜俚，然可抵一篇寿序，盖无不尽之怀矣。晴初欲得书牍，如有开印，乞寄数部，鄙固知其有所避也。复儿月前到此，而故乡乱事如麻，只得委心任运耳。手复，并祝寿康百益。宝琛顿首。十一月初一夕。

一八

民国十六年丁卯二月初二日(1927 年 3 月 5 日)

仲昭年老弟惠览:

客冬书来,稽复至今。兵氛变幻无常,沪渎日在风鹤中。初望足下北来,恐不可必也。安兄元旦尚剧谈一时许,不意三日病遂沉重[1],身后清贫,幸足下与远伯及贵族人某致赙,当可了此丧事。津居月必一再晤,痛逝益难为怀。复儿过沪,当可晤教。手此,藉问起居,不尽所言。宝琛顿首。二月二日。

景明久托,乞《涧于集·书牍》一部。舍侄懋咸亦愿得之,渠亦壬寅末契也。

自我交公,干枝一周。曩忧厝火,今痛横流。卅年离索,复聚风沤。曾未再期,弃我不留。林中之游,籍咸最昵。大阮已矣,贵寿公极。贵而能贫,寿且好德。正毙若休,俟清何日。公常言命,我谓适然。竭来一嚎,孰者非天。世实丁此,身何有焉。无奈孤愤,郁兹寸丹。正旦诣公,剧谈移暑。拭目开襟,奋髯抵几。不期半旬,梦呼起起。公自解毵,孑然后死。孟春垂尽,公之生朝。欲持壶榼,相慰后凋。典刑倐渺,异路未遥。倘念昔者,歆此酒肴[2]。

[1] 张人骏(安圃)民国十六年丁卯(1927)卒于天津。

[2]《祭张安甫同年文》,见《沧趣楼诗文集》第 475—476 页。

一九

仲昭老弟年大人足下：

儿辈往来沪上，诸荷盛情，直同骨肉，心感匪可言喻。藉谂动定绥和，眷爱均吉，至慰远怀。侯府旧宅，本太廓落，近又旷而就荒，闻已售出，甚善。□重津居，亦置屋否？乱靡有定，四海无安处也。复儿急于回里，是否乘日轮先行，涉旬未得其来书。年例贡橘，当已托足下再为设法转运，频费清神，殊不安也。衰躯眠食尚康，逐日如恒上直，惟重听善忘，视前弥甚，精神亦复疲苶。累函稽答，即其明征，幸挚爱能谅之耳。季皋来此就医，仅得两面，匆匆而别，归当晤及。医云病变以渐愈，亦未能克期也。苏庵明晨南下，适有馈松花江白鱼者，乘便寄奉一尾，戋戋聊佐下酒。雪后骤寒，呵冻草草，即颂起居万福。兄宝琛顿首。腊月十九夕[1]。

[1] 此函似作于 1928 年。

二〇 *

仲昭仁弟亲家年大人大喜：

别来衰懒寡悰，久阙音问。流光羽迅，足下已抱孙矣。子

* 二〇至二四信函当作于 1932—1934 年间。

美[1]为述命名之由,油然孝思,对之增感。颓朽犹及眼见,亦庶几不愧九京也。小女托庇慈姑,产后诸臻平善,至慰远怀。闻从者有金陵之行,约须涉旬,计已回沪。河北虽已停战,而滦东一带犹有驻军,近且通电宣言独立。王君已言旋珂乡否?昨从远伯处读大作,寿华阁丞骈文端庄流丽,功候极深,无任欣羡。肃此奉贺,并颂双绥,惟鉴不宣。姻年愚兄陈宝琛顿首。五月廿八日。

[1] 张子美(允侨),张志潜(仲昭)长子,娶陈宝琛九女陈师周(京贞)。

二一

民国二十三年甲戌二月十七日(1934 年 3 月 31 日)

仲昭亲家年老弟足下:

客腊自东归[1],就医旧京者月余,音敬久阙,曹世兄度辽相左,归始得诵手书,藉悉兴居多豫,诸如所颂。衰躯日即疲苶,极思归老乡园,而匪氛遍地,廓清无日,犹不如京、津之得以苟安。伯严居庐山有年,近以冠盖遝集,不耐牵率,转以故都之寂静为可居。与相睽一星,不图垂老乃获快聚[2],三旬中已六七面。渐近清明,与约郊游看花,当一践也。远伯谓足下拟于暄和北来,则良觌当亦不远。尊公日记新经影印,孙辈闻诸同学,如已成书,乞惠寄一部,俾快先睹。大曾已将周晬,当益秀慧可喜,小女归宁时,能携之来为盼。手复,敬颂俪祉。日昨寄上相片,计当察入。宝琛顿首。二月十七日。

［1］陈宝琛 1933 年冬自东北返天津。

［2］陈三立(伯严)于 1934 年初北上,与陈宝琛相聚。

二二

仲昭四弟亲家足下:

"新丰"船来,子美以命损惠鲥鱼两尾,肥美殊常,饱饫,谢谢。闻远伯言,从者当北来,以患糖尿不果。未审近见瘥否,念极。鄙所知者,张菊生患此十余年,李拔可近亦为此忌食甜,并戒秔稻,可以勿药,似无庸过于慎葸也。迩来盗坟之案层出不穷,既有预防之法,自不宜缓。远伯曾以见诿,当已函达。衰躯日即颓废,一无可意之事。幼实殁未及期,而其子抱初复夭,媚孤赤贫,何以为计! 足下闻之,得无恻然? 草草奉书,即颂俪祉。期宝琛顿首。四月。

二三

仲焆亲家足下:

顷得廿三日惠书,知起居佳胜,避嚣白门,于是辰得女孙大小平安,同深欣慰。惟乳哺调卫,又须重烦亲母恩勤,康强逢吉,遥为德门庆颂。鄙餐眠照常,惟日益衰懒耳。草草奉复,并贺大喜,唯鉴不备。宝琛顿首。八月廿五日。

二四

仲炤亲家老弟足下：

　　前得冬至惠书，欣悉动定胜常，天伦至乐，甚慰驰念。衰躯病后畏寒习懒，开正恐亦不能东迈庆祝，极盼入夏北游一谈聚也。属书楹帖当已寄到。手此，顺颂年釐，不尽所言。眷爱均吉。损惠多珍，并谢。宝琛顿首。嘉平廿八日。

致高向瀛（一通）

光绪二十八年壬寅六月初二日

颖生妹倩年大人足下：

得都下惠书，知初旬可以抵浙。足下明识朴学，屈就丞倅，得无鹤立鸡群。时局至此，而积习依然。不特济物为难，即自救亦正不易。湖山大好，尚可静俟机缘耳。端生素笃乡谊，与鄙为总角之交，言之尚易，但其爱博道广，于贤者之加礼不知如何。幸燮钧近亦回省，闻惠亭言素极引重，当可得推挽之力。鄙见如入洋务局，较多所讲求，书局之席，恐希丈一出，即有代者，不能悬也。鄙自病后众虑益空，但眼前分内之事侭多未了，俗所谓云"做一日和尚撞一日钟"也。叔毅日手一编，亦忘老至，前得改外轮选之电，彷徨数日，卒遂漠然，荒江老屋，得其相伴，亦不寂矣。倥偬[1]过沪，曾来一书。顷将寓书伦敦，不知其妇已诞否，雌雄如何。仲勉久无书来，鄙累询之，均未得答。足下近甫出，当知之，乞示复也。惠亭于前月望后为南洋之游。城中疫气尚未息，幸有粤东罗氏《鼠疫汇编》[2]一方，屡试屡验，而时医必苦排之，以炫己长，坐是而误者不少，子栾则又以自误，可慨也。初到不知住址，此函特托豫弟转致。

即请暑安。宝琛顿首,六月初二日。

[1] 佺佺:陈懋鼎,乳名佺。

[2]《鼠疫汇编》,清代罗汝兰(芝园)撰,初刻于1891年。此后又出了几部治疗鼠疫的著作。光绪二十七年(1901)年闽省疫重,光绪二十七年十二月(1902年1月)陈宝琛为郑肖岩著《鼠疫约编》作序并署书名。

致林炳章(四通)

一

光绪二十六、二十七年间(1901—1902)[1]

惠婿足下：

顷到城得临行入槟之书，甚慰。此时计已到槟[2]，谅亦不至寂寞。鄙见由槟出叻[3]，如有可游之处，不妨多往，不必遽归。昨京姑丈来，鄙亦言之。五叔深以出路由路，练祭（小祥）不比大祥，不必定归为言。吾贤幸再酌之。徐季钧[4]所言，苏门答腊属埠某地，谅总可往，敝臣言噶罗巴[5]当亦非虚，何妨携《瀛环志略》[6]以按图索骥耶？至诗鹅之行，万万不必，叔异已到坡想出来，当可晤。悭尘已函致之矣。稷臣廿八到家，人甚安适。舍间及小女辈均平善，勿念。晤季钧后曾草数语，并附小女一缄寄叻，已收到否？归装麝香、犀角均可带些。如是南洋产便带些，否则不必。归如过厦，尚拟拜客否，幸预告我。此问近好。八月初三日，天心阁寄。

家书已寄回。□尚瓦全，然已殆矣。

[1] 林炳章曾于1901—1902年间赴南洋。此函当作于此期间。

[2] 槟榔屿：槟榔屿一般指槟城，亦称"槟州"，位于西马来西亚西北部。

[3] 叻：旧时中国侨民称新加坡为"叻"，亦称"叻埠"。

[4] 徐季钧：福建闽清人，新加坡华侨，曾任《叻报》及多种华语报纸主笔、总经理。

[5] 噶罗巴：印度尼西亚第四大岛爪哇岛，时称爪哇为"噶罗巴"。

[6]《瀛环志略》：徐继畬编纂，1849 年成书。是中国较早的世界地理志之一。

二

光绪三十一年乙巳十月二十五日

惠婿足下：

厦轮六日始抵沪。日内与皖、浙诸君讨论路事[1]，粗有眉目，尚在候陈贻堂。恐自鄂来尚须数日，"海晏"到，未必能归，转眼便逾月矣。征宇何尚未行，季直[2]已晤催，恐其事忙不受迫促，闻诗孙[3]极窘，非有润笔，亦难催就。旭拟改请苏庵书。此两碑年内皆难镌成，不独鄙也。步溪[4]本与子洛约"海晏"定归，如网事急待，则由局电文昌里旭庄处催之。否则亦候与鄙人同归。所差仅数日，谅无妨事。望即通知维胜，并告其家。并子洛也。学务近议如何，路公有何宗旨，其于林宗必有所牵缠，有便草复数语寄旭处。匆匆未作家书，即以此纸示舍间可也。此问近祉。琛顿首，十月廿五日。

家二叔葬期[5]似在初旬，恐归不及事矣。

[1] 讨论路事:光绪三十一年乙巳十月(1905 年 11 月)在上海讨论闽浙皖赣四省路事。

[2] 季直:张謇,字季直,号啬庵,生于江苏南通。光绪二十年甲午恩科状元。近代实业家、教育家。

[3] 诗孙:何维朴,字诗孙。

[4] 步溪:刘濂,字步溪。

[5] 陈宝琛二叔承堃,字孝载,号子顺。曾任工部郎中。卒于光绪三十一年乙巳七月初六日(1905 年 8 月 6 日)。

三

惠婿足下:

月前因陀庵[1]事,邮达一缄,当已入览。日来此间盛传李、臧芥蒂甚深,包、许窥闽,勾合朱、方,不知确否。闻酒精厂开办在即,必需妥实之人。族孙麟书曾在法政毕业,所开万隆京果行,近以亏本出接,家居甚窘,而人甚愿悫,其子登昊现在伦敦留学,南窗来京谋事不就,亦在交通行政讲习所肄业,硕回皆与至稔,南窗、登昊皆尝教细哥英文,不受薪束。若其父亦得一席,支持家计,则两子一二年内学成,青黄可接。鄙既欲栽培其二子,又素知其父之诚悫,故特为之先容也。望与文访[2]商之,酒精厂如已人满,则他厂亦可,其所望固不奢也。手此,即颂春祉。琛顿首,二月初一日。

[1] 陀庵:陈元凯,号陀庵,陈宝琛族侄。

[2] 文访:林熊祥,字文访,号宜斋、大屯山民。台北板桥富商。陈宝琛外甥。光绪二十九年至三十一年(1903—1905)在闽。此函当作于此时。

四

光绪三十三年丁未年八月[1]

惠婿足下:

得函极慰。步[2]归,当晤及。嵩屿不大碍,让回数丈即可安车歇泊货船。所讨厌者尚是吴、陈,似部已准之,招吴不至,当就港相势再商。藉此入粤,晤沈、魏。今日乘"海坛",旬日回厦开局,厦绅除叔臧尚款洽。佺信如到早,可转涛园处,迟则留厦。鄙到粤后在七、八、九三日也。"海门"、"海坛"连日均有收信,可以寄语省事,近日有无新闻,郁堂毕业最急,势须稍缓数日,望告舍间,并彦和[3]、墨园[4]也。手此,即问文祉。琛顿首。十三日午刻。

[1] 陈宝琛光绪三十三年丁未年八月(1907年9月)赴厦门总办事处,主持召开福建全省铁路有限公司第一次正式股东会议。此函似作于此期间。

[2] 步:林熊祥,字布溪。

[3] 王孝总,字彦功,王仁堪四子。

[4] 黄懋谦,字嘿园、墨园。

致陈宝琛(一通)

仲弟[1]览:

　　月前寄去一函已到否,闻玉苍[2]言馆事尚未竣,想节边未必归矣。两月来为永福帮事,日夕纷扰,迄今尚无定局。昨邹三以孟延丈函见示,始知其种种机变,几为所卖,当即函复。淦孙就事论事,以其至戚尚不欲尽发其覆,然观其日来情状,犹自利令智昏,诚恐有碍此局。渠如何致函都中,毫不使我知之,而对我则坚称芸敏夫人欲留半自办。我以伊必系欲得一馆地,已许其无论樸谁,必为伊留一席。渠意又欲援引多人,代帮东办三分之一。昨玩孙丈来函,似帮东并无留半自办及办三分之一之意,而有将来此局由伊与兄合办之语。无论兄之无暇及此,以伊之反复无常,朝秦暮楚,惟利是视,月来已窥之熟,岂能徇其一相情愿之请! 而伊则又变一说,约郑、林与帮东三股合办。并自称有信达京,日内当有复。及信来,又有林亏空,如此实出意外,此后不可搭暗股之语,兄正诧异,而渠仍持前说。盖以林为我戚,我必极力保护,帮东缺本,由我筹垫接济,而伊搭股荐人,阴食其利。自云有数百千文,欲搭帮东股内。而彼不思此局能赢,则帮东与彼俱利,我筹垫之款亦有着;如其不然,彼无所亏,而樸价之入不抵股本之折。我不与闻则已,我既与闻,能不为帮东熟策之耶。故致淦孙函有由邹三出股本与郑、林合办之说。盖深知邹之昵黄,不稍徇其意,必能挟黄以搅局,股友内乱,害仍受于帮东。我半年来之委曲调停,于其受托保黄,绝不显揭其失,收帮之后,犹称其人尚明白。原冀其至戚关情,但能革面洗心,亦可分吾劳责,且许其无论礫者为谁,必为伊留一席。乃愈敷衍愈反复之诡秘,前后彼此所言无一符合。佃人之常态无足深论,而终不能不隐忍以求全。大抵邹有股而无本,则必暗地搭黄以售其言,掩耳盗钟,我亦但薪礫价无缺,帮情平安,无负芸敏夫人之托而已。初三日发淦孙函后,细思尚宜倾吐,以免数千里外之事势有所壅隔。孟延丈有欲见吾弟商托之语,弟可往见,将以上情形详细述及,并催淦孙早为函电,以便照办。目下亏耗日深一日,再延恐不能堪,不知邹亦函及否。顷闻有茶船明日收信。匆匆草此,即讯时祉。初六夕。兄在讲舍书寄。

[1] 仲弟:陈宝琛二弟宝瑨,字仲勉。

[2] 玉苍:陈璧,字玉苍、佩苍、雨苍,晚号苏斋,福建闽县人。光绪三年进士,历任内阁中书、太仆寺少卿、顺天知府、户部侍郎、邮电部尚书兼参预政务大臣等。

致陈淦孙(四通)*

一

淦孙重侄足下：

初三寄函计已可到京。此间正在盼复，并与郑详约一切。子桢搭股之事亦已许其随量交款，不拘多少。而子桢仍活动其说，昨又持示吾贤来函，催愚亟为觅穙，内有或仍旧、或另穙云云。则帮东合办之说，可决其必无，亦无庸再待京信。因与郑说定，筹赀购盐，不日可到。顷闻子桢日内欲自到京，不知渠有何意。子桢所不愿者，旧年黄穙垂成，为愚截止，此次忽操忽纵，以愚为傀儡，任其盘弄。愚但知为吾贤处顾帮，岂能再为伊多谋好处。合股不用本，干修要厚。荐友荐哨要多，现时渠以此帮在外招揽，惟利是视。日前愚之中表黄乃济叶恂予之婿，家姑之子。来议穙，子桢以渠系永福人，将来恐为盘踞，且渠现办黄田帮，与南路深仇，恐为龚所报复，有碍帮情。愚亦以子桢之言为然，故婉却之。现子桢复到陈吉佑处，伯双之子，亦恂予婿。允其代为说穙，并索干修。闻黄枚臣亦有股。致乃济又来与愚纠缠。此局不早定，则变幻日多，不成者皆为仇敌。愚任劳怨犹

* 一至四函均当作于光绪二十六年至二十七年间。

后,于帮局稍有窒碍,实抱不安。现时即与郑成议,约林为郑之暗股。如堂上实不相信于林,则由愚认樸,愚自联郑、林,如有欠樸碍帮,愚任其责,以后樸价由愚兑京。前欠之樸,定后自当统兑,否则日延一日,帮既亏折,别人承办,一切账目及上手质银,均交割不清,滋多口舌。如子桢之议,将质银干没,以为合办帮本,恐郑不甘心,即林亦不能制也。愚断不以帮用情于林,而林亦中表至亲,不能毫无关照者。今帮归郑樸,堂上当可无疑于林,再有不然,愚既出名承认,则愚任其责成,较之他人,谅可放心,子桢亦无所用其间也。郑之旧约俟新约付后,再行互换,得便先为寄来。年限亦非六年不可,此帮非积年统算,樸者无把握也。专此驰布,即问侍祉。望即禀明堂上为幸。宝琛拜手,八月十一日。

二

光绪二十七年辛丑正月十六日

淦孙重侄如面:

去夏以来,南北道梗,消息不通,殊深系念。年内子桢述知堂上由东到沪,慰甚慰甚。永帮办理年余,经招呼局员,羁縻黄、郑,帮务暂可支持。旧年银根奇紧,盐价不时起落,幸筹款应手,买海均能得宜。年终约计除樸价外尚有余利。吾贤应收樸款,仲弟夏间回闽时,述及堂上寄声,即拟兑京,适遇拳祸中止[1]。闻堂上不日回闽,此款或寄沪应用,或留闽待拨,现尚贮存,候复办理。所有永帮应办之事,如何了旧,黄、郑旧账。如何约新,新樸户约字,各联股合约。及接办以来各帐册,专盼堂上早回,面陈一切。兹乘子桢赴沪,手此道意,即问侍祉。宝琛拜手。正月十六日。

孟延丈闻亦到沪,京居济屋有无被祸,念极。

[1] 拳祸:光绪二十六年(1900)庚子事变,次年平息。此函似作于光绪二十七年(1901)。

三

淀孙重侄如晤:

前月得堂上来书,以永帮仍归舍亲林君接办,本当嘱其遵照换约,即日奉复。惟此帮从前系郑姓出名承樸,舍亲及李、黄皆为暗中联股,现郑因透用帮钱,逾其股本,不管帮务者数年矣,其存质之钱已非郑所应有,各股算账不免互有龃龉,卸旧交新,尚须一番议论。去秋迟迟未报,亦正坐此。已嘱子桢令表督同各股秉公核算,免致挨延。俟有眉目,即当嘱舍亲如约办理,总期樸价有着,帮局无碍。其中周折甚多,不能罄述。草草先问,藉纾堂上远厪,即讯侍祉。宝琛拜手。二月廿三日。

四

淀孙重侄足下:

春间得电后,连寄两函迄未得复,想前函必已达览。仲弟归,谓濒行曾匆匆一晤，似闻已有复函，恐浮沉矣。帮事月来照常，惟盐缺价贵，颇艰措注，然较之去岁之纯任自然，总有起色矣。旧股数目虽未清算，尚各妥帖。旧年七月起礐价，子桢传意留为股本，仲弟谓贤处亦颇需款。兹先汇去光洋叁百元，到日察收示复。此外是否寄京，抑留为股本，俟复信照办。余语前函已详，望禀知堂上，即问侍祺。宝琛手白，四月十八日。

致吴观礼(四通)*

一

墨晶眼镜奉还。久置案头,健忘可笑。此上圭庵年伯大人史席,侄宝琛顿首。

二

手教领悉。拟即赴汝翼禅室与商也。此复,即请圭庵年丈大人午安,侄琛顿首。

三

昨与乡人饮酒,晡时始得过汝翼。询悉玉体已略安,但未审逾午脉象何似。归读手札,并赐多旨领饫,谢谢。大军三捷可喜,冬春养锐,明当直捣莎车矣。然西去山溪纡阻,籴入益艰。所恃元老

---

*　四短笺均当作于光绪三年至四年间。

运筹,虎旅用命也。报房似隶中城,前岁因谏垣补官,未为登刻,曾受责饬,近复疲玩至此。日前张平子之饭后钟亦坐是故。而亦隐忍,不略整顿。百事废弛,即小见大矣。今晨六脉如何？手此,敬问圭庵年伯大人早安。侄宝琛顿首,廿九晨。

四

韵和吴观礼诗两首[1]

其一

吴侯长句逼杜甫,诗中端合封真王。骚情雅音托香草,墨花溶溶书硬黄。坐上联吟压元白,铿若雷琴音霹雳。只少旗亭识曲人,月明花底调弦索。十年人海吾不归,有梦空遂秋云飞。及时不采耻自献,孤芳恐负春阳辉。黄尘滚滚腾骊骗,红紫嫣媚城南花。佳人绝代自幽谷,宁屑迟暮重咨嗟。同心况尽一时秀,奇服高介伴怀沙。忆谱群芳读《越绝》,渚山万本香如雪。何日兰亭舫咏游,泠然同作御风列。将军爱花如爱骏,千里沧波片帆稳。得主居然迁地良,托根底用空山遁。乡关谁筑宣防宫,百卉狼藉仙岩东。国香荣悴庸有数,催折肯与萧艾同。陆虽崇佩词人宗,岁寒图之三友中。曲江感遇有和作,莫惜芳意悲秋风。

韵陀墨庄同集圭庵丈斋中赏建兰,再叠前均奉和,求同社教之,弢庵呈草。

其二

我年弱冠颇慷慨,请缨思系南越王。读书万卷不致用,词赋小技羞丹黄。燕市逢君醉浮白，手拓弓弦响霹雳。眼前余子争五交，上下云龙自相索。商风吹木君南归，三年鸾翮铩不飞。重来苍凉说家国，虞渊西匿天无辉。九衢接轸骖骊騧，闭门种竹浇寒花。过从不嫌晨夕数，谈笑往往兴叹嗟。曩时朋辈盛文酒，可怜放手如抟沙。我忆戴逵谓子辉。每愁绝，扁舟波冷江南雪。书来苦恋浮玉山，江水煎茶读《庄》《列》。只今无人赏神骏，闻说公卿贵平稳。大隐由来在市朝，如君宁待蹂垣遁。纷纷查客牛斗宫，楼船际天沧瀣东。夜阑柷敔惜槥散，罪言矧敢樊川同。近游竹林交嗣宗，清崎壁立洪流中。期君朝阳作威凤，琅琅一声鸣天风。

叠均赠健庵同年兼呈幼樵世丈，求同社削正。弢庵未定草。

[1]两诗《沧趣楼诗文集》未收。

致张人骏(二通)

一

光绪九年癸未三月十一日

健兄同年足下:

别来忽逾半载,离索之感,积而益深。阅邸抄,知兄已补谏官,并有诏,毋庸回避。竹林风清,柏台霜峻,甚盛甚盛。弟骤忝迁除,殊惭不称。比来江上冷雨潇潇,忆六丈方从公锁闱,足下亦复岑寂。春来有何佳兴,但愿圣朝无阙,可以不问狐狸也。竹坡之事,令人余恨不已。兄近见之否?入春以来,未得六丈书,而兄亦不以一字复我,何耶?续胶有定议否,念极。近日有无移居,便中乞并示及。手此,奉问起居,唯希远鉴,不宣。宝琛顿首,三月十一日。

二

连日碌碌,寿文今日方可竣事。奉上酸枣糕两匣、咸青果数枚,别有所谓法制橄榄者亦乡人所遗,风味颇妙,请尝之。此复安兄足下。弟琛顿首。六叔均此致候。[1]

[1] 此函似作于光绪十四年(1888)后。

致王彦武(一通)

彦武内侄足下：

得书兼旬，以俗冗稽于作复。顷闻复有来书送村，尚未得阅，明日收信，先疏所欲言者于左。廿三夕天心阁寄。

一、南皮复疏已发否？甚欲一读，报中谓最赏朱强甫之议，有稿本否？

一、令叔昨来函谓枢密宗旨变政，不用西法。有电致江、鄂，有异议者概行罢斥之语，确否？果尔则所变何政，时尚未至耶。南皮谓何？□□□

一、丁口税之议如何？此事必须变政之后，有警察新法，户口之数无讹，吏役之弊悉者而后可行，否则徒扰累而无实际。

一、此间日内大着意于制药，彭姑爷欲出而揽办也。鄙以为日本以抽为禁，故言顺而令易行，我则虑多掣肘矣。鄂曾议此否？

一、闽督复奏条陈，鄂有咨稿否？兹摘抄以寄。

一、学堂功课中西极为认真。新班均踊跃守规矩，上月旧班因潜往观剧，不告假而旷班缺课，中西申饬不服，斥退四人。次琴、王学来、吴宣仁、吴某仁。后经其父兄再三谢过，始复还。近日又新补七八人，有丹曾之长子丹元[1]、盐道杨俊卿之戚李某兄弟二人。住□训堂，复借嵇公祠，隔成两房。现欲浼俊卿于盐务代筹经费，不知能遂吾意否。中西且允于暑假回国,添延速成科译学师一人来,以今岁所招之文士多贫,不能久待也。体操已习七八次,鄙曾往观,渐近整齐矣。

一、月非星比,不可里计,极悦服。南阁于绅士都无往来,浚奇派差后索先交差费四百元。甫下札□和,两谒不得见,亦未再往,来函云云,似无庸投。且所闻于叔敬者皆极琐屑,不值竭欢尽忠也。

一、湖北学堂中有遍蒙学书否?

一、闻广督有科场之请,确否?

余俟下函再详[2]。

[1] 丹元:沈觐平,字丹元。沈葆桢嫡曾孙,沈翊清长子。

[2] 此函约作于光绪二十四年(1898)中,戊戌维新前后。

致冈田兼次郎(一通)

光绪二十七年辛丑五月初五日

冈田[1]先生:

　　旅居安善,别来数月,积思成痗,每过山楼,辄自惘惘,想足下亦同此情也。今岁新班均极勤奋,中西君亦极认真,君之取友必端,不轻荐引,益可佩矣。顷以城台疫气流行,因早放暑假。中西、桑田[2]二君亦遂回贵国少憩二三月。过沪接晤,当能详述堂事,可以稍慰厪怀。春间送别,拙诗久未奉缴,兹托二君带呈,下里之音,不足污清听也。荔子香时能乘轮南来为十日饮否? 跂予望之。书不尽言,伏惟垂察,不宣。宝琛顿首,端午日。惠赐樱笺,附此致谢。

　　[1] 冈田:冈田兼次郎,为东文学堂总教习。

　　[2] 中西:中西重太郎;桑田:桑田丰藏,两人均为福建东文学堂日本教员。

　　福州东文学堂是在陈宝琛首倡,当地士绅孙藻晴等共同努力下成立。东亚同文会福州支部主任中岛真雄提供建议并协助招聘东文教习等事。

甲午中日战争后,福建各地的新式学堂如雨后春笋般地出现。新式学堂急需新式教师,为了培养福建的师资力量,1903 年,闽浙总督崇善与谪居故里的前内阁学士陈宝琛商议后,将福州东文学堂改办为官办的全闽师范学堂,校址设在福州乌石山。1903 年 12 月 12 日(旧历十月二十四日)正式开学,由陈宝琛任学堂监督。这是福建最早的师范学校,也是全国最早的师范学校之一。

致王彦和(一通)

光绪三十一年乙巳十月二十五日

彦和[1]内侄足下：

厦轮行六日始于廿二日抵沪。日内与皖、浙诸君晤面[2]，参合众论，详考办法，略有端绪。现在此候陈贻堂，计自鄂来尚须数日，"海晏"若到，恐不及附之归，则回里当在初五后。始意但期三礼拜，今且逾月。堂事得诸君坐镇，当均就范。新班已入堂否，惟三牧坊通学一班尚未招考，为急急耳。近日彼处亦妥帖否，念极。日使议辽事，日来已开讲，旬前里中纷纭，沪上全无影响，报馆诸人询及，辄为失笑。二十在此读书尚好。堂上及令叔均安健。省中近有甚事，便中示及。匆匆未及作家书，希告令姑母知之。两儿在堂能受教否，望常督其勉学为托。手此，即问文祺。琛顿首，十月廿五日。

翼翁、恒弟均此遥候。

[1]彦和：王孝缉，又名彦和，字研禾，王仁堪四子。福州东文学堂毕业，1923年任福建教育厅长。

[2]1905年11月（十月）陈宝琛由厦门到沪，参加闽浙皖赣四省铁路会议。

致苏郁文（一通）

光绪三十三年丁未六月初六日

监亭^[1]贤友足下：

自足下到梭罗，时深系念，得书极慰。爪哇人情之纯厚，归来极不忘，而其学堂幼稚，教员糅杂，尤为系怀。前□井里纹、直葛^[2]、马垅^[3]、马结垅、庞活^[4]等处，皆来嘱荐教员。闽之师范生籍漳、泉者，既尠福州人，不能为南音，犹可渐学，而官话太劣，则讲授时不能达意，故难其选。幸此次毕业本科有数十人，简易科百余人，自东洋学速成者亦三十余人，于中尚可选派。但哇地师俸不一，大率七十五盾者居多，闻有百盾或百盾以上。最好能组织一完全学堂，科学咸备。今托荐者或一员或二员，鄙又虑其一傅众咻也。前直葛以黄置岱辞职，属觅一员，已复函，请寄盘川。荐本科林祖彝，能作厦语。而久不得函，不知是否鄙函之浮沉。魏嘉祥亦代井里纹延聘，复去迄未再来。究竟由闽至爪哇，盘川须用若干，或云自坡买路字甚费，贤所躬历，幸详查以示，便于应付也。陈竞生在彼似非公认，陈显源代其请给薪俸，渠亦请以陈显源为副监学，提学使即疑其非实，询之果然。如果不惬，不日当撤回，只难其替人耳。鄙日内须到沪[5]，与四省有事会议，六月下旬可到厦，候七月朔开会也。匆复，即颂文祉。宝琛顿首。六月初六日。

[1] 监亭：苏郁文，幼名维祯，字监亭，号眇公，福建湾澄人。中国同盟会会员。

[2] 井里纹、直葛均为印度尼西亚爪哇岛港口城市。

[3] 厦门一地区。

[4] 此两地名疑为印度尼西亚地名，因翻译不同，暂不能确定。

[5] 日内须到沪：陈宝琛于光绪三十三年三月(1907 年 4 月)自南洋返。

致佑贤(一通)

佑贤仁弟年大人足下：

风鹤纷纭，军储络绎，贤劳可念。南港设警一事，经足下宣德达情，择人而任，俾无因噎废食，地方赖以安堵，所造甚大。近日连得闽电，以孙世华被诬逮系，属为电请保释。鄙以远道无由深悉，且意附郭密迩，如果枉屈，必有为之申雪者。足下与惠亭当早闻之矣。郑生倜予傥[1]，人极笃谨，文学亦优，曾毕业师范，近又兼习法律，而在闽无一枝栖，来京谋馆，家有老亲，自以就近为是。闻足下亦知其人，如有相当之处，乞为留意荐引，多培一悫愿之士，亦所以厚风俗也，足下当以为然。此间正汲汲于国会，津门会议亦其先声。纲纪之坠，度支之穷，政局已不得了，无问民间矣。手此，即问筹安，惟照不备。宝琛顿首，六月廿七日。

[1] 郑傥，字倜予，号容楼，福州人。毕业于全闽师范学堂、福建私立法政专门学校。著有《容楼诗集》。此函约作于宣统元年至三年(1910—1911)间。

致陈芷芳(一通)

民国十四年乙丑十二月初二日(1926 年 1 月 15 日)

二妹[1]青览:

久不通问,远念兴居,时以佳胜为颂。兄在津又将一年,世局纷纭,迄未大定。兄不能归,仲弟与吾妹何时可以团聚,思之惘然。闽垣景日萧索,而台谷丰收,日币腾贵,潭府一时尚可侨居,但生意万不可做。闻芷汀、鉴侯皆经亏折,文甥官债一案,有无着落,日使屡以西原借款为言,不知曾附入否。各报宣传收回租界,而厦友来函又以叔臧之子谋收鼓浪屿为不顺舆情者,究竟如何。天津比界本无建筑,故借之以发端,此当事者手段也。复儿来此半年,岁暮须归。草草,即讯颐祉。兄琛拜手,腊月二日。

[1] 二妹:陈宝琛二妹芷芳,陈承裘次女,适台北板桥林尔康。

致林熊祥(一通)

文访[1]贤甥青及：

日来为俗事牵缠，廿一之轮又不及附。闻"宁兴"廿二三开，不知准于何日决行，不能再迟。天若放晴，堂上能来村一话为盼。族戚浼荐建兴木厂，司事者甚多，不能不应其求。有持函见者，察其可用者留试之，何如。吴梅坡书楷工雅，刻石极长，相随有年，顺举所知，以供器使。匆匆不及进城，手此即讯侍祉。琛白。

[1] 林熊祥，字文访，号宜斋，别署大屯山民，台北板桥人。林尔康、陈芷芳次子，陈宝琛外甥。

致陈端甫（一通）

端甫贤侄孙如晤：

前月洁如侄交来惠函，适将游粤，未及作复，已嘱洁如转致一切，当鉴及矣。迩惟司榷勤劳，凡百罄益为颂。愚来此已及半月，闰初当可归里，关事蝉联可望，足下迢隔一方，不获一晤，为怅怅也。令叔近体如昨，三月间尚下乡，信宿始归，足纾远系。吾乡文庙工程将竣，而捐赀所短尚巨，乡之父老以百金属望于足下，尚望慨分清俸，由洁如处交下，以成盛举，盼盼。草复，即问近祉。宝琛拜手，四月廿二日督署东斋作。

再，贵同年吴绮农兄，前闻和泉宝典缺一内号，托荐其兄子济文弟，病前在城曾否向足下提过，茫然不复记忆。昨复来询，特将名条呈上候酌。日来始能学步，以脾弱不能消食，偃卧非宜，久坐又不胜，造物既不我息，又不耐劳，殊焦闷也。再问近履。宝琛又顿首。

致胡嗣瑗（一通）

民国二十年辛未十二月二十七日（1932 年 2 月 3 日）

自玉足下：

肖旭昨行，寄函计已入览。汪函昨哺始到，与日前面谈略同，而言甚切至明了，恐后时不足以动上听，定园亦嗟叹同之，并由邮致，当阅及。此函发后原田[1]交来午[2]函，盖十九、廿三致豚儿者，于从者行止殊惓惓，以十余年聚精会神之所规画，而坏于一二人之手，无怪其愤愤，节抄备览。坂西[3]已过大连南去，尚未北来，已询旅馆矣。鄙客腊一行，为君为友，不能不尽吾心。临行晤渔仲[4]，苦口言之，归后犹致一函，盖以六十余年之世旧深交，知其短处，虑其自用以误事，而为之惜羽毛也。彼于足下尚不至媢嫉以恶，特过信其子，急于见功，遂为居奇龙断者所利用。事势至此，岂有不自悔恨，以图补救，特恐狃于负气，不肯认错，如王荆公，公宜怜之矜之，勿□其短而激成之。况同舟遇风，正宜协力以图后效，固非计较短长时也。公谓然否？草草，即请茞安。橘顿首，廿七日。

闻三省所主各异,若坚持不就,则连鸡之栖亦不相下,不能久也,当就范,遥揣有当否?小儿带回衮[5]笺,另函请公议,或先呈览,何如?

[1] 原田,日人。

[2] 午:刘骧业,字午原。陈宝琛外甥。

[3] 坂西,日人。

[4] 渔仲:郑孝胥。下文"特过信其子急于亮功",指郑垂,郑孝胥长子。

[5] 衮:汪荣宝,字衮甫,号太玄,江苏吴县人。近代外交家。

致某人(一通)

　　梅花北来,知贤候于沪上,得为片时之谈,时局当略知大概。然梅花之归尚无位置,欲令到粤管理银行,筹画纸币,亦一难题。鬼车得附于鸾阳,辞而阴有留之者,且看令威归后如何。东海今日已来,大局需其决定。贤处所阅之《北京亚细亚报》乃排鸾者所为,新秘书、国民党改为公民党,乘段某事发被逮,藉以倾鸾,而鸾党之《民宪日报》亦极力刷清,以自解于徐、杨。徐本约三月半复来,今被催促再三而至,当不虚此一行,《民宪报》谓其担任内务长。借债未成,财政极窘,不知其从何措手。贤未即来,甚是。鄙常为介弟言之,想其必常以此间近事函知也。石芝近请假五日,鄙正以为疑,既知因通饬各省省长会同国税厅委知事之故,《民宪报》昨但言其略,今日详乎言之,然一时赋税司亦离不得伊也。报纸裁附景屏函中,可秘阅之,不必宣言于众,以防多口。匆匆,即问近好。山妻能同次儿来否,来函顺及。名心具。三月初二日[1]。

　　[1] 此函无收信人。似作于1917—1924年间。

致某人(一通)

敬复者:

　　日前清水君枉顾晤谈,极深欣佩,所云入宫晋谒,业由台端致函外交部长。进内时,弟自当善为照料。专此敬复,顺颂日祉。陈宝琛敬复,廿一日[1]。

　　[1] 此函致日人,似作于 1928 年。

致某人（一通）

平兄鉴：

　　年来衰残琐尾，久不奉书，乃承良友注存，不遗在远。赠序涉笔成趣，而吾两人之离合聚散，了然在目，读之益深今昔之感，感谢不可言喻。得鹤友书，知老兴不衰，钟声未歇，鄙则到京日少，殊健羡矣。明春灯社尚在举行，而鹤友、苇奋均在沪，不知亦念春□否。复儿过沪，令其趋前叩谢。掌癣肿痛，不能多书，少迟当再通函。匆匆，即请道安。弟琛顿首，初九。

陈承裘致张佩纶函（二通）

一

光绪十年九月初一日

亡室业于卅日卯刻逝世，乞即电知宝琛奔丧，费神，感泐无既。肃此，复请幼樵星使世大人勋安。世愚弟制陈承裘稽首。朔。

二

光绪十年甲申九月初二日

幼公星使世大人阁下：

顷承委奠，感泐不尽。昨由董仲容世兄处传到电音，知儿媳已于朔日就道。宝琛因未接凶耗，尚作乞假之请；宝瑨在都，由金陵电及，亦即起行，想此时宝琛已首途也。亡室诔文拟劳大笔，如得暇代构，当即将事略呈上，可否，乞示知，是幸。肃此，祗请勋安。世愚弟陈承裘稽首。初二夕。